제국 스캔들 2

일러두기
지명과 국명, 용어 등은 독자의 쉬운 이해를 위하여 현대 표기에 맞추었습니다.

제국 스캔들 2

1판 2쇄 발행 | 2016년 10월 14일

지은이 | 유오디아
펴낸이 | 김경배
펴낸곳 | 시간여행
편 집 | 이진의
일러스트 | 햇조
본문 디자인 | 디자인 [연:우]

등 록 | 제313-210-125호 (2010년 4월 28일)
주 소 | 서울시 마포구 토정로 222 한국출판콘텐츠센터 419호
전 화 | 070-4032-3664
이메일 | sigan_pub@naver.com

종 이 | 엔페이퍼
인 쇄 | 한영문화사

ISBN 979-11-85346-32-8 (04810)
979-11-85346-30-4 (세트)

이 도서의 국립중앙도서관 출판예정 도서목록(CIP)은 서지정보유통지원시스템 홈페이지(http://seoji.nl.go.kr)와 국가자료 공동목록시스템(http://www.nl.go.kr/kolisnet)에서 이용하실 수 있습니다. (CIP 제어번호 : CIP2016021691)

* 이 도서는 국제친환경 인증을 받은 천연펄프지(Norbrite 95#)로 제작되었습니다.

제국 스캔들 2

유오디아 장편소설

시간여행

제국 스캔들

차례

제국 스캔들 2권 등장인물 소개

박미우

통신원 우체총사에서 일하는 대한제국 최초의 여직원. 이선과 서로 사랑하지만, 이선과 대한제국의 미래에 누가 되지 않기 위해 그를 포기하고 우체총사 사장 민우진과 약혼한다.

완친왕 이선

대한제국의 황자. 신분을 숨기고 우체총사 직원으로 일하다 정체가 밝혀져 본연의 자리로 돌아갔다. 분방하고 스스럼없는 성격에 나라를 생각하는 마음도 깊다. 미우와 사랑의 도피를 하려 했으나 거절당하고 낙담한다.

민우진

통신원 총판 대감의 아들이자 젊고 유능한 우체총사의 사장. 냉철하고 딱딱한 면모 뒤에 미우를 생각하는 마음을 감추고 있다. 미우가 이선을 사랑하는 것을 알면서도 그녀를 약혼녀로 맞아들인다.

미륜사

통신원 전무학당의 교사로 대한제국에 와 있는 덴마크인. 다정하고 배려 깊은 성품을 지녔으며, 통신원의 일에 자기 일처럼 애정과 열의를 보인다. 본명은 헨리 예센 묄렌스테트.

서현주

미우의 단짝 친구. 어릴 때부터 미우와 알고 지냈으며, 부모를 여읜 후 여학교를 나와 궁궐의 전화 교환수로 일하고 있다. 궁궐 안팎의 소문에 밝다.

박정양
미우의 아버지. 궁내부 특진관의 자리에 있다. 무척 엄하고 보수적인 성격으로 딸과 충돌이 잦다. 건강이 좋지 않다.

어니스트 베델
특파원으로 대한제국에 온 영국의 신문기자. 헨리의 친구이며, 헨리와 마찬가지로 대한제국의 일에 관심과 애정을 갖고 있다.

나가노미야 이쓰코
이선에게 관심을 가지고 있는 일본의 왕녀. 일왕의 총애를 받고 있어 정계에 영향력이 있다.

이영효
이선을 바로 곁에서 모시는 황실 비서관. 태도는 정중하지만 어딘가 음험하고 꿍꿍이가 있어 보이는 인물이다. 미우를 탐탁지 않게 생각한다.

고종황제
이선의 아버지이자 대한제국의 황제. 언제나 부드럽고 신중한 처신을 보인다. 일본의 야욕으로부터 나라를 지키고자 고심이 크다.

민상호
민우진의 아버지. 통신원 총판을 맡고 있으며, 일본에 대해 우호적이다.

클레망세
통신원 우체고문으로 일하고 있는 프랑스 인. 조선식 이름은 길맹세이다.

혼인지환

1902년 봄, 민우진과의 정식 약혼식이 있었다.

"민우진 사장님이 도착하셨어요!"

이번 약혼식에서 제일 신난 사람은 유모였다. 유모가 안채와 바깥채를 수선스럽게 오가는 동안 나는 방 안에 꼼짝 않고 앉아있었다.

"미우야, 괜찮아?"

현주가 걱정스럽게 내 눈치를 살핀다.

"뭐가?"

"난 네가 이 혼인을 순순히 받아들인다는 사실을 믿을 수가 없어서 그래."

내가 이선과 어떻게 이별했는지 현주는 모른다. 난 그저 이선과 함께하는 걸 포기했다고만 말해주었다. 그와 함께 떠나기로 한 기차역에 나갔던 일도, 그곳에서 이별한 사실도 말하지 않았다.

나는 바깥채에서 들려오는 시끌벅적한 소리에 귀를 기울이며 씩 웃어보였다.

"옛 성현들의 말씀에 올라가지도 못할 나무는 쳐다보지도 말랬다고 하잖아. 완친왕 전하는 내게 처음부터 쳐다보아서도 올라가려고 해서도 안 되는 나무였던 거야. 난 그렇게 생각해."

"만약 네 아버지가 널 민우진 사장과 정혼시키지 않았다면? 그러면 네가 전하와 이렇게 헤어지는 일은 없지 않았을까?"

난 씁쓸히 웃으며 현주에게 대답했다.

"현주야. 지나간 일에 만약은 없어."

"미우야……."

난 계속 입가에 미소를 띠고 있었다. 지금은 행복하지 않아도 행복한 것처럼 보여야 한다는 사실을 잘 알고 있었다. 더욱이 현주처럼 내 걱정을 하는 사람 앞에서라면. 현주 앞에서 불행한 모습을 보인다면 그 소식은 이선에게 전해질지도 모른다. 그렇기 때문에 나는 행복해야 했다.

"아가씨."

그때 밖에서 유모의 목소리가 들렸다.

"들어와요, 유모."

목소리만 들릴 뿐, 들어오지 않는 유모를 향해 현주가 소리를 냈다.

유모가 밖에서 대답한다.

"민우진 도련님이 아가씨를 잠시 뵙고 싶다고 하셔서요."

현주는 여전히 민우진이 마음에 안 드는지 자리에서 일어서며 툴툴거렸다.

"약혼식 날 정혼녀 얼굴을 봐도 된다는 법은 없는 걸로 아는데……."

"이미 거의 매일을 우체총사에서 보는걸."

난 웃으며 현주를 내보냈다. 현주는 나가면서 안으로 들어서는 민우진에게 혀를 삐죽 내밀었다. 그 모습에 난 작은 웃음을 터트렸고 이를 본 민우진의 눈이 둥그레졌다.

그는 나와 거리를 두고 앉더니 묻는다.

"괜찮은 거야?"

난 유모가 문을 닫고 조용히 사라지는 것을 응시하며 답했다.

"오늘 따라 제게 괜찮냐고 묻는 사람이 많네요."

"내가 묻는 말의 의미는……."

"안 괜찮으면요?"

난 웃으며 되물으려 했지만, 보일 수 있는 것은 오로지 인위적으로 만들어진 웃음뿐이었다. 눈은 웃지 않고 있었다. 이런 내 모습에 민우진의 표정이 살짝 굳어졌다. 난 억지로 입꼬리를 당겨 더 밝게 웃으며 그에게서 시선을 돌렸다.

"괜찮진 않지만 그렇다고 이 세상이 끝나진 않아요."

민우진은 내 말을 진담으로 받아들인 것일까? 그답지 않은 헛기침을 흘리며 내게 말했다.

"아버지는 혼례를 서두르고 싶어 하셔. 혼례를 한 뒤에는 네가 우체총사 일을 그만두기를 바라시고."

"그래야겠죠. 당연한 거니까. 그래요, 알아요."

우체총사를 떠난다……. 이런 식의 마무리는 생각해 본 적이 없었다. 민우진의 아내가 되어 우체총사를 그만두고 그의 집안으로 들어가는 마지막은 말이다.

"하지만 아버지께 말씀드려 혼례는 내년으로 미루겠다고 했다."

이번에는 내가 궁금한 눈으로 그를 쳐다보았다.

"이 약혼식이 끝나면 서너 달 안으로 혼례를 올리게 될 줄 알았는데요?"

"그렇게도 빨리 내 아내가 되고 싶은가?"

그런 의미의 말은 아니었는데, 무심코 나온 내 말이 그를 기쁘게 만든 것 같았다. 나를 바라보는 그의 입가에 미소가 지어졌다.

"혼인 후에는 우체총사 근무가 힘들 거야. 그러나 아예 불가능한 것도 아니지."

"불가능한 게 아니라고요?"

"적어도 내가 우체총사 사장직을 유지하는 동안에는 가능할 거야."

민우진은 나를 배려해주고 있다. 내가 하루 종일 안채를 지키며 지아비가 돌아오기만을 바라는 여성이 되길 원치 않는다는 걸, 그는 수년간 내 곁에서 보며 느꼈을 것이다. 그리고 인정한 것이다.

“흠흠, 그래서 내가 언제까지 우체총사의 사장을 맡게 될지는 모르겠지만…….”

헛기침을 하며 잠시 고개를 돌렸던 그가 다시 나를 보며 말한다.

“네가 원한다면 지금이라도 당장 내게 시집와도 상관없다는 뜻이다.”

민우진의 얼굴이 살짝 붉어지는 것이 눈에 들어왔다. 하지만 그런 모습에도 설렘은 일지 않는다. 오히려 이런 현실을 당연하게 받아들이고 있는 내게 조소가 나올 뿐이다. 이번에는 내가 민우진의 시선을 피했다.

“길일을 택하는 건 어른들이 하실 일이에요.”

“너답지 않은 말이군.”

“그럼 이제야 저다워진 거겠죠.”

조금 싸늘하게 돌아온 내 대답에 잠시 침묵하던 민우진이 무언가를 꺼내 우리 사이에 놓인 상 위에 내려놓는다. 두 개의 옥가락지가 얇은 금줄로 엮여 하나의 모양을 만들고 있는 반지였다. 이런 세공이라면 조선은 물론이고 청나라에서도 구하기 힘든 것임에 틀림없었다.

“내 어머니께서 주셨다. 이런 고리타분한 옛 방식은 좋아하지 않지만, 네게 주라는 말씀을 들으니 더는 고리타분하게 느껴지지 않더군.”

“그럼 이 반지는 약혼지환인가요?”

민우진이 단호한 목소리로 말했다.

“약혼지환이 아니다. 혼인지환이다.”

민우진이 자리에서 일어섰다. 그는 나가기 전 나를 돌아보며 이렇게 말했다.

"미우, 네가 선택하고 버린 과거는 하루라도 빨리 잊어라."

그가 나간 뒤에도 나는 그가 남기고 간 혼인지환을 오래도록 쳐다만 보고 있었다.

민우진과의 약혼식 이후 우체총사가 달라졌다.

"아이쿠, 이거 사모님 아니십니까? 출근이 많이 늦으셨습니다."

내가 우체총사에 출근하자 직원들이 기다렸다는 듯이 문을 열어주며 말한다. 난 벽에 걸린 시계를 가리키며 대답했다.

"늦은 게 아니라 조금 이른 거죠. 3분 전이라고요."

"하지만 민우진 사장님께서는 한 시간 전에 도착하셔서 업무를 시작하셨습니다만, 사모님."

장난기 가득한 직원의 얼굴을 보며 나는 인상을 찌푸렸다.

"자꾸 그렇게 놀리시면……."

"아이구, 안 되지요. 안 되지! 제가 어찌 사모님을 놀리겠습니까?"

직원이 키득거렸을 때였다. 뒤에서 나타난 강 주사가 서류뭉치로 그의 머리를 툭 쳤다.

"너나 어서 가서 일할 준비해라! 곧 업무 시작하는 거 몰라?"

"아, 예에……!"

직원은 도망치듯 사라졌다. 마지막까지 그를 노려보던 강 주사가 내게 다가왔다.

"악의는 없어. 다들 민 사장이 어려워서 그렇지 미우는 친근하니까 저러는 거야."

"알아요. 그래서 참고 있잖아요. 하지만 도가 지나치면 저도 가만있진 않을 거라고요."

나는 허리에 손까지 얹으며 단단히 각오하라는 듯 눈에 불을 켰다. 강 주사는 들고 있던 서류뭉치 속에서 종이 한 장을 꺼내 내게 내밀었다.

"원래는 민 사장님께 먼저 보여드리려고 했지만……. 아무래도 본인이 직접 아는 게 좋을 듯해서 말이지."

강 주사가 건넨 것은 다름 아닌 관보였다. 나는 관보를 받아들며 눈을 깜빡였다.

"관보가 저와 무슨 상관인데요?"

"거기 세 번째 줄. 그 아래 한번 읽어봐."

나는 강 주사가 말해준 곳을 보았다. 그곳에는 작년에 있었던 어극 40주년 기념우표 도안 공모전 결과가 실려있었다.

"최종 2인으로 올라온 것은 전환국의 길맹세와 우체총사의 박미우……. 최종안은 우체총사의 박미우의 도안이 채택되었……."

관보를 다 읽기도 전에 내가 그린 우표 도안이 눈에 들어왔다. 나는 강 주사를 쳐다보았다.

"지, 지금 이거?"

강 주사가 활짝 웃으며 말했다.

"오늘 나온 관보야. 미우 네가 그린 도안이 당선되었다고!"

"제가 그린 도안이……."

어극 40주년 기념우표 도안으로 채택되었다.

믿을 수 없는 일에 나는 관보에 적힌 내 이름을 몇 번씩이나 반복해서 읽었다. 그 사이에 몰려든 직원들이 나를 둘러싸고는 서로 관보를 빼앗아 돌려 읽기 시작했다.

"진짜야? 진짜 네가 제출한 도안이 채택되었단 말이야?"

"이야! 우체총사가 전환국을 이기다니!"

"전환국의 길맹세라면 그 까다롭기로 소문난 프랑스인이잖아? 네가 그를 이겼단 말이야?"

"이런 건 보통 도안만 보고 결정하는 게 아니라 윗선의 입김이 상당히 들어갈 텐데……. 역시 미우는 달라. 통신원 총판대감의 며느릿감이라 이건가? 아니면 우체총사 사장의 미래의 사모님이기 때문에?"

직원들이 또다시 놀리기 시작하자 강 주사가 가만있지 않았다.

"맞기 전에 다들 일하러 안 가! 정시다! 일들 하라고!"

"으이그~ 어떨 때는 민 사장님보다 강 주사님이 더 부려먹는다니까."

직원들이 투덜대며 흩어지고 그들이 돌려 읽던 관보는 다시 내 손에 쥐어졌다. 직원들을 다 제자리로 돌려보낸 강 주사가 내게 다가와 말했다.

"가서 전해야지, 미우."

"전해요? 누구에게요?"

"당연히 민 사장님이지! 네 도안이 뽑혔다는 걸 알면 크게 기뻐하실 테니까."

나는 얼떨결에 강 주사에게 인사를 하고서 민우진의 사무실이 있는 복도 쪽으로 몸을 틀었다. 내 등 뒤에서 강 주사가 소리쳤다.

"축하한다, 미우!"

순간 도안을 처음 그렸던 날 저녁의 이선의 목소리가 귓가에 맴돌았다. 관보에 실린 이상 이선도 알았을 것이다. 하지만 이제 더는 그의 축하를 들을 수 없다.

다시는…….

민우진의 사무실로 가야 했지만 난 내 사무실로 걸음을 옮겼다. 착잡한 심정이었다. 가는 도중에도 관보에 실린 도안을 몇 번이나 보고 또 보며 내 발걸음은 더욱 무거워졌다.

한숨을 내쉬며 사무실 문을 열었을 때였다. 안에 누군가 있었다. 겨울의 옅은 햇살이 쏟아져 들어오는 창가 아래, 붉은 머리가 반짝이는 한 서양인 남자가 지팡이를 짚고 서 있었다.

"누구시죠?"

"박미우 양?"

그가 어눌한 조선말로 내 이름을 부른다. 난 고개를 끄덕였다. 그는 길게 기른 붉은색 콧수염 끝을 잡아 만지작거리며 일본어로 말을 건넨다.

“일본어는 할 수 있소?”

알아듣지 못한 나는 고개를 저었다. 그러자 그는 투덜거리며 프랑스어로 중얼댄다.

“어차피 나도 일본어를 그리 많이 아는 건 아니니까.”

이번에도 나는 그 말이 프랑스어라는 건 알았지만 알아들을 수 없었다. 다만 혼잣말을 프랑스어로 한다면 그는 프랑스 사람이 분명했다. 난 영어로 먼저 말을 건넸다.

“영어는 가능해요.”

그 말에 그의 시선이 내 눈을 향한다. 그는 잠시 침묵하다가 프랑스어 억양이 묻어나는 영어로 말문을 뗐다.

“난 영어에 능숙한 편은 아니오. 이곳 조선말보다는 낫지만.”

“그런데 누구시죠?”

“조선에서는 다들 나를 길맹세(吉孟世)라고 부르지. 하지만 영어로는 클레망세라고 부르는 것이 더 쉬울 거요.”

그제야 난 관보에 실린 그의 이름을 기억해냈다. 관보에 따르면 그는 나와 최종적으로 도안을 겨루었던 사람이었다.

“클레망세 씨. 무슨 일로 저를 찾아오셨죠? 전환국 일은 제가 담당하지 않아서요.”

전환국 이야기에 그의 입가에 미소가 지어졌다.

"내가 누구인지 이미 알고 있는 것 같으니, 온 목적을 숨기지 않고 말하겠소."

그가 짚고 있던 지팡이로 바닥을 지그시 누른다. 바닥에 있는 작은 무언가가 그의 신경을 거슬리게 만든 것 같았다. 그는 바닥을 한참 누르고 짓이기더니 내게 말을 건넸다.

"미우 양의 도안이 채택되었다는 소식은 이미 들었을 거요. 안타깝게도 내 도안은 최종에 이르러서 채택되지 못했지. 다들 민상호 총판 대감의 며느리가 될 아가씨라서 채택된 것이라고 하지만 난 그 말을 믿진 않소. 이 말이 기분 나쁘게 들렸다면 사과하겠지만."

입으로만 사과하겠다고 하고 있을 뿐, 실제로 미안해 하는 말투는 아니다.

"그런데요?"

그가 지팡이를 고쳐 잡으며 내 얼굴을 쳐다보았다.

"최종적으로 채택되는 도안은 폐하께서 정하시는 거요. 그리고 원래 채택되었던 것은 내 도안이었지. 갑자기 폐하께서 마음을 바꾸신 이유는 모르지만……. 어쨌든 관보에 실린 것은 미우 양의 도안이니, 폐하께서는 결국 미우 양의 도안을 선택하신 거겠지."

약간 횡설수설하던 그가 마침내 찾아온 목적을 밝혔다.

"그 도안을 내게 파시오."

"도안을 팔라고요?"

"그렇소."

"팔면 어떻게 되는 거죠?"

"정확히 말하면 그 도안이 사용될 권리를 팔라는 뜻이오. 의미가 조금은 낯설겠지만……. 나라와 나라 간의 협정처럼, 종이에 내게 그 도안의 권리를 넘기겠다는 글을 적고 인장을 찍거나……. 이 나라의 여인들에게는 황실 여인이 아닌 이상 인장 따위는 없다고 알고 있으니, 사인과 같은 것을 남겨야 할 거요. 조금 거추장스럽다고 생각할지는 모르겠지만."

"제가 왜 그래야 하죠?"

그가 내게로 걸어왔다. 걸을 때마다 내딛는 지팡이 소리가 심하게 귀에 거슬렸다. 서양인이면서도 아주 작은 몸집을 가지고 있는 그는 다리가 불편해서 지팡이를 짚는 것처럼 보이지는 않았다. 살이 불어나 걷는 것이 불편해서 지팡이를 사용하는 듯 했다.

"난 미우 양의 도안을 아주 잘 활용할 생각이오. 뛰어난 인쇄술을 가진 일본 우체국에 넘겨 인쇄할 것이고, 세계 각국의 우표수집가들에게 높은 가격에 팔 수도 있을 거요. 이는 대한제국을 알리는 일에도 도움이 되니까 여러모로 좋은 일이오. 아, 물론 미우 양에게 그 수입에 따른 정당한 가격도 제시할 거요. 내게 그 도안과 관련한 모든 권리를 위임한다는 계약서만 써준다면 말이오."

그는 말하면서 내게 몇 발짝 다가왔다. 나는 내 도안이 그려진 관보를 끌어안고는 뒤로 물러섰다.

"제, 제가 싫다면요……."

"싫다고?"

그는 이런 내 반응을 전혀 예상하지 못했다는 듯 껄껄거리며 웃었다. 한참을 웃던 그가 나를 보며 위협하듯 말했다.

"글쎄……. 아주 재미있는 일이 벌어질지도 모르지. 결국은 미우 양이 내게 도안을 팔지 않은 것을 후회하게 될 그런 일이 말이오."

가을, 내가 그린 도안으로 본격적인 기념우표 제작 준비가 시작됐다. 먼저 인쇄를 위한 석판석 제작이 진행되었다. 석판석에 내가 그린 도안을 그대로 옮긴 후 거기에 잉크를 묻혀 인쇄를 하는 것이다.

이번에 발행되는 어극 40주년 기념우표는 매우 특별한 우표였다. 무엇보다 석판인쇄기를 독일에서 수입해 대한제국 최초로 직접 찍어 내는 우표였다. 이전에는 프랑스 우정국에 의뢰해 제작한 우표를 써 왔다. 그러므로 이번 기념우표가 성공적으로 인쇄된다면 향후 모든 우표는 대한제국에서 직접 찍어낼 예정이었다.

"석판석이 온다고?"

소식을 제일 먼저 가져온 것은 아침부터 민우진의 심부름으로 전환국에 다녀온 직원이었다.

"예에. 엊그제 완성됐다는 소식을 듣자마자, 우리 민 사장님이 도안 제작자의 검수가 필요하다면서 오늘 우체총사로 보내라고 지시하신 거죠."

"석판석 검수는 석판석을 만든 전환국에서 해야지, 우체총사가 할 일은 아니잖아? 게다가 인쇄 기한에 맞추려면 이제 와서 검수하는 건 너무 늦었고. 그게 말이 돼?"

강 주사가 고개를 갸웃거렸다. 그러나 전환국을 다녀온 직원은 실실 웃음을 흘리며 마침 그 자리에 있던 나를 쳐다본다.

"그러니 아무래도 검수는 핑계겠죠? 미우에게 보여주고 싶은 게 아닐까요?"

평소 같으면 이런 장난 섞인 말을 크게 혼냈을 강 주사였다. 그러나 이번에는 강 주사도 호탕하게 웃어젖히며 내게 말했다.

"혼인 전부터 이런 식이면, 혼인 후에도 피곤하겠어. 미우."

직원의 말대로 이제 와서 검수할 이유는 없다. 검수해서 문제점을 찾아낸다고 하더라도 당장 이번 주 안에 인쇄에 들어가지 못하면 각국 우체국으로 기념우표를 발송하는 데 문제가 생긴다. 석판석 제작에는 몇 달이 걸리니까 말이다. 게다가 민우진은 오늘 하루 종일 바빠서 우체총사에 못 올지도 모른다는 말을 강 주사에게 했다고 한다. 그렇다면 오늘 온다는 석판석의 검수는 오로지 나 혼자 해야 한다는 소리다.

그때 우체총사 앞에 마차가 서는 소리가 들렸다. 밖을 내다본 직원이 소리쳤다.

"전환국 마차야! 석판석이 도착했나 봐!"

곧바로 직원들이 뛰어나갔다.

보통 석판석은 성인 남성 두 명이 들어야 할 정도로 크고 무겁지만, 우표의 경우는 달랐다. 두 손으로 가볍게 들 정도의 크기. 하지만 원통형으로 깎은 석판석에는 한 번에 우표 수백 장을 찍어낼 수 있도록 오목조목 우표가 새겨져 있었다.

"봐봐."

사무실 한가운데에 석판석이 조심스럽게 놓이자 강 주사가 나를 불렀다. 난 석판석 옆으로 다가가 내가 그린 도안이 새겨진 모습을 유심히 들여다 보았다. 매일 우편물을 다루며 우표를 만질 때도 그리 특별하게 여긴 적이 없었는데, 내가 그린 우표가 우편물에 붙는 모습을 상상하니 즐거워졌다.

"검수가 오래 걸리는 건 아니죠? 급히 가야 합니다. 적어도 오후부터는 인쇄에 들어갈 예정이니까요."

"아니 조금 본다고 뭐 닳아? 인쇄는 오후에 들어간다며? 아직 오후까지는 여유가 있잖아. 게다가 전환국이 우체총사와 그리 먼 것도 아니고 뭔 걱정이 그렇게 많아?"

퉁명스러운 전환국 직원의 태도에 강 주사는 화를 냈다. 그 사이에 나는 석판석을 조심스럽게 쓰다듬었다. 동시에 묻어두었던 기억이 되살아났다. 이선도 곧 이 석판석으로 찍어낸 우표를 보게 될 것이다. 그도 우리가 함께 우표를 완성한 날을 떠올릴까?

"자자, 이제 가져갑니다!"

전환국 직원이 석판석을 들어 솜으로 가득 찬 가방 안에 넣었다. 직원이 나가는 모습을 물끄러미 바라보다가 나는 강 주사에게 물었다.

"강 주사님. 저도 인쇄하는 걸 볼 수 있을까요?"

그러자 강 주사는 한 눈을 찡긋하며 말한다.

"네가 그럴 줄 알고 민 사장님의 특별한 지시가 있었지. 인쇄하는 걸 보고 싶다면 조퇴해도 좋다고 말이야."

"정말인가요?"

"그럼! 어차피 인쇄할 때 우리 우체총사에서 직원을 한 명 보내야 하거든. 원래는 민 사장이 직접 가려고 했던 모양이야. 하지만 오늘 바빠서 일이 어떻게 될지 모른다면서 미우 네가 원한다면 널 보내라고 하더군."

"그럼 갈게요!"

"조심히 갔다 와. 아니지, 바로 퇴근해도 되고."

"네!"

내가 밝게 인사하며 나갈 채비를 하는데 석판석이 든 가방을 들고 있던 전환국 직원이 퉁명스럽게 말한다.

"여자에게 일을 맡긴다고요?"

강 주사는 흥분한 얼굴로 전환국 직원에게 또 화를 냈다.

"미우는 그냥 여직원이 아니야. 전환국도 여직원을 고용이나 해 보고 그런 말을 하라고!"

우체총사가 있는 통신원은 육조거리에 있고, 육조거리를 벗어난 전환국 마차는 용산으로 가기 위해 지름길인 염천교 방향으로 마차를 틀었다.

나와 함께 마차에 탄 전환국 직원은 석판석이 담긴 가방을 소중히 안고서 내게 물었다.

"정말 이번 도안을 그린 게 너라고? 아니지, 도안을 그린 사람이 민우진 사장의 정혼녀라던데, 그리고 그 정혼녀가 박정양 대감의 여식이라고 하면……."

전환국 직원의 눈이 동그랗게 커졌다.

"박정양 대감의 여식?"

"맞아요."

전환국 직원의 표정이 불편한 기색으로 바뀐다.

"도무지 높은 사람들은 무슨 생각을 하는지 알 수가 없다니까. 아니지, 그보다 이번에 길맹세 나리의 도안을 제치고 채택된 게 다 박정양 대감 덕분인 거야?"

"그건 아닐걸요."

"그걸 어떻게 알아?"

"확신은 없지만, 아버지는 제가 도안을 그렸다는 사실 자체를 싫어

하실 테니까요."

"그럼 통신원 총판 민상호 대감의 입김인가?"

"아직 정식으로 뵌 적 없지만, 그분도 제가 우체총사에서 일하는 것에 대해서 심각하게 고민 중이시라고 해요. 그러니 이번 도안 채택은 오로지 폐하의 결정이었던 거죠. 그렇게 생각하고 있어요."

전환국 직원이 한숨을 길게 내쉰다.

"안 그래도 요즘 그 도안 때문에 전환국이 시끄러워."

"뭐가요?"

"길맹세, 그분 말이야."

길맹세는 클레망세다.

"우체고문이라는 직함이 있지만, 전환국 소속으로 일하시거든. 사실 그분이 기념우표 제작, 판매도 처음 폐하께 건의했고, 당연히 자신의 도안이 채택될 줄 알았나 봐. 그런데 갑자기 폐하가 공모전을 여셔서 네 작품을 뽑으셨지. 이 일로 길맹세 나리가 아주 난리가 났어. 그리고 이건 나만 아는 사실인데……."

그가 목소리를 낮춘다.

"이번에 기념우표를 찍으려고 독일에서 석판인쇄기를 사들였잖아. 그런데도 길맹세 나리는 자신이 그린 도안이 채택되면 일본 우체국의 인쇄기로 찍으려고 했다는 거야."

그 부분은 나를 찾아왔던 클레망세에게서도 들었던 것이라 크게 놀랄 이야기는 아니었다.

"그런데 다른 우표 도안이 채택되면서 그렇게 못 하게 되었으니, 일본 우체국 관리들이 한동안 길맹세 나리를 만나려고 전환국을 드나들며 시끄럽게 만들었어."

마차가 어느새 염천교 위를 지나기 시작했다. 잠시 마차 창밖을 내다본 나는 평소와 달리 길에 사람이 하나도 보이지 않는 게 이상하다고 여기면서도 전환국 직원을 향해 물었다.

"길맹세 나리는 일본 우체국과 무슨 사이죠?"

"나도 그건 잘은 몰라. 친한 듯 보이지만 최근에는 전환국으로 찾아온 일본 우체국 관리와 사무실 밖으로 화난 목소리가 새어나올 정도로 싸우더군. 일본 우체국 관리가 프랑스어를 쓰다 보니 무슨 말을 주고받는지는 우리도 몰라. 또 대한제국에 고용되었다고 해서 다른 나라 관리들과 친하게 지내지 말라는 법은 없으니까."

그때였다.

끼익!

마차가 염천교 위에서 급정거를 하면서 심하게 흔들렸다. 다행히 석판석이 든 가방은 전환국 직원이 재빨리 끌어안았기에 가방이 바닥을 구르는 사태는 일어나지 않았다.

"휴, 다행인걸."

마차가 멈춘 다음, 전환국 직원은 가방을 열어보며 안도의 한숨을 내쉬었다. 그러나 문제는 그 다음에 일어났다.

"무슨 일인지 살펴봐야겠어."

전환국 직원이 가방을 든 채로 마차에서 내리자, 검은 복면을 한 남자들이 그를 둘러쌌다. 괴한들은 총으로 위협을 하며 그의 손에서 가방을 강제로 빼앗았다.

"안 돼! 거긴 돈이 들지 않았다고!"

다급한 전환국 직원의 외침에 그들은 가방을 열고 석판석이 든 것을 확인했다. 그러나 그들은 돈이 되는 것이 아님을 알고서도 석판석이 든 가방을 버리지 않았다. 도리어 그것이 목적이었다는 듯이 가방 안에서 석판석을 꺼내들더니 마차에서 멀어졌다.

"안 돼!"

전환국 직원은 당황하며 그들을 쫓아가려 했다.

타탕! 탕!

그리고 다음 순간, 총소리와 함께 전환국 직원이 고꾸라지는 소리가 들렸다. 신음이 이어지는가 싶더니 더는 소리가 나지 않았다.

그가 죽었다는 것을 깨달은 난 겁에 질려 오들오들 떨며 마차 안에서 꼼짝도 못 했다. 다행히 검은 복면을 한 이들은 마차 안에 남아있던 내 존재를 알아차리지 못한 것 같았다.

그런데 마부는? 마차를 몰던 마부의 신음이나 비명은 듣지 못했다. 괴한들이 나타나자마자 도망친 걸까? 하지만 자신들을 목격한 전환국 직원을 죽인 이들이라면, 마부를 먼저 죽였어야 했다.

무언가 이상하다고 느꼈을 때였다. 마차 밖에서 외국말로 이야기하는 소리가 들려왔다. 그것은 내게도 익숙한 음성이었다.

“이건가?”

“예. 그렇습니다.”

처음에는 일본어.

“귀찮게 되었군. 하지만 어차피 전환국에서도 필요 없는 직원이었으니까. 매일 같이 내 사무실을 기웃거리며 엿듣는 모양새라 걸리적거렸어.”

혼잣말로 투덜거리는 듯한 투의 프랑스어.

‘클레망세!’

이 모든 일을 꾸민 사람이 클레망세라고 확신한 순간 더욱 겁이 났다. 만약 그가 내가 마차 안에 있다는 사실을 안다면 절대 나를 살려두지 않을 것이다.

“이제 모두 끝났군. 제국의 황제도 내가 그린 도안을 선택할 수밖에 없겠지.”

클레망세의 웃음소리가 한적한 길가를 울린 바로 그때.

쿵!

단단한 돌이 높은 곳에서 떨어지며 산산이 조각나는 소리가 들렸다.

그것이 석판석이라는 사실을 알아차리는 데는 그리 오래 걸리지 않았다.

석판석이 산산조각 나는 소리를 끝으로, 더는 그 어떤 소리도 내 귀에 분명하게 들려오지 않았다.

한동안은 정신을 놓은 것처럼 눈앞이 캄캄했다. 곧 빛이 들어오며 내가 타고 있던 마차가 움직이는 것 같았고, 곁에서 누군가가 계속 내게 말을 거는 것 같기도 했다. 그러나 모든 게 분명하게 들리거나 보이지는 않았다.

내가 탄 마차는 우체총사로 되돌아왔다. 곧바로 민우진이 마차 안으로 뛰어 들어왔다. 그는 날 잡고 내 몸 곳곳을 살폈다. 그러나 나는 그때까지도 벌벌 떨기만 할 뿐, 아무 말도 하지 못했다.

나를 자신의 사무실로 데려온 민우진은 따뜻한 차를 내놓았다. 그러나 나에게는 찻잔을 들 힘도 남아있지 않았다. 그가 내 손에 직접 찻잔을 쥐어주었다. 하지만 찻잔은 그대로 바닥으로 떨어졌다.

쨍그랑!

찻잔이 깨지는 소리에 정신이 번쩍 들었다. 석판석이 깨지는 소리를 들었던 순간이 떠올랐다.

“석판석은요?”

그는 대답 대신 고개를 가로저었다. 나는 충격에 사로잡혀 두 손으로 머리를 감쌌다.

“석판석이……. 석판석이 없으면…….”

“미우, 이미 끝난 일이야. 그러니 더는 생각하지 마. 조금 전에 박정양 대감댁으로 사람을 보냈어. 곧 네 유모가 올 거야. 오늘은 집에 가서 쉬도록 해. 이따 저녁에 내가 들를 테니까.”

그렇게 말하며 그는 나를 부축해 세우려 했다. 조금 더 편한 의자가 있는 곳으로 나를 옮겨주려는 것 같았다. 나는 그런 그의 손을 거절하며 고개를 들었다.

"이제 어떻게 되는 거죠?"

민우진은 한숨과 함께 대답했다.

"다시 제작에 들어가는 건 시간상 무리야. 대체할 것을 찾아야겠지."

"대체할 것?"

"원래는 전환국의 클레망세의 도안이 채택되어서 이미 석판석 제작을 마쳤어. 폐하께서 뒤집으셔서 공모전이 열렸던 거니까. 마지막에는 폐하께서 선택하실 문제지만 지금으로서는 클레망세가 만든 석판석으로라도 찍어야겠지."

"클레망세……."

그의 이름을 읊조리던 내 눈에 힘이 실렸다.

"그 사람이에요! 그 사람이 그랬어요!"

"그게 무슨 말이야?"

"분명히 들었어요. 일본어……. 아니, 그 프랑스어! 클레망세가 석판석을 부쉈다고요."

"클레망세가? 듣기로는 정체를 알 수 없는 복면한 자들이 염천교에 석판을 던져 깨트리고 도망쳤다고……."

"얼굴은 보지 못했지만 분명히 클레망세예요. 더군다나 그는 얼마 전에 저를 찾아와서 제 도안을 자신에게 팔라고 했어요. 그의 짓이 분명해요!"

"그건 이상하군. 왜 그가 네게 도안을 팔라고 했지?"

"그가 말하길 일본 우체국에 맡겨 인쇄를 해서 팔 거라고 했어요. 그러고 보니 저와 함께 전환국으로 가던 그 직원도 그랬어요. 제 도안이 채택되고 나서, 일본 우체국 관리가 찾아와 클레망세와 말다툼을 벌였대요. 이 일이 무슨 관련이 있는 게 아닐까요?"

"미우……."

그가 또 한 번 한숨을 내쉰다.

"네 말을 듣고 보니 짐작 가는 게 있어. 하지만 얼굴을 보지 못했다면, 석판석을 망가뜨린 게 클레망세라고 단언할 순 없는 거야."

"하지만 클레망세의 목소리였어요. 확실하다고요."

울먹거리는 내게 민우진이 몸을 숙였다. 그는 나와 눈을 맞추고 헝클어진 내 머리를 만져주며 자상하게 말했다.

"지나간 일에 대해서는 생각하지 마. 넌 무서운 일을 겪었어. 너와 함께 전환국으로 가던 그 직원은 죽었어. 하늘이 도와 넌 살아남았고, 그러니 넌 일단 쉬어야 해."

난 눈물을 뚝뚝 흘리며 민우진에게 말했다.

"만약 클레망세의 짓이라면요? 그의 짓인 걸 알면서도 그의 도안이 그려진 석판석으로 우표를 인쇄할 건가요?"

"그건 폐하께서 결정하실 일이야. 우리에게는 참견할 권한이 없어."

똑똑.

"사장님."

강 주사의 목소리에 민우진이 몸을 일으켜 세웠다. 곧 강 주사가 헛기침을 하며 안으로 들어왔다. 그는 울고 있는 나를 보더니 민우진에게로 시선을 돌리며 말한다.

"궐에서 사람이 왔습니다."

"궐에서?"

"예. 폐하께서도 이 일을 보고받으신 모양입니다. 자초지종을 들으시겠다고 미우를 부르셨다고 합니다. 아, 물론 사장님도요. 사장님께 책임을 물으시려는 건 아니고, 단지 미우가 우체총사 직원이니까 함께 부르시는 것이라고 폐하께서 보내신 비서관님이 말씀하시더군요."

"알았네, 곧 가지."

강 주사가 문을 닫고 나가자 민우진은 날 의자에서 일으켜 세웠다.

"폐하께 가서 클레망세의 목소리를 들었단 말은 하지 마."

"왜요? 방금 강 주사님 말을 들었잖아요? 자초지종을 들으시겠다고 했으니, 전 제가 들은 대로 말씀드려야 하잖아요?"

"일이 좀 복잡해. 네 말대로 그게 정말로 클레망세의 짓이었다고 하더라도, 이를 밝히려면 프랑스는 물론이고 일본과의 마찰도 피할 수 없게 돼."

내 눈이 흔들렸다.

"알고 있었군요."

"알고 있었다니?"

"난 마차를 습격한 것이 일본인들이라고 이야기하지 않았어요."

나의 예리한 지적에 잠시 할 말을 잃은 듯 그가 안경을 만지작거렸다.

"말해 봐요, 민 사장님. 무엇을 더 알고 계시죠?"

"미우. 이건 지금 모두 설명하기는 어려워."

"저도 알아야겠어요. 전 알 자격이 있잖아요."

흥분한 나를 보던 그가 결심했는지 입을 열었다.

"최근에 클레망세가 일본 우체국을 드나들며 그곳 관리들과 교류하고 있었다는 건 알아."

"그리고요?"

그가 내 시선을 피해 잠시 사무실 문 쪽을 쳐다보며 말한다.

"이번 기념우표 제작에는 여러 가지가 복잡하게 얽혔어. 클레망세는 자신의 도안을 일본 우체국에서 찍어내는 대가로 돈을 벌려고 했고, 아마 일본 우체국에서 그의 석판석을 일찌감치 만들어 놓은 걸 보면 이미 클레망세와의 사이에 어느 정도 돈이 오갔을 거야. 그런데 채택된 도안이 공모전으로 뒤집어졌지. 네 도안을 폐하께서 선택하셨으니까. 아마 그 이후로 클레망세와 일본 우체국 관리가 싸웠다면 이유는 돈 때문일 거야. 그러니 클레망세도 석판석을 훔쳐 깨트리는 위험천만한 일을 벌인 것이겠지. 하지만 네 석판석은 깨졌고 이제는 되돌릴 수 없어."

"하지만 죄는 물어야 하잖아요."

"증거는? 단지 그의 목소리를 들었다는 것뿐이잖아."

"그러면 민 사장님은 제 말을 믿지 못하겠다는 건가요?"

"믿어, 미우."

민우진이 내 손을 잡았다. 그러나 그 손에서 느낄 수 있는 건 아무것도 없었다.

"하지만 이번 일로 네가 이 이상 위험에 처하지 않으려면 내가 시키는 대로 해. 폐하께서 자초지종을 물으실 때, 클레망세의 이름을 절대 꺼내지 마."

함녕전. 폐하의 앞에 앉아있던 클레망세는 민우진과 함께 들어오는 나를 보자마자 미소를 지었다. 나는 그의 미소를 보는 것만으로도 오싹한 기분에 사로잡혔다.

"박미우."

나를 보자마자 폐하는 곧장 이름을 불렀다. 영보당에서의 첫 만남 이후 두 번째 만남이었다. 그 자리가 이러한 자리가 될 것이라고는 상상조차 하지 못했었다.

"예, 폐하."

난 자리에 앉아 고개를 숙였다.

"괴한들에 의해 석판석이 깨지던 순간에 네가 그 자리에 있었다고 들었다. 사실이냐?"

난 고개를 들어 분명하게 답했다.

"네, 사실입니다. 하지만 마차 안에 머물렀습니다. 전환국 사람이 살해당하는 것을 보고 겁이 나서 나올 수가 없었습니다."

"그러면 석판석이 깨지는 것을 보지 못하였느냐?"
"석판석이……."
나는 아랫입술을 질끈 깨물었다가 다시 입을 열었다.
"소리는 들었습니다. 깨지는 소리와 석판석을 깨트리는 사람의 목소리를요."
이 말에 민우진이 놀란 얼굴로 나를 보았다. 뒤늦게 통역에게서 내 말을 전달받은 클레망세 역시 마찬가지였다.
"목소리를 들었다는 것은, 목소리만으로도 석판석을 깨트린 괴한들을 구분할 수 있다는 것이냐?"
"괴한은 여러 명이었습니다. 그리고 그 괴한과 대화를 주고받은 사람은 일본어로 말했어요. 하지만 마지막에는 자신의 나라 말인 듯 익숙한 말을 썼습니다. 그래서 그 사람이 누군지 알 수 있었습니다."
폐하의 눈빛이 날카롭게 빛났다.
"그게 누구냐?"
나는 조금의 망설임도 없이 바로 옆에 앉은 클레망세를 쳐다보며 말했다.
"길맹세 나리이십니다."
통역을 들은 클레망세의 표정이 일그러졌다.
난 바로 폐하가 클레망세에게 진실을 물을 것이라고 여겼다. 물론 클레망세는 인정하지 않겠지만. 하지만 내 예상은 보기 좋게 빗나갔다. 폐하는 클레망세가 아니라 반대편에 앉아있던 민우진을 향했다.

"민 참서관."

"예, 폐하."

"우체총사의 사장으로서 여직원인 미우의 말을 신뢰하느냐?"

민우진은 클레망세의 목소리를 들었다는 사실을 폐하께 말씀드리지 말라고 내게 주의를 주었다. 그리고 폐하가 지금 민우진에게 묻는 것은 나를 신뢰하느냐는 물음이다. 정혼자로서 신뢰하느냐고 물었다면 민우진은 바로 그렇다고 대답했을지도 모른다. 하지만 우체총사의 사장으로서 신뢰하느냐고 묻는다면?

민우진의 입이 열렸다.

"폐하. 미우는 조금 전 끔찍한 일을 겪었습니다. 그런 상황에서라면 잘못 들었을 수도 있사옵니다. 그러니 용서하여주시옵소서."

"!"

그가 바닥에 머리를 조아리며 사죄하자 폐하가 고개를 천천히 끄덕인다.

"과인이 큰일을 당한 미우의 심정을 헤아리지 못한 것이 크도다. 그나저나 클레망세. 자네에게 지난번 물리라 한 석판석이 남아있다고 들었네."

폐하가 클레망세에게 말씀하시는 사이 난 민우진을 쳐다보았다. 민우진은 나를 보며 짧게 고개를 저었다. 난 진실을 말했을 뿐이다. 그런데 내 말을 믿어주겠다고 했던 그는 폐하 앞에서 내 말을 신뢰할 수 없다는 입장을 취했다.

"예, 폐하. 일본 우체국에 의뢰해 만들어놓은 석판석이 있습니다. 그 석판석으로는 지금 당장이라도 우표 인쇄에 들어갈 수 있습니다."

클레망세의 말을 통역을 통해 들은 폐하가 수염을 쓰다듬으며 한숨짓는다.

"그럼 오늘 그 석판석으로 인쇄에 들어갈 수 있도록 전환국으로 석판석을 보내도록 하라."

"허나 그것은 안 됩니다."

"안 되다니?"

"일본 우체국에서 석판석을 제작할 당시에 요구한 조건이 있습니다. 우표 인쇄는 일본 우체국을 통해서 해야 합니다."

"그렇다면 일본 우정청으로 석판석을 보내야 한다는 게 아닌가?"

폐하의 얼굴이 굳어졌다. 그것을 보고도 클레망세는 신이 나서 목소리를 더 높였다.

"일본까지 그리 시일이 걸리는 것도 아니고……. 또 일본 우정청에서 인쇄하자마자 그곳에서 각국으로 바로 발송하면 됩니다. 그렇지 않습니까?"

일본에서 발송을 하면 우표를 담은 우편물에는 모두 일본 우체국의 주소와 소인이 찍히게 된다. 폐하도 이를 모르지 않기에 안색이 좋지 않았다. 그런데도 클레망세는 끝없이 입을 놀린다.

"폐하의 즉위 40년을 기념하여 각국에 몇 월 며칠까지 기념우표를 발송하겠다고 이미 약속을 했습니다. 이를 지키지 못한다면 제국의 신뢰가 땅에 떨어질 것입니다. 그러니 지금이라도 당장 일본으로 석판석을 보내도록 윤허하여 주시지요."

이런 상황인데도 민우진은 나서지 않는다. 가만히 있을 뿐이다.

사실 그의 태도를 이해 못하는 것이 아니다. 석판석이 사라진 이상, 새로운 석판석을 제작한다 해도 내년이 되어서나 완성될 것이다. 그때 인쇄에 들어간다면 너무 늦어버린다. 클레망세의 말대로 대한제국에 대한 국제사회의 신뢰도가 떨어질 것이다.

"알겠네. 그렇다면 자네의 석판석을 일본……."

"폐하!"

그때 다급한 내관의 목소리가 폐하의 말을 끊고 밖에서 들려왔다.

사실 이런 경우는 거의 없었다. 내관들은 밖에서 귀를 기울이며 폐하의 말씀이 끝나는 것을 기다렸다가 아뢰는 것이 궐의 법도이기 때문이었다.

"무슨 일이냐?"

"통신원 소속 전무학당의 이양인 교사 미륜시가 급히 알현을 청하옵니다."

"미륜사?"

처음 클레망세는 우체학당의 교사로 채용되었으며, 헨리는 전무학당의 교사로 채용되었다. 그러나 헨리가 열의를 가지고 학생들을 가르치는 동안 클레망세는 주변의 인맥을 동원해 정부에 끊임없이 불평불만을 표해왔다. 그는 '우체교사'에서 '우체고문'으로 승격을 요구해 얻어냈으며, 월급을 올려달라며 매번 시비를 일으켰다. 그런 문제아적인 행동이 어느 정도 통했는지, 그는 궁궐을 제집 드나들 듯하며 맡은 일보다는 돈을 벌고 인맥을 쌓는 일에 열중하고 있었다.

반대로 학생들을 가르치는 일에 매진하던 미륜사는 폐하를 실제로 뵌 일도 거의 없을 뿐더러, 한 자리에 있더라도 말을 섞을 일이 없는 낮은 직분을 가지고 있었다. 이렇게 갑작스럽게 폐하께 알현을 청할 자격은 당연히 없었다.

누군가 아주 높은 사람이 뒤에 있지 않는다면 말이다.

폐하도 이를 모르지 않았던 것일까? 잠시 침묵하던 폐하가 헨리가 알현할 수 있도록 허락했다.

"들라 하라."

문이 열리며 헨리가 안으로 들어온다. 그는 익숙지 않지만 배운 대로 정중히 인사를 올린 뒤 자리에 앉았다.

"완친왕과 친분이 있는 사이라는 걸 안다. 헌데 무슨 일로 급히 알현을 청했느냐?"

헨리가 평소와는 다르게 긴장한 목소리로 입을 열었다.

"폐하. 미우 양의 도안이 새겨진 석판석이 하나 더 있습니다."

"하나 더 있다니?"

헨리가 뒤를 돌아보며 신호를 주자 이영효 비서관이 두 손에 무언가를 소중히 들고는 안으로 들어와 폐하의 앞에 내려놓았다.

난 내 눈을 믿을 수가 없었다. 헨리의 말대로 그것은 오늘 염천교에서 떨어져 산산조각 난 석판석과 똑같은 석판석이었다.

"이게 어찌된 일이냐?"

폐하도 보고 믿기지 않는지 헨리에게 물었다.

"실은 만약을 대비해 제작할 때 두 개를 만들어놓도록 하였습니다."

헨리의 설명에, 폐하의 얼굴은 바로 밝아졌고 클레망세의 얼굴은 반대로 어두워졌다.

"그렇다면 이 석판석은 당장 인쇄를 해도 문제가 없는 것이냐?"

"예, 그러하옵니다."

이영효의 대답에 폐하가 서둘러 명을 내렸다.

"이영효. 너는 당장 친위대와 함께 이 석판석을 엄중히 보호하여 전환국으로 보내라. 가서 인쇄를 모두 무사히 마칠 때까지 그곳을 친위대와 지키도록 하라."

"예, 폐하."

명을 받은 이영효와 함께 대전에 있던 모든 사람들이 밖으로 물러나왔다. 클레망세는 나를 노려보더니 주변에 서 있는 민우진과 헨리를 의식하고는 별말 없이 자리를 떠났다.

"헨리! 어떻게 석판석이 두 개인 거예요?"

"글쎄요."

"석판석을 하나 제작하는 데도 큰돈이 들어가지. 만약을 대비해 석판석을 또 하나 만들었다고 하더라도 폐하 몰래 제작할 이유가 없어."

이상하게도 헨리는 웃을 뿐, 정확한 답을 주지 않았다. 하지만 민우진까지 나서서 캐묻자 태도를 바꾼다.

"잠시 미우와 대화할 수 있도록 허락해준다면 나중에라도 진실을 알려드리죠."

"큰돈을 들여가며 두 개의 석판석을 누가 몰래 제작했는지는 짐작이 간다. 미륜사, 오늘 네가 대전에 들어와 폐하를 알현할 수 있도록 도와준 사람이겠지. 하지만 내가 궁금한 건 그 사람이 누군지가 아니야. 석판석을 두 개나 제작한 이유지."

하지만 헨리가 더는 민우진에게 대답할 의사가 없다는 표정을 지어보이자, 민우진은 나를 헨리와 남겨두고 자리를 떠났다.

"미우, 잠깐 이리로 와요."

민우진이 떠나자 나를 따로 불러낸 헨리는 궁궐 어디론가로 나를 이끌었다.

"헨리, 말해줘요. 민 사장님도 누군지 안다는데 전 도대체 석판석을 두 개나 제작한 사람이 누구인지 감조차 못 잡겠으니까요."

"알면요?"

"가서 고맙다고 말해야죠. 그게 누군가요? 혹시 헨리였어요?"

헨리가 당황한 얼굴로 손을 내젓는다.

"석판석 하나를 제작하는 데 얼마나 큰돈이 들어가는 지 모르나요? 미우, 제 월급으로는 불가능합니다. 무엇보다 석판석을 두 개나 제작한다고 하면 소문이 크게 날 겁니다. 남몰래 석판석을 또 하나 제작할 수 있는 사람이 누구겠어요?"

"폐하 정도? 하지만 폐하는 전혀 모르시던 표정……."

난 조금 전 민우진이 말한 '오늘 대전에 들어와 폐하를 알현할 수 있도록 도와준 사람'을 떠올려 보았다. 그럴만한 사람이라면 단 한 사람 밖에 생각나지 않았다.

"설마 이선이에요?"

헨리가 고개를 끄덕이며 말한다.

"미우, 염천교에서 있었던 일을 듣고 이선이 걱정을 많이 했어요. 그리고 이 석판석이 필요할 거라면서 내게 내주었죠. 그가 직접 나서고 싶었지만, 폐하께서는 분명 이선에게 석판석을 두 개나 제작한 이유를 캐물으실 테니까."

"그가 왜 석판석을 두 개나 제작했던 거죠?"

헨리가 웃으며 조용히 자리를 비켰다. 그리고 나타난 것은 다름 아닌 이선이었다.

"그 석판석의 도안은 너와의 가장 행복했던, 마지막 기억을 담고 있으니까."

완성된 석판석을 보며 나도 생각했다. 이선도 이 석판석으로 인쇄된 우표를 보면 우리들의 추억을 기억해주지 않을까. 내가 그에게 하지 못했던 진짜 작별의 인사를 이 우표가 대신 해줄 수 있지 않을까. 그렇게 생각했었다.

"다른 의도는 없었어. 단지 대량으로 인쇄될 우표보다는 더 특별한 걸 간직하고 싶었을 뿐이야. 다행히도 그런 내 생각이 이런 예상치 못한 곳에서 도움이 되었으니……. 진심으로 기뻐."

그를 보는 것은 그날 기차역에서 만난 이후 처음이다.

나는 그가 나를 원망하거나 미워했을 것이라고 생각했다. 하지만 지금 내 앞에 나타난 이선은 진심으로 나를 걱정하고 또한 기뻐하고 있었다.

한결같은 그의 모습이 원망스러워지려 한다. 그러나 지금 내가 할 수 있는 것은 고마운 마음을 표하는 것뿐이다.

"고마워요."

나는 이선을 보고 웃었다.

그리고 그도 나를 보고 웃었다.

전과 달라진 건 지금 서로를 바라보는 거리가 멀어졌다는 것. 그리고 처음으로 되돌아가 이 모든 걸 처음부터 다시 시작하기에는 너무 멀리 왔다는 것뿐.

"우표가 나오기를 기대하고 있을게."

짤막한 말만 남긴 채 이선은 돌아서서 자리를 떠났다.

송별회

날이 더욱 더 쌀쌀해졌다.

"미우, 이리 와 보라구!"

출근하는 나를 붙잡은 건 강 주사였다. 가장 큰 사무실 안. 직원들이 큰 탁자를 둘러싼 채 우르르 몰려있었다. 아침부터 무슨 회의라도 열린 것처럼 보였다.

"무슨 일인데요?"

내가 다가가자 강 주사 곁에 있던 직원이 말한다.

"미우의 눈부터 가려야 하는 거 아닙니까?"

"눈을 왜 가리는데요?"

직원들은 실실 웃기만 한다. 강 주사도 직원들에게 눈짓으로 주의만 주고는 탁자 앞으로 날 이끌었다.

"봐봐, 미우."

탁자 위에는 우표를 인쇄한 종이가 수십 장 쌓여있었다. 종이 한 장 당 우표가 백 개씩 인쇄되어있으니, 지금 탁자 위에는 수천 개의 우표가 놓여있는 것이다.

"오늘 아침에 도착했어."

강 주사의 말을 들으며 난 우표가 인쇄된 종이를 들어 올렸다.

"대한제국우표……."

이선이 쓴 글씨 아래로 내가 그린 원유관과 오얏꽃이 선명한 색으로 나와 있었다. 우표를 보는 내 입가에 미소가 그려졌다.

"오늘부터 우체총사에서도 판매가 시작될 거야."

직원의 말에 강 주사가 끼어들었다.

"우체총사에서는 오늘부터 판매하지만 경교와 서대문 지사는 내일부터야. 하지만 일부 매하소(우표판매소)에서는 전환국에서 우표를 받는 대로 판매한다니까, 오늘부터 판매하는 매하소도 있을 거고."

기념우표라는 점도 신기한데, 내가 그린 우표가 사람들에게 판매된다는 것이 가장 뿌듯했다. 계속해서 우표를 들여다보고 있자, 강 주사가 눈치를 준다.

"언제까지 보고만 있을래? 문을 열자마자 판매에 들어가려면 미리미리 준비해야 하잖아."

"아, 네에!"

난 우표가 인쇄된 종이를 다시 탁자 위에 내려놓았다. 그것을 본 강 주사가 손뼉을 치며 직원들을 향해 소리쳤다.

“이미 며칠 전부터 판매일이 오늘이라고 신문에 광고했으니, 첫 날부터 판매량이 많을 거다. 잘들 준비해!”

“예!”

직원들이 한 목소리를 내며 흩어졌다. 나 또한 사무실을 향해 돌아섰다. 그런데 강 주사가 내게 다가오더니 다른 직원들 몰래 슬쩍 무언가 작은 것을 내밀었다. 오늘 새로 나온 기념우표 한 장이었다.

“강 주사님. 이건…….”

“선물. 우표 값은 이미 내가 치렀어. 그러니까 이건 쓰지 말고 잘 간직해. 기념이니까.”

난 활짝 웃으며 강 주사의 손에서 우표를 받았다.

“고맙습니다, 강 주사님.”

강 주사의 예고대로 우체총사가 문을 열자마자 손님들이 쏟아져 들어왔다. 대부분 신문 등을 통해서 이미 기념우표가 판매된다는 소식을 접한 사람들이었다. 경교나 서대문 지사에 갔다가 우표를 구하지 못해 이곳으로 왔다는 사람도 있었고, 일부 매하소에서 매진이 되었다며 항의하러 찾아온 사람들도 있었다. 그러나 사람들 손에 우표가 한 장씩 쥐어지자, 금세 그들의 표정은 미소로 바뀌었다.

“엄마, 이 우표 속 그림은 뭐예요?”

“임금님께서 정사를 돌보실 때 머리에 쓰시는 관이야.”

"아아, 그렇구나."

아이와 어머니의 대화를 웃으며 지켜보던 나는 다가가 말을 걸었다.

"무슨 일로 오셨어요?"

그녀는 소중히 쥐고 온 편지를 내게 내밀며 미소를 지었다.

"대구에 있는 아버님께 보내는 서신이에요. 꼭 오늘 나온 이 기념우표를 붙여주세요."

"알겠습니다. 그럼 처리해 드릴 테니 저를 따라오세요."

모녀를 안내해 대기실을 나온 그때였다. 대기실 입구에 팔짱을 끼고 서서 나를 바라보고 있는 한 남자가 있었다. 바로 이선이었다.

"전하……."

오늘 따라 대기실을 꽉 채운 손님들을 돌아보고 나는 호칭으로 그를 부르려던 것을 그만두었다.

"어쩐 일이세요?"

"우표가 나왔다기에 나도 한 장 사려고 왔지."

그의 웃는 얼굴을 보며 난 마치 작년 이맘때쯤으로 돌아간 듯한 느낌에 사로잡혔다. 나 역시도 그를 보고 웃으며 말했다.

"남성분은 저쪽에서 우표를 구매하시면 됩니다."

"그럴 줄 알았어."

이선이 씁쓸하게 웃더니 돌아서서 다른 직원들이 있는 곳으로 사라졌다. 기념우표의 판매로 평소보다 우편물의 양도 늘었고 찾아오는 손님도 많았다. 그 때문에 나는 대기실과 사무실을 오가며 정신없는 하루를 보냈다.

해가 뉘엿뉘엿 질 무렵에야 난 사무실에 앉아 한숨 돌릴 수 있었다. 그렇다고 해서 일이 없어진 것은 아니었다. 여전히 처리해야 하는 우편물들은 내 책상 위에 눈처럼 소복이 쌓여있었다.

난 그 우편물들을 들여다보다가 모두 같은 기념우표가 붙어있는 것을 보고는 우체총사를 찾아왔던 이선을 떠올렸다. 그는 단지 기념우표를 사기 위해서 방문했던 걸까?

똑똑.

사무실 문을 두드리는 소리. 난 책상 위의 정리되지 않은 우편물들을 주워 모으며 답했다.

“들어오세요!”

곧 문이 열리고 한 남자의 구둣발 소리가 들렸다. 고개를 든 나는 이선을 발견했다.

“아직 안 가셨네요?”

“미우가 한가해질 때까지 기다렸지.”

그는 엊그제 나를 마주한 것처럼 스스럼없이 사무실 안으로 걸어 들어왔다. 나를 바라보며 웃는 그의 모습이 너무나도 자연스러웠기 때문에, 나도 모르게 입꼬리가 올라갔다.

하지만 나는 곧 현실을 깨달았고, 본래의 입술 모양을 되돌리기 위해 억지로 미소를 어그러뜨려야만 했다.

“무슨 일이신데요?”

"편지를 보내려고."

그가 편지봉투를 하나 내밀며 책상 맞은편에 놓인 의자에 앉았다. 난 편지를 받아들어 받을 곳을 확인했다.

러시아

우리가 함께 떠나기로 했던 나라다. 난 다시 편지를 이선에게 내밀며 그의 시선을 피했다.

"전 여성분만 담당해요."

"어차피 소인은 남성 여성 구분 없이 같잖아."

"또 국제우편은 처리하지 않는다구요."

"외국 공사 부인들이나 서양 부인들 국제우편은 네가 담당하는 것으로 아는데? 담당자가 바뀌었나 보지?"

이선은 마치 우리 사이에 아무 일도 없었던 것처럼 말을 걸고 있다. 그는 이런 상황이 전혀 어색하지 않은 모양이지만 나는 그렇지 않았다. 한두 마디 대화는 주고받을 수 있지만 그 이상은…….

난 고개를 들어 난처한 표정을 지어보였다.

"전하. 더는 저를 난처하게 만들지 마세요."

계속 웃고 있던 이선의 얼굴에서 웃음이 사라졌다. 난 그런 그의 표정 변화도 받아들이기가 힘들었다. 결국 편지를 다시 거둬들인 나는 고개를 숙였다.

“이건 제가 처리해 드릴게요. 그만 돌아가세요.”

책상에 쌓아둔 우편물들 위에 이선이 준 편지를 함께 올려두려던 찰나였다.

“정말 미콩이 되어버렸네.”

중얼거리듯 말하며 이선이 내게서 돌아선다. 그를 붙잡고 싶은 마음이 굴뚝같았다. 그러나 그런다고 해서 달라지는 것은 아무것도 없다는 사실을 나는 잘 알고 있었다.

결국, 멀어지는 그를 붙잡지 못했다.

아직 추위가 가시지 않은 1903년 초.

사무실 창가에는 아직 녹지 않은 눈이 쌓여있었지만, 그 위로는 봉오리가 돋은 개나리 가지가 드리워졌다. 금방이라도 꽃망울을 터트리려는 개나리들 틈에서 분명 따뜻한 봄은 가까워져 있었다.

“어머니가 아프시다더군요.”

이른 아침부터 나를 찾아온 마담 손탁은 당분간 고향에 가 있을 것임을 알려왔다.

“일찍 돌아온다고 하더라도 그때 조선은 여름이겠죠.”

그녀는 내가 타준 커피를 마시며 아쉬운 듯한 표정을 지었다.

그녀와 한참 이야기를 주고받는데 책상 위 신문의 머리기사에 손탁의 눈길이 머물렀다. 난 그녀에게 신문을 내밀었다. 손탁은 정중하게 사양했다.

"아침에 이미 그 기사를 본걸요."

그녀의 말을 듣고는 신문을 펼쳤다. 머리기사로 걸린 내용은 러시아와 일본의 교섭 불발 소식이었다. 며칠 전부터 꾸준히 보도된 내용으로 크게 새로운 소식은 아니었다.

"요새 만주를 두고 두 나라가 많이 시끄러운 모양이에요. 아무래도 청국은 내부 문제로 만주에는 신경을 줄 틈이 없으니까. 이런 이야기, 미우 양에게는 재미없으려나?"

그녀가 웃으며 커피잔을 조용히 내려놓았다.

"흥미는 많지요. 잘 몰라서 그렇지……."

겸손하게 대답하는 내게 손탁은 더욱 구체적인 이야기를 꺼냈다.

"나도 잘 아는 건 아니에요. 보다시피 형부가 러시아 대사이니 듣고 보는 게 다른 사람들보다 조금 더 많을 뿐이죠. 미우 양도 아는지 모르겠지만 청국이 내부 혼란에 빠진 사이에 러시아가 만주를 차지했어요. 그런데 욕심이라는 것이, 러시아가 만주를 차지하고 보니 이 제국의 북쪽 일부까지 갖고 싶은 모양이에요. 일본은 그런 식으로 러시아가 계속해서 남하할 것을 두려워하죠. 그 때문에 영국과 군사동맹을 맺은 것이고요. 이제 러시아와 일본이 전쟁을 하게 된다면 영국은 일본을 돕게 될 겁니다."

"전쟁이 날 거라고 생각하세요?"

"이미 러시아와 일본의 전쟁은 만주에서 시작되었어요. 그리고 그 전쟁이 더욱 커지게 된다면 전장은 어디가 될까요? 만주? 러시아? 일본? 아니면……."

러시아와 일본 사이에 낀 나라는 대한제국이다. 제국이 예로 꼽히는 것이 자연스러울 텐데도 손탁은 확언을 피하고 있다. 그녀는 대체 내게서 무슨 말을 듣고 싶은 걸까?

"미우 양도 알다시피 난 조선에서 사업을 하는 사람이에요. 사업에 영향을 끼칠 만한 일에 대해서는 늘 사전에 대비하려는 경향이 있죠. 단지 그것뿐이랍니다."

그녀가 묘한 웃음을 짓는다. 그리고 더는 이 화제에 대해 이야기하지 않았다.

"잠시, 주목!"

분주히 일하던 우체총사의 직원들이 일제히 고개를 들었다. 그곳에는 민우진이 서 있었다. 마침 사무실 안으로 들어가려던 나 역시 민우진의 손짓을 보고 다시 나왔다. 직원들은 모두 한 자리에 모여 민우진을 쳐다보았다.

"발표할 것이 있다."

그는 정중히 강 주사를 불렀다.

"강 주사님."

강 주사는 이런 상황이 멋쩍은 듯 어색한 헛기침을 내뱉으며 민우진의 옆으로 가서 섰다. 그러자 민우진이 입을 열었다.

"강 주사님의 미국 국비유학이 결정되었다."

민우진의 말에 직원들 사이에서 부러움 섞인 탄성이 터져 나왔다.

"우와……."

"그 통신원 소속 관원들 중에서 매년 한 명씩만 보내준다는 그거?"

"우리 우체총사에서는 처음인가?"

"축하드립니다, 강 주사님!"

직원들의 축하 인사가 쏟아졌다. 민우진은 잠시 사람들이 잠잠해지길 기다렸지만, 그럴 기미는 전혀 보이지 않았다. 결국 민우진이 강 주사에게 눈치를 주자 강 주사가 재빨리 직원들을 뒤로 물렸다.

민우진이 다시 직원들을 향해 말했다.

"강 주사님이 맡던 우체총사 업무는 단기간 내에 인수인계를 마치게 될 것이다. 또한 조금 이른 감이 있지만, 강 주사님의 사정상 송별회는 오늘 저녁이다. 되도록 빠지지 말고 참석해서 아쉬움을 나누도록. 이상."

나는 속으로 고개를 갸웃거렸다. 송별회의 의미 자체는 알지만, 그런 자리에는 단 한 번도 참석한 적이 없었다. 송별회라는 것은 오직 남성들만의 세계였다. 단순히 작별인사를 나누는 그 이상의 무엇이 있는지는 잘 모른다.

할 말은 다 했다는 듯 민우진이 자신의 사무실이 있는 곳으로 돌아섰을 때였다. 직원 하나가 큰 목소리로 민우진을 불렀다.

"사장님은요!"

그러자 다른 직원들도 하나둘씩 목소리를 냈다.

"사장님은 안 가십니까?"

"아무리 일이 많다고 하시더라도 설마 강 주사님 송별회에 빠지시겠어?"

직원들의 장난기 섞인 청을 민우진은 단칼에 거절했다.

"난 일이 많다."

그는 더 이상 할 말이 없다는 표정을 지어보였다. 하지만 그 덕분에 다음 표적은 나로 바뀌고 말았다.

"그러면 미우는 송별회에 가는 거죠?"

"미우도 우체총사의 직원이니까요!"

"유일한 여직원이라고 강 주사님이 미우를 얼마나 애지중지하셨는데 설마 안 가겠어?"

"안 그래, 미우?"

직원들이 모두 나를 쳐다보자 난 얼떨결에 대답을 하고 말았다.

"소, 송별회……. 갈 거예요!"

이제 직원들은 다시 민우진에게 시선을 모았다. 정혼녀가 간다는데 정혼자는 어떻게 할 건지를 묻는 표정들이다. 민우진의 인상이 점점 찌푸려지다가, 그의 가슴이 큰 숨으로 한 번 들썩이더니 체념한 목소리가 들려왔다.

"나는 퇴근 후에도 끝마쳐야 할 일이 있기 때문에 조금 늦게 참석하겠지만……."

민우진의 말이 끝나기도 전이었다.

"와아아!"

직원들이 내지르는 환호성이 아침의 우체총사 건물을 뒤덮었다.

강 주사의 송별회는 남대문 밖 국밥집에서 열렸다. 하지만 민우진은 끝낼 일이 남았다며 우리와 함께 가지 않았다. 다들 국밥집에 도착해서도 과연 민우진이 올지 안 올지에 대해 의견이 분분했다.

이런 가운데 술이 몇 잔 들어가자 기분이 좋아진 직원들은 하나둘씩 강 주사와 얽힌 추억거리를 꺼내놓으며 아쉬움을 달랬다.

"그때 강 주사님이 얼마나 무서웠는지 오금이 다 저렸다니까요."

"그랬어? 그래서 어떻게 됐는데?"

"기억 안 나세요? 제 머리를 툭, 한 대 치고 그냥 지나가셨잖아요."

"이런 이런. 그때 자네를 단단히 혼냈어야 했는데."

강 주사도 평소와 달리 엄한 모습은 찾아볼 수 없었다. 그는 직원들이 돌리는 술잔을 모두 여유 있게 받아 마시고는 다시 채워서 돌렸다. 내 앞에도 빈 술잔이 놓였다. 하지만 강 주사는 내 앞에 놓인 잔에는 곧바로 술을 따르지 못했다. 나는 다른 직원들처럼 술잔을 강 주사 앞에 내밀었다가 얼음이 되어버린 강 주사의 얼굴을 보며 물었다.

"왜요?"

"그게……. 미우야."

강 주사의 시선은 이제 내 어깨 너머에 있었다. 고개를 돌리자, 언제 와 있었는지 모르게 민우진이 팔짱을 끼고 서 있었다. 민우진은 아무 말을 하지 않았지만, 그가 등장한 것만으로도 좋았던 분위기는 순식간에 가라앉았다. 하지만 이런 분위기를 깨려는지 한 직원이 용감하게 나섰다.

"아휴, 강 주사님! 뭐, 술 한 잔 따르는 걸 그리 어려워하시나. 먼 길을 떠나실 분이!"

직원은 강 주사의 손에서 술 주전자를 받아들더니 내 앞에 놓인 빈 술잔을 채웠다. 물론 민우진의 시선은 정확히 그 직원의 얼굴에 꽂혀 있었다.

"미우, 이 잔을 한 번에 비우지 못하면 강 주사님이 주시는 벌주를 연속으로 세 잔 마셔야……."

직원의 말이 끝나기도 전에 내 뒤에 있던 민우진의 손이 앞으로 쓱 나오더니, 내 앞에 놓인 술잔을 들었다. 그 술잔은 민우진의 입술에 닿자마자 깨끗하게 비워지고 다시 탁자 위로 돌아왔다.

"마셔야 해……."

겨우 말을 끝낸 직원이 민우진의 눈치를 보기 시작했다. 백문이 불여일견. 이미 민우진은 행동으로 내게 술을 권하지 말라고 직원들에게 경고를 준 것이다.

뭐, 술을 마시고 안 마시고는 문제가 아니다. 확 가라앉은 분위기를 되살리는 게 문제지. 더욱이 오늘은 강 주사의 송별회였다.

"자!"

나는 탁자를 두 손으로 가볍게 치며 자리에서 벌떡 일어섰다. 이제 모두의 시선이 민우진을 떠나 내 얼굴로 향했다. 나는 빈 술잔을 하나씩 내 앞에 놓기 시작했다. 한 개, 두 개, 세 개. 그리고 강 주사에게 말했다.

"어서 따라주세요, 벌주."

이런 내 행동에 가장 크게 놀란 건 민우진인 것 같았다. 그가 나를 뚫어져라 쳐다보고 있는 것이 느껴졌다. 난 최대한 그의 시선을 외면하고 강 주사를 보며 밝게 웃었다. 잠시 민우진과 내 얼굴을 번갈아 보던 강 주사도 결심을 했는지 크게 웃으며 내 앞에 놓인 술잔들에 모두 술을 채웠다.

"그래, 좋다!"

나는 침을 한 번 꼴깍 삼키고는 아무런 망설임 없이 첫 번째 잔에 이어 두 번째, 세 번째 잔까지 비웠다.

내가 적극적으로 술잔을 비우자 그때까지 가만히 있던 직원들도 기다렸다는 듯이 서로 내게 술을 따라주겠다고 다가왔다. 이제 그들의 눈에 민우진은 보이지 않는 것 같았다. 나는 직원들이 따라주는 술잔을 모두 차례로 받아 마시고는 벌개진 얼굴로 방긋 웃었다.

물론 여전히 이 자리에서 유일하게 웃지 않는 사람이 한 사람 남긴 했지만…….
“자, 또 드실 분?”
직원들이 하나둘씩 술에 취해 나가떨어지는 동안에도 내 정신은 거의 멀쩡했다.
“술을 그렇게 잘 마실 줄은 몰랐는데.”
어느새 내 옆에 가만히 앉아있던 민우진이 물었다. 난 자랑스럽게 대답했다.
“현주라는 훌륭한 술친구가 있으니까요. 우린 한번 마시면 끝까지 간다고요.”
“끝까지?”
“음……. 먼저 쓰러지는 사람이 나올 때까지 가는 거죠.”
그는 슬쩍 웃으며 자리에서 일어섰다.
“데려다주지.”
바로 그 때, 술에 취해 잠이 든 줄 알았던 강 주사가 눈을 번쩍 떴다.
“사장님!”
그가 취한 목소리로 민우진을 불렀다. 민우진은 잠시 당황했지만 곧 담담하게 강 주사를 쳐다보았다. 민우진과 눈이 마주친 강 주사는 실실 웃으며 집게손가락을 세우더니 힘 있게 말했다.
“미우! 행복하게 해 주십시오. 되도록 첩은 한 명만 두시고…….”
민우진은 부드러운 눈길로 술에 취한 강 주사를 보며 고개를 끄덕였다.

"그러지."

강 주사는 다시 고개를 푹 숙이며 잠에 빠져들었다. 민우진은 정신이 멀쩡한 직원에게 그를 집까지 잘 데려다주라고 말한 뒤 나를 데리고 국밥집을 나섰다. 그를 따라 문밖을 나서는 순간, 내 몸이 살짝 휘청거렸다. 앉아있을 때는 몰랐는데 술을 쉬지 않고 계속 마셨더니 취기가 오른 것 같았다. 하지만 분명 정신은 온전했다. 난 그렇게 믿었다.

"마부가 근처에서 기다리고 있을 거야."

그가 마부를 찾아 나서려 했다. 하지만 난 지금 상태로 마차를 탔다가는 속이 심하게 울렁거릴 것 같았다. 그래서 조금이라도 걷고 싶다고 그에게 말하려고 했는데……. 말보다 행동이 먼저 나왔다. 내 손이 민우진의 팔을 붙잡은 것이다. 그는 잠시 놀란 눈으로 나를 돌아보더니, 곧바로 팔을 뻗어 나를 부축했다. 나도 모르는 사이에 내가 또다시 휘청거린 모양이었다.

"안에서 기다리고 있어. 마차를 불러올 테니."

나는 웃음을 흘리며 고개를 저었다.

"마차는…… 지금 못 탈 것 같아요. 조금만 걸을래요."

"걸을 수 있겠어?"

그가 걱정스런 얼굴로 말했고 난 힘차게 고개를 끄덕였다.

"이 정도는 취한 것도 아니에요."

그런데 고개를 끄덕이는 모습이 약간 부실하게 보인 모양이다. 그가 내 옆에서 양 팔꿈치를 잡아 세워주었다. 그의 도움으로 똑바로

선 나는 그가 내민 팔을 잡고 천천히 앞으로 걷기 시작했다. 밤바람이 조금 차가웠다.

"여름이 지나면 가을이 오겠죠?"

그가 대답을 했는지, 아니면 고개를 끄덕였는지는 잘 모르겠다. 내 시선은 계속 하늘을 향해 있었으니까. 그때 민우진이 나를 향해 입을 열었다.

"우리의 혼인날짜가 잡혔어."

놀란 내 시선이 민우진의 얼굴을 향했다. 그러나 그는 마치 우체총사의 업무를 이야기하듯 태연스레 말을 이었다.

"내년 봄이야."

하지만 나는 세상의 종말을 듣는 기분에 사로잡혔다.

도망친 신부

1904년 1월 21일.

아침 출근길에 눈발이 거셌다. 서울의 최저기온은 영하 23도. 이런 날씨에 마차를 타고 가라는 유모의 말을 흘려듣고 인력거를 탄 것이 실수였다. 인력거꾼은 눈길에 계속 미끄러지며 위험한 곡예 운전을 했다. 어렵사리 통신원에 도착하여 인력거에서 내리는데, 요란한 외침이 귓가에 들려왔다.

"호외요! 호외! 폐하께서 중대한 발표를 하셨습니다! 호외요!"

나는 우체총사로 들어와 그곳에 있는 신문을 펼쳐보았다.

전시국외중립선언

러시아와 일본의 전쟁을 앞두고 한반도가 전쟁터가 될 것을 우려한 황제폐하의 조치. 다른 국가들, 특히 일본이 모르게 불시에 이뤄진 대한제국의 중립국 선언은 모두에게 아주 갑작스러운 것이었다. 외무대신 이지용이 보낸 특사가 중국으로 달려가 각국에 프랑스어로 선언문을 타전했다. 그에 대한 각국의 답신이 의외로 빠르게 들어왔다. 영국, 프랑스, 독일, 이탈리아, 덴마크 등이 바로 승인한 것이다. 하지만 일본이 이를 가만히 지켜볼 리가 없었다.

똑똑.

분명 사무실의 문을 두드리고 들어갔는데도 안에서는 아무런 답이 돌아오지 않았다. 그 이유는 문을 열어보고 나서야 알게 되었다. 민우진은 눈 덮인 창가를 내다보며 생각에 잠겨있었다.

"민 사장님, 신문 보셨어요?"

내 부름에 그가 뒤늦게 돌아섰다. 동시에 나는, 내가 들고 들어온 신문과 똑같은 신문이 책상 위에 놓여있는 것을 보았다.

"왜 중립국 선언이 아니라 전시국외중립 선언인 거죠? 대한제국에 전쟁이 일어난다는 얘긴가요?"

민우진은 대답을 하는 대신 책상에 가서 앉았다. 그리고 책상 위에 놓여있는 신문을 한쪽으로 치우며 무뚝뚝하게 말했다.

"내일 저녁에 내 정혼녀로서 참석해야 하는 연회가 우리 집에서 있다는 건 잊지 않았겠지? 준비는?"

"민 사장님."

말을 돌리려고 하는 그를 내가 재차 부르자, 그는 한숨과 함께 고개를 들었다.

"미우, 넌 우체총사의 직원이야. 아무리 전쟁이 일어나도……."

"할 일은 하고 퇴근해야죠. 알아요. 더는 쓸데없는 것 안 물을게요."

난 그가 하려던 말을 다르게 받았다. 잠시 그가 넋을 놓은 듯 나를 쳐다보았다. 그러더니 짧은 웃음을 터트리며 고개를 가로젓는다.

"못 말리겠군. 어서 나가서 일이나 봐. 강 주사를 대신할 사람이 올 때까지 돕기로 했잖아."

"네……."

사무실 문을 닫고 나오는데, 막 출근을 시작한 직원들이 한쪽에 몰려있다. 나는 그들이 호외를 보고 이야기하는 중이라 생각하고 다가갔다. 어쩌면 그들로부터 민우진에게 듣지 못한 이야기들을 들을 수 있을 거란 생각 때문이었다. 그러나 그들은 호외 이야기를 하고 있지 않았다.

"정말이야? 이선을 봤다고?"

"응. 오늘 아침에 경성역에서 기차를 내리는 걸 봤다니까."

"확실해?"

"이영효 비서관도 있었어. 병사들도 쫙 깔려있더라고."

"어디를 가는 거래? 아니면 어디를 갔다 오는 거래?"

"잘은 몰라. 어딜 멀리 갔다 오는지 짐 가방이 많아 보이던데. 이선이 자기 비서관하고 속삭이는 말을 내가 들었거든? 당장 내일이라도 떠날 수 있도록 준비하라고 하더라고."

"어딜 가나? 완친왕이 지방 순시한다는 말은 못 들었는데……."

그들의 이야기에 솔깃해지는 마음을 억누르며 난 혼례가 앞으로 두 달이 남았음을 상기했다. 혼례가 끝나면 석 달간 민우진의 집에서 그의 어머니로부터 며느리 교육을 받기로 되어있었다. 슬프게도 그 기간 동안에는 절대 우체총사에 출근할 수 없다며 민상호 대감으로부터 단단히 주의를 받은 뒤였다.

이미 그 집안에서는 내가 며느리가 되는 것을 기정사실화했고, 차기 며느리로서 그 집안 연회에 참석하는 일이 잦아졌다. 내일 연회도 마찬가지였다. 누가 오는지는 모른다. 다만 그 집안 사람이라면 반드시 참석해야 하는 자리일 것이다.

연회 장소는 민상호 대감의 양옥이었다. 내부를 서양식으로 꾸며놓은 이곳은 민상호 대감이 애지중지하는 건물로 특별한 날에만 연회가 열렸다. 내가 이 양옥에서 열린 연회에 참석한 것은 이번이 세 번째. 양장 드레스를 입은 나는 민우진과 함께 도착하자마자 제일 먼저 그의 어머니를 찾아갔다. 그런데 그녀는 오늘 연회에 참석할 계획이 없어 보였다.

"우진이만 대감과 함께 참석할 거야."

나는 그녀에게 슬쩍 물었다.

"누가 오시는데요?"

그녀는 고개를 저으며 별 관심 없다는 투로 대답했다.

"누군지는 몰라. 바깥양반이 알아서 하시는 일이니 묻지는 않았지만, 지난번처럼 프랑스나 영국 공사겠지."

양옥에서 여는 연회인 만큼 서양인이 온다고 생각했는지 그녀는 큰 관심을 두지 않는 듯했다. 그녀의 가장 큰 관심사는 내가 입은 양장 드레스였다.

"예쁘네, 예뻐! 미우는 뭘 입어도 잘 어울린다니까!"

인사를 마치고 안채를 나온 나는 연회장으로 향했다. 그곳에서는 하인들이 분주하게 움직이며 손님 맞을 준비를 하고 있었다. 안으로 들어가자 벽난로 앞에 민상호 대감과 민우진이 서 있었다.

그들은 심각한 표정으로 대화를 주고받는 중이었는데, 민우진이 아버지인 민상호 대감의 말에 거의 일방적으로 귀를 기울이고 있었다. 그들은 내가 들어온 것을 보더니 대화를 멈추었다.

"미우야."

"민 대감님."

민상호 대감은 드레스 자락을 쥐고 서양식으로 예를 올리는 내 모습을 보고 흡족했는지 웃음을 보이며 지나갔다. 그리고 손님들이 곧 도착할 거라며 하인들에게 손님맞이를 서두를 것을 지시했다. 내 곁으로 민우진이 조용히 다가왔다.

"어머니는 뵈었어?"

"네."

"다른 말씀은 없으시고?"

"별다른 말씀 없으셨어요. 그런데 오늘 오시는 손님이 누구예요?"

탁자 위에 준비된 식기를 보니 기껏해야 두세 사람 정도만 오는 것 같다. 평소 민상호 대감이 양옥을 애지중지하며 귀한 손님들을 초대해 크게 연회를 벌일 때에만 사용했다는 점을 감안하면, 오늘 손님은 분명 특별한 분들이다.

"두 사람이야. 아버지가 초대한 손님과 그 수행원."

"높은 사람이에요?"

"그는……."

잠시 머뭇거린 그가 어렵게 말문을 열었을 때였다. 하인 한 명이 양옥으로 뛰어와 민상호 대감에게 말했다.

"오셨습니다!"

하인의 말을 듣자마자 민상호 대감은 기다렸다는 듯이 신을 신고 바쁘게 양옥 밖으로 나갔다. 곧 검은 양장을 입은 키 작은 사내가 수행원과 함께 절도 있는 걸음으로 걸어 들어왔나. 그와 반갑게 악수를 나눈 민상호 대감은 내 옆에 있는 민우진을 돌아보며 가까이 오라고 불렀다. 민상호 대감에게 다가가기 전, 민우진은 지나가는 식으로 짧게 그가 누구인지를 말해주었다.

"이지치 도쓰케 장군. 이번에 일본 영사관의 부무관으로 부임한 사람이야."

"며느리 되실 분이 참하다고 말씀하십니다."

"과분한 칭찬이십니다, 장군."

도쓰케 장군의 수행원은 발음은 어눌하지만 분명한 조선말로 장군의 말을 통역하여 민상호 대감에게 말했다. 이쪽에서는 민우진이 민상호 대감이 하는 말을 그대로 일본어로 옮겨 답했다. 오늘 자리는 일본어를 못하는 민상호 대감이 일본어를 할 줄 아는 민우진을 통역으로 참석시킨 자리였던 것이다. 그런데 이상한 점이 있었다. 부무관이라면 영사관에서 그렇게 높은 직책이 아니다. 그런데 민상호 대감은 왜 그에게 저렇듯 깍듯하게 대하는 걸까?

의문은 그리 오래가지 않았다.

"부무관으로 한성에 머무시는 데 불편함이 없으신지 모르겠습니다."

"아무래도 내 신분으로는 조선 정부가 입국을 불허할 것이 불 보듯 뻔하니 어쩔 수 없는 선택이었소. 어쨌든 민 대감 같은 좋은 분들의 도움으로 편히 지낼 수 있을 듯하오."

러시아와 일본이 전쟁을 할지도 모른다고 한다. 이런 시기에 장군의 직책을 가진 사람이 일개 영사관의 부무관으로 입국한 것도 모자라, 고위직에 있는 민상호 대감과 조용히 만난다? 하나의 의문이 해결될 때마다 새로운 의문이 계속해서 생겨나고 있었다.

"그런데 어제 몇 달간 러시아에서 머무르던 황자가 입국했다고 들었소만."

도쓰케 장군의 입에서 황자라는 단어가 거론되는 순간 나는 그 황자가 이선이라는 것을 깨달았다. 더불어 우체총사 직원들 이야기 속의 이선이 러시아에 다녀오던 길이라는 것도 알게 되었다. 민우진도 그것을 알았는지 슬쩍 내 쪽을 쳐다보았다.

"황자라면……. 완친왕을 말하는 것입니까?"

민상호 대감의 말을 민우진을 통해 전해들은 도쓰케 장군이 갑자기 크게 비웃는 듯한 소리를 낸다.

"대한제국의 황실에서도 무언가 눈치가 있으니 황자를 움직이고 있는 것 같소만, 이미 모든 것은 늦었소."

"그러게 말입니다. 저희 폐하의 의중은 알 것 같으면서도, 때로는 어찌 그러시는지 도무지 이유를 모르겠습니다. 귀국과 본국은 러시아와 달리 아주 오랫동안 교류하며 화평을 유지해 왔지요. 이런 큰일을 앞두고 이 제국이 가장 신뢰해야 하는 것은 다름 아닌 일본인데 말입니다."

"하하하!"

주객이 전도된 듯한 상황에서 도쓰케 장군은 큰 소리로 웃어댔다. 그 옆에서 민상호 대감은 연신 허리를 숙여대며 그에게 공손히 말했다.

"아시다시피 대한제국 정부의 많은 인사들이 귀국의 편에 서기를 바라고 있습니다. 겉으로 러시아와 가까운 듯 보이는 것은, 어디까지나 황실과 폐하께서 러시아를 더 좋아하시기 때문이지요. 단지 그뿐이라는 것을 꼭 알아주십시오."

도쓰케 장군이 술잔을 들며 민상호 대감에게 답했다.

"제국 황실을 위한 황자의 마지막 발악도, 그 의기만큼은 칭찬해 마지 않겠소."

이후 식사 자리가 이어졌다. 나는 음식 맛도 느끼지 못한 채 인형처럼 의자에 앉아있기만 했다.

그런데 이상했다. 그를 경성역에서 직접 본 우체총사의 직원조차 그가 어디에 갔다 오는 길인지는 전혀 몰랐다. 그런데 일본인 장군은 그에 대해 알고 있었다. 이선이 비밀리에 러시아를 다녀온 것을 아는 첩자가 일본에 있는 것일까? 아니면 이선의 주변에? 민상호 대감과 같은 친일 인사들이 일본에 알려준 것일까? 머릿속이 복잡해졌다.

"너무 늦은 것 같습니다. 저는 그만 일어나야 할 듯합니다."

저녁 8시. 양옥 외부는 곳곳에 불이 들어와 환했으나 이미 밤은 찾아와 있었다. 내 말에 민우진은 내 손목을 움켜잡으며 작은 목소리로 속삭였다.

"조금만 기다려, 도쓰케 장군께서 떠나면 데려다 줄 테니까."

"마차를 타고 돌아가면 돼요."

"내가 데려다 줄게. 여기 있어."

"혼자 돌아갈 수 있다고 말했잖아요."

우리 두 사람의 실랑이를 지켜보던 도쓰케 장군이 먼저 입을 열었다.

"혼인 전이라도 지킬 것을 지켜야겠지. 보내주시게."

그러자 민상호 대감이 민우진을 보며 고개를 한 번 끄덕였다. 민우진이 내 손을 놓자 나는 바로 인사를 올리고 자리를 빠져나왔다.

"잠시 실례를……."

민우진이 뒤따라 나왔다. 그는 양옥 현관을 나오자마자 나를 불러 세웠다.

"내내 기분이 좋지 않아 보이던데, 왜 그러는 거야?"

난 그를 돌아보며 정색하고 말했다.

"보고도 모르겠어요? 저 일본 장군이 이 제국의 황자를 모욕했잖아요. 한낱 대화의 웃음거리로 삼았다고요."

"그 황자가 이선이라서 그러는 거야?"

"민 사장님."

친근함이라고는 전혀 느낄 수 없는, 거리를 둔 말투에 그가 미간을 찌푸렸다.

"네가 어제 물었지. 이 제국에 전쟁이 일어나는 것이냐고 말이야. 지금 대답해주지. 러시아와 일본은 곧 전쟁을 할 거다. 어디가 전쟁터가 되든 대한제국은 그 전쟁에 휘말리게 될 거야. 황실은 러시아와 손잡고 싶어 하지만, 내 아버지를 비롯한 일부 대신들은 일본과 손을 잡고 싶어 하지. 또한 무엇보다 러시아는 우리를 믿지 않아. 그래서 황자인 이선이 직접 황제폐하의 비밀특사 자격으로 수차례 러시아에 가서 그들을 설득하고 있는데도 답을 주지 않고 있어."

"그게 황제폐하의 뜻이라는 거잖아요. 그걸 알면 그 뜻을 따르고 돕지는 못할망정, 뒤에서 일본 장군을 만나요?"

"미우……."

그가 한숨과 함께 내 이름을 불렀다.

"너는 이 상황을 제대로 이해하지 못하고 있어. 무엇보다 이 일은 남자들의 일이야."

내 입에서 실소가 터져 나왔다. 그의 말은 나를 설득시키지 못했다.

"그래요. 여자인 저는 몰라요. 하지만 이것 하나만은 분명히 알겠어요. 이건 옳지 못해요."

"미우!"

"그만 아버님께 돌아가세요. 당신 자리가 그곳에 있잖아요."

집으로 향하는 마차 안.

오늘 일을 생각하면 생각할수록 한숨밖에는 나오지 않는다. 언제가 될지는 모르지만 러시아와 일본은 결국 전쟁을 일으킬 것이다. 폐하는 그 전쟁 속에서 이 제국을 살리기 위해 전시중립국화를 선언했다. 이선은 비밀특사 자격으로 러시아를 오간다. 그런데 조선에 있는 고위 관리인 민상호 대감은 일본 장군을 만나 그런 황실의 노력을 비웃는다. 오늘 연회 자리는 민상호 대감이 준비했고 민우진은 단지 통역을 위해 참석한 자리인 것 같다. 하지만 민상호 대감에 대한 실망은 곧 민우진에 대한 실망이었다. 나는 한숨과 함께 힘없이 눈을 감았다.

빵빵!

그런데 갑자기 마차가 멈추더니 자동차의 경적 소리가 들렸다. 나는 눈을 뜨고 창밖을 내다보았다. 우리가 가던 방향에서 한 대의 자동차와 그 뒤를 따르는 두 대의 마차가 오고 있었다. 자동차와 마차에는 대한제국 황실의 문양이 새겨진 깃발이 휘날리고 있었다. 마부도 이를 보았는지 옆으로 난 골목길로 마차를 이동시켰다. 내가 탄 마차가 비켜나자 자동차를 선두로 마차 두 대가 빠르게 지나갔다. 창밖을 내다보던 나는 자동차 뒷좌석에 앉아있던 이선과 이영효 비서관을 발견했다.

'이선?!'

그를 발견한 순간, 그에게 꼭 건네야 할 수많은 말들이 떠올랐다. 그러나 그는 나를 보지 못했다. 그저 나의 작은 바람뿐이었던 그 얘기들은 점점 멀어지는 자동차와 함께 사라지려 하고 있었다.

난 급히 창으로 고개를 내밀어 자동차가 향하는 방향을 확인했다. 경성역 쪽이었다. 어제 경성역에서 이선이 이영효 비서관과 주고받은 이야기를 엿들었다는 직원의 말이 맞았다. 그는 또다시 어디론가 떠나려 하고 있었다. 그리고 그곳은 러시아가 분명했다.

이선이 탄 자동차가 사라진 후 마부는 다시 큰길로 마차를 몰았다. 경성역과는 반대 방향이었다. 나는 급히 마차의 벽을 두드렸다. 마부가 마차를 멈추고 대답했다.

"무슨 일이시죠, 아가씨?"

"경성역으로 가요. 빨리요!"

오늘 저녁 경성역을 떠나는 마지막 기차가 철로 위에 서서 요란한 기적 소리를 내고 있었다. 바로 그 기차였다. 내가 이선과 함께 러시아로 떠나려고 했을 때 타야 했을 그 기차.

난 일등석 쪽에 줄지어 서 있는 병사들을 발견하고는 그쪽으로 달려갔다. 하지만 병사들은 사람의 출입을 엄중히 막고 있었다.

"이쪽으로는 타실 수 없습니다."

"완친왕 전하가 이곳에 계시죠? 그분을 만나러 왔어요!"

완친왕의 이름이 나오자 병사는 약간 당황하더니 고개를 저었다.

"완친왕께서는 이곳에 없으십니다."

누군가의 지시로 비밀을 지키는 것이 분명했다. 하지만 난 분명히 자동차 안에 타고 있던 이선을 보았다. 그리고 이선이 온 곳이 이 경성역이라는 것도 확신하고 있었다.

"전하께서 이곳에 안 계시다면, 이영효 비서관님은 계시겠죠? 그분이라도 불러줘요. 그분이 내가 누구인지 말해줄 테니까."

병사는 결국 다른 병사를 기차로 보냈다. 얼마 지나지 않아서 내 말대로 이영효 비서관이 기차에서 내리는 것이 보였다. 그렇다면 분명히 이선은 이 기차에 있었다.

"이 비서관님!"

나는 그를 보며 다급하게 소리쳤다. 그러나 이 비서관은 느릿한 걸음으로 다가와 병사들에게 가로막힌 내게 딱딱한 인사를 건넸다.

"박미우 양."

"완친왕 전하가 이곳에 계시죠? 잠시만 만날 수 있게 해주세요."

"무슨 말씀을 하시는지…… 잘 모르겠습니다만."

"전하가 자동차를 타고 이곳으로 가시는 걸 봤어요."

"그래서요? 다음 달이던가요? 민우진 사장과 혼례를 올리신다는 말은 들었습니다. 혼례를 앞둔 규수가 이처럼 밤늦게 돌아다니는 것은 옳지 않습니다."

이 비서관은 더 이상 나와 할 말이 없다는 듯 돌아섰다. 그는 나를 이선과 만나게 해줄 마음이 없어 보였다. 나는 그런 이 비서관을 향해 분명한 어조로 말했다.

"이 비서관님의 말대로 제가 민우진 사장과 혼례를 앞둔 정혼녀인 건 사실이에요. 그렇다면 달라질 건 아무것도 없으니, 제가 전하를 만나면 안 될 이유도 없지 않나요?"

이선과의 관계가 모두 끝났음을 내 스스로 인정하듯 말하자 이 비서관이 걸음을 멈췄다. 그것도 잠시, 그는 곧 아무 대답 없이 기차 안으로 사라졌다. 난 병사들에게 가로막힌 채 한동안 이 비서관이 들어간 기차를 뚫어져라 쳐다보았다. 그는 도로 나오지 않았다. 결국 난 이선을 만나지 못하는 것일까?

히잉. 히잉!

멈추었던 기적 소리가 다시 울리며 기차 위로 희뿌연 연기가 솟구쳤다. 기차가 곧 출발한다는 뜻이었다.

'역시……. 못 만나는 걸까?'

이 비서관이 결국 내 말을 들어주지 않았다고 짐작한 나는 깊은 한숨과 함께 돌아서려 했다. 그리고 바로 그때였다.

"미우."

등 뒤에서 목소리가 들려왔다. 이선이 웃는 얼굴로 나를 바라보고 있었다.

"여긴 어떻게 온 거야?"

그를 마주한 순간, 하고 싶었던 말들은 모두 잊혀 버렸다. 어쩌면 그에게 하려던 말들은 처음부터 중요하지 않았는지도 모른다.

난 단지 그를 보고 싶었던 것이다.

"기차역으로 가는 걸 봤어요."

이선이 조금은 의외라는 듯 내게 물었다.

"나를 따라온 거야?"

난 잠시 말문이 막혔다.

"미우?"

하지만 더 이상 그를 속이지 않기로 했다.

"러시아로 간다는 걸 알아요."

이 말에는 이선도 조금은 놀란 표정을 짓다가 피식, 웃고 만다.

"아무리 비밀로 해도 알 사람은 다 안다니까."

그가 태연스러운 표정으로 내 말을 받았다. 그러나 이 이상 우리에게는 대화를 지속할 시간이 주어지지 않았다. 기차가 출발하려는지 요란한 소리를 냈고, 이 비서관은 이선을 재촉했다.

"전하."

이 비서관을 한 번 쳐다본 이선이 내게 말했다.

"그만 가야 할 것 같아, 미우."

이 자리에는 지금 이 비서관도 있었고 병사들도 있었다. 이런 상황에서 우리가 나눌 수 있는 형식적인 인사는 여기까지였다.

"네……."

천천히 고개를 끄덕이는 나를 보며 이선이 돌아서려 할 때였다.

"전하!"

나도 모르게 내 입에서 그를 부르는 소리가 튀어나왔다. 이선은 다시 나를 돌아보았고, 그의 뒤에 선 이 비서관이 더는 안 되겠다는 듯 이선의 곁으로 가까이 다가왔다.

"전하. 이번 기차에는 반드시 탑승하셔야 합니다."

이 비서관의 말을 들은 그가 돌아서더니 병사들을 손짓으로 물린다. 그 다음으로 이 비서관에게 말했다.

"잠깐이야. 그러니 자네는 기차에 먼저 타고 있게."

이 비서관이 나를 노려보는 것이 느껴졌다. 그러나 그는 곧 이선의 말에 따라 기차 안으로 사라졌다. 이제 우리 주변에는 여유가 생겼다.

"내게 할 말이 있는 것 같은데, 그렇지? 사람들의 시선이 신경 쓰여서 못 했던 거라면 지금 해봐. 그리 많은 시간을 줄 순 없지만."

난 이선의 눈동자를 바라보며 입을 열었다.

"러시아에 왜 가시는지 알아요. 그리고……."

'이 제국 황실을 위한 황자의 마지막 발악도, 그 의기는 칭찬해 마지 않겠소.'

그들은, 그들은 그것을 그의 '마지막 발악'이라고 말한다.

"다 잘 될 거예요. 쉽지 않은 길이겠지만 분명 좋은 결과가 있을 거예요."

"민우진이 한 말이야?"

"네?"

난 눈을 동그랗게 뜨고 이선을 쳐다보았다. 이선은 그가 러시아에 간다는 사실을 내가 민우진으로부터 들은 줄 아는 것 같다.

"만약 그 녀석이 그렇게 말했다면 조금이라도 내 노력을 알아주는 걸 고마워해야 하나, 아니면……."

그의 얼굴에서 점점 미소가 잦아든다.

"극비인 나의 러시아행 소식을 서로 주고받을 정도로 가까운 사이가 되었다고 생각하고 슬퍼해야 하나."

'아니야, 그게 아니라고요!'

누가 본다면 이선이 내게 우스갯소리를 한다고 생각할지도 모른다. 그러나 내가 아는 이선이라면 자신이 가진 걱정과 고민을 내게 주지 않으려 이러는 것이 분명했다.

"그 녀석은 언제나 나를 잘 안다고 생각하지. 그런데 그 녀석이 간과한 사실이 하나 있어. 녀석이 나를 잘 아는 만큼이나 나도 그 녀석을 잘 안다는 사실을 말이야. 그래서 처음 널 우체총사에서 보았을 때, 언젠간 그 녀석이 네게 빠져들 줄 알았어. 결국 그렇게 되었고."

"전하……."

내가 그를 부르자 무엇 때문인지 그의 시선이 잠시 내 얼굴을 떠났다.

"이제는 알 것 같아. 그날 기차역에서 네가 내게 했던 말들. 그 말들은 모두 맞는 말이었어. 난 네가 원하는 걸 줄 수 없어. 비록 쉽진 않지만 지금 이 대한제국의 황자라는 자리가 내겐 맞아. 무엇보다 이 나라와 황실을 위해 무언가 할 수 있다는 사실이 기뻐."

그가 다시 웃는 얼굴로 나를 본다.

"이 모든 자리는 네가 내게 준 거야, 미우. 그런 의미에서 난 네게 고마워해야겠지. 그리고…… 너와 민우진의 행복을 빌어줘야겠지."

그는 왜 끝까지 내가 옳다고 말하는 걸까?

그날 그에게 한 말들은 모두 거짓이었다. 그에게 상처를 주어 그의 자리로 돌아가게 만들려던 나의 거짓말이었다. 그러나 나라에 위기가 찾아온 지금, 그 자리는 그에게 행복을 주지 못하고 있다. 그와 헤어진 후 내가 보고 싶었던 것은 이런 위기 속에 놓인 그가 아니라, 단지 그의 행복한 모습이었는데…….

"내가 당신에게 실망을 주었는데도, 행복을 빌어준다고요?"

"네가 나를 위해 그런 선택을 했다는 걸 알고 있으니까."

난 귀를 의심했다. 시끄러운 기적소리가 내 귀를 덮는 바람에 그의 말을 잘못 들었나 싶었다.

"지금 뭐라고……."

히잉!

또 한 번의 기적소리가 기차역이 떠나갈 듯 울리자, 동시에 구름 같은 증기가 기차역을 뒤덮었다. 그러자 우리 주변을 감싸고 있던 모든 사람들이 사라져버렸다. 마치 이 세상에 우리 두 사람만 존재하는 것처럼 느껴진 바로 그때였다.

"미우, 아직도 난 너를 사랑하고 있어."

주변을 덮어버린 구름은 이제 우리 두 사람 사이로 밀려와, 순식간에 그 양을 늘리며 바로 내 앞에 서 있는 이선의 모습을 감춰버렸다. 그리고 이선이 사라졌다고 여긴 순간, 구름 속에서 그가 다시 나타났다. 그가 내게로 고개를 숙이고, 그리고 그의 입술이 아주 빠르게 아주 뜨겁게 내 입술을 점령했다.

"!"

증기 구름이 서서히 걷히고 보이지 않던 기차의 형체가 모습을 드러냈다. 그땐 이미 이선의 입술은 내 입술을 떠난 뒤였다. 나는 나도 모르게 손끝으로 입술을 쓸었다. 이선이 그런 나를 보며 슬픈 목소리로 말했다.

"이번 여정이 예정보다 길어져야 할 텐데. 이제는 민우진의 아내가 될 너를 진짜로 잊어야 할 테니까."

이선이 떠나고 겨울은 더욱 깊어졌다. 추위 때문인지 일본인 상인들이 외상값을 서둘러 거둬서 가게 문을 닫고 하나둘씩 한성에서 모습을 감추기 시작한 것도 그 즈음이었다. 한성에서는 연일 러시아군 수천 명이 대한제국 국경을 향해 진군하고 있다는 소문, 그리고 일본의 함대가 부산에 상륙했다는 소문이 떠돌았다. 그러나 이와 다르게 매일 발행되는 신문에는 전쟁에 관한 그 어떠한 소식도 실려있지 않았다.

1904년 2월 8일. 일본은 주한 일본 공사관을 통해 대한제국 정부와 한성의 각국 공사관으로 서한을 보냈다. 향후 일본이 하는 행동은 오직 정의를 위한 것이며, 이로 인해 조선인들 및 한성에 거주하는 외국인들이 불이익을 받지 않도록 하겠다는 내용이었다.

무엇 때문인지 몰라도 이 서한이 전해진 즉시 한성의 주한 러시아 공사관은 폐쇄되었으며, 중립 항구인 제물포는 일본 함대에게 무력으로 봉쇄당했다. 그리고 그 다음 날인 1904년 2월 9일. 새벽부터 한성에는 짙은 안개가 꼈다. 그 안개는 한성뿐만 아니라 제국 전체를 뒤덮은 듯 스산한 분위기를 풍기고 있었다.

불길한 소식은 그날 아침이 밝아오기 전, 제물포에서 한성으로 전해졌다. 제물포항에 정박 중이던 러시아 함대가 일본 함대의 갑작스런 공격에 의해 처참히 침몰되면서 러일전쟁이 시작된 것이다. 그러나 이 소식이 전해진 후에도 한성 사람들은 별다른 동요 없이 일상생활을 지속했다.

"아가씨!"

이른 아침, 추위가 옷깃에 스며들까 두터운 겉옷을 단단히 여미며 출근을 준비하는 나를 유모가 불렀다.

"대감마님께서 부르세요!"

"아버지가?"

사랑채로 건너가자 아버지는 하인의 도움을 받아 관복으로 갈아입고 있었다.

"아버지, 입궐하세요?"

"그래……. 콜록콜록, 콜록!"

아버지의 기침이 또다시 시작되었다. 난 걱정스럽게 바라보았다. 이번 겨울이 시작되면서 아버지는 고질병인 기침이 더욱 심해지셨다. 아버지는 이 일을 핑계로 사직을 생각하셨지만, 폐하는 사직서를 받아들이지 않으셨고 그 대신 병가를 허락하셨다. 결국 아버지는 봄이 올 때까지 집에서 요양 중이셨다.

"궐에서 무슨 일이 있대요?"

"자세한 것은 나도 입궐을 해 봐야 알 것 같구나. 그보다 너는…… 민 사장이 아무 말도 안 하더냐?"

"아니요. 왜요?"

이른 아침부터 민우진에게 연락이 올 일은 없다. 어제 평소와 다름없이 출근했던 우체총사에서도 아무 연락이 없었다.

"민 사장이 별다른 말이 없었다면 상관은 없겠지만……. 콜록콜록. 그만 우체총사로 가보거라. 늦겠구나."

"네, 아버지."

아버지는 어떻게든 기침을 멈춰보시려는지 하인에게 뜨거운 차를 가져오라고 했다. 그 사이 사랑채를 나온 나는 유모가 부른 인력거를 타고 우체총사로 향했다.

그런데 우체총사로 가는 길이 어제와는 조금 달랐다. 평범하게 길을 걷는 사람이 있는 반면, 어떤 사람들은 어디론가 우르르 몰려 골목 사이사이로 모습을 감췄다. 길에서 삼삼오오 모여 심각한 얼굴로 이야기를 나누는 사람들도 있었다. 그리고 육조거리를 지날 때, 나는 그 이유를 알 수 있었다.

어제는 보지 못했던 많은 수의 일본 군인들이 제국의 모든 관부 앞을 각각 무장한 채 지키고 서 있었던 것이다. 갑작스런 일본 군인들의 등장이 의아했던 나는 인력거꾼에게 물었다.

"언제 이렇게 많은 일본 군인들이 한성에 들어온 거죠?"

"주워듣기로는 어젯밤이라고 합니다. 저 왜놈들 죄다 한성 밖에 주둔하고 있던 놈들입니다. 이번에 러시아 놈들과 터진 전쟁 때문에, 한성 내에 사는 왜놈들의 안전을 지키네 뭐네 하면서 한밤중에 성문을 열고 들이닥쳤다지 뭡니까. 그런데 지네 왜놈들이 우리 관청에 산답니까? 왜 모든 관청과 궁궐들까지 죄다 몰려가서 에워쌌는지…….”

“궁궐까지요?”

“예에! 지금 한성의 궁궐을 모두 다 왜놈들이 에워싸고 있는 걸 제 두 눈으로 똑똑히 봤다니까요!

우체총사가 있는 통신원도 별반 다르지 않았다. 통신원 앞에 도착하자 그곳에도 무장한 일본 군인들이 서 있었다. 그들은 통신원에서 일하는 관리와 직원은 물론이고 일반 백성의 출입까지도 엄중하게 통제하고 있었다.

인력거에서 내린 내가 통신원 정문으로 다가가자, 그들은 내 앞을 가로막았다. 그리고 ‘폐쇄’라고 적힌 종이를 내 앞에 내밀며 안으로 들어가지 못하도록 막았다.

“난 여기서 일하는 직원이라고요!”

그러나 그들은 조선말을 전혀 모르는 일본 군인들이었다. 내가 재차 안으로 들어가려고 하자, 이번에는 무기까지 동원해 위협했다.

“미우!”

그때 정문 안쪽에서 우체총사 직원이 나를 보더니 큰 목소리로 불렀다. 일본 군인들이 그를 돌아보자, 그는 일본어로 내가 이곳에서 일하는 직원임을 설명해서 내가 안으로 들어올 수 있게 도와주었다. 난 그를 보자마자 물었다.

“대체 무슨 일이 일어난 거예요?”

“나도 잘은 몰라. 아침에 출근한 뒤로 이 모양이야.”

"통신원은요? 총판인 민상호 대감께서는요?"

"나도 오늘 아침에 와서 들은 말인데, 민 총판께서 사직하셨대."

"사직이요? 왜요?"

"잘은 몰라. 어쨌든 지금 통신원 총판 자리는 비었어. 이 상황을 통제할 수 있는 사람은 아무도 없다고."

난 민우진을 떠올리며 그의 행방을 물었다.

"민 사장님은요?"

민우진은 우체총사 안 자신의 사무실에 있었다. 평소라면 한참 일을 하고 있어야 할 시간이었다. 그러나 내가 들어갔을 때, 그는 일을 하고 있지 않았다. 그는 가만히 책상에 앉아 깍지 낀 두 손을 책상 위에 올리고 깊은 생각에 잠겨있었다.

"민 사장님."

난 그를 부르며 책상 앞까지 다가갔다.

"민 총판께서 왜 사직하신 거죠? 그나저나 보셨어요? 지금 일본 군인들이 통신원 앞에……."

"미우."

그는 흥분한 나를 침착한 목소리로 자그시 누른다.

"당분간 우체총사에는 출근하지 마. 기간은 우리의 혼례가 끝날 때까지가 좋겠군."

"제가 묻는 말에 대답해 주세요!"

그가 자리에서 일어섰다.

"최근의 전쟁은 옛날의 전쟁과 달라. 요즘은 전쟁이 일어나면 통신 기관부터 점거한다."

"그 말이 무슨 뜻이죠?"

"일본군은 이곳 통신원을 접수할 거야."

난 이해 못 하겠다는 듯 고개를 흔들었다.

"이런 상황에서 왜 민 총판께서는 사직하신 거죠? 통신원 총판 자리가 비면 혼란만 가중되잖아요? 이제 일본군이 주인 잃은 통신원을 점거하는 건 아주 쉬운 일……."

그때, 내 머릿속에 민상호 대감이 도쓰케 장군에게 한 말이 떠올랐다.

'……이런 큰일을 앞두고 이 제국이 가장 신뢰해야 하는 것은 다름 아닌 일본인데 말입니다.'

민상호 대감은 분명 친일파 인사였다. 일본에 우호적인 그가 통신원 총판 자리에서 사직한 것은 일본을 위한 행동인 것이다.

"일부러 그러셨군요. 일본군이 통신원을 쉽게 점거할 수 있도록 도와주기 위해서!"

내가 내뱉은 말에 민상호 대감을 향한 원망이 묻어났기 때문일까? 민우진이 화가 난 목소리로 말했다.

"미우. 내 아버지야. 그런 식으로 말하지 마."

하지만 민우진의 태도는 내 화를 더 부추겼다.

"민 사장님 생각은요? 민 사장님도 통신원이 일본군에 점거당해야 한다고 생각하시나요? 전쟁이 났으니까? 단지 우리 제국이 일본보다 힘이 없으니까? 그래서 일본을 도와주기라도 해야 한다는 거예요? 민 사장님! 이 우체총사는 당신이 만들어왔잖아요. 당신이 헌신해서 오늘에 이르렀잖아요. 그런데 그런 우체총사를 일본군이 점거하도록 내버려 두겠다는 건가요?"

내 말이 그의 분노를 일으킨 모양이다.

"내 뜻만 앞세우자고 아버지의 뜻을 거스르라는 거냐?"

"적어도 옳고 그름이 무엇인지는 분별할 수 있잖아요."

그가 내게서 돌아서며 싸늘한 한마디를 내뱉었다.

"가. 집으로 돌아가."

더는 나와 이야기를 하지 않겠다는 그의 태도에 나는 분개했다. 그의 사무실을 나오는 마지막까지 그를 향해 원망의 눈초리를 보냈다. 나는 이런 내 눈을 보고 그가 마음을 돌리기를 바랐다. 그러나 그는 더 이상 나를 쳐다보지 않았다.

민우진의 사무실을 나오자마자, 우체총사의 직원이 뛰어오며 내게 소리쳤다.

"미우! 큰일 났어!"

"큰일이요?"

"일본 우체국장 다나카 지로가 지금 일본 군인들을 이끌고 전보국에 들이닥쳤어!"

전보국은 우체총사의 바로 건너편에 위치하고 있다. 헨리가 교사로 일하고 있는 전무학당도 이 전보국 소속의 학당이었다.

"왜 우체국장이?"

통신원을 점거한 일본군이 이번에는 전보국을 점거하러 왔다면 이해가 간다. 하지만 이 상황에서 일본 우체국장이 전보국에 찾아온 이유는 이해하기 어려웠다.

직원이 말을 덧붙였다.

"군인들을 앞세워 미륜사를 해고하라고 전보국 사장을 위협하고 있대!"

헨리는 외국인이라는 특수한 신분을 내세워 제국 관리들이 손대기 어려운 문제들을 해결해 왔다. 최근 일본 우체국에서 대한제국의 허락 없이 불법적으로 가설한 전화선을 헨리가 강제 철거하면서 일본의 눈 밖에 난 사실은 한성 내에 널리 알려져 있었다. 아마 그 일로 앙심을 품은 일본 우체국장이 통신원이 혼란스러운 틈을 타서 보복하러 온 것이 분명했다.

"미륜사는요? 그는 지금 어디에 있는데요?"

전보국에 도착하니, 겁에 질린 직원들이 사장실 입구에 서서 벌벌 떨며 안을 들여다보고 있었다.

"길게 가지 맙시다! 사장!"

일본 우체국장 다나카 지로가 전보국 사장 이정래의 책상을 쾅, 소리가 나도록 세게 내리쳤다. 이 사장은 두 눈을 고요히 감은 채 의자에 앉아 말이 없었다. 다나카는 무장한 헌병 두 명을 그의 옆으로 세웠다. 그들은 언제라도 이 사장에게 무력을 행사할 태세였다.

"당장 여기에 서명하시오. 어서!"

다나카는 조선말로 계속 이 사장을 협박했다. 그가 내민 서류에는 전무학당 교사인 헨리를 해고하고 그 자리에 일본 우체국 소속 일본인 직원을 앉힌다는 내용이 담겨있었다.

"아직 상황이 제대로 이해가 안 되시나 보군."

그가 일본 헌병들에게 눈짓을 보낸다. 그러자 헌병 하나가 밖으로 나가더니 곧이어 여러 명의 헌병들과 함께 누군가를 끌고 전보국 안으로 들어섰다. 다름 아닌 헨리였다.

무슨 일을 당한 건지 헨리의 옷은 피투성이였다. 헨리는 정신까지 잃었는지 거의 질질 끌려오다시피 사장실 안으로 옮겨졌다.

"헨리!"

나는 헨리에게 달려가며 소리쳐 불렀다. 정신을 잃은 것처럼 보이던 헨리의 고개가 내 목소리에 살짝 들리는 듯싶었다. 그 순간 일본 헌병들이 나를 팔로 세게 밀치며 사무실 밖으로 쫓아냈다.

헌병들은 헨리를 이 사장이 앉아있는 책상 앞쪽으로 내던지듯 내려놓았다. 다나카는 얼음이 둥둥 떠다니는 물을 가져오게 하더니, 한겨울인데도 그 물을 그대로 헨리의 얼굴에 쏟아 부었다.

"으……."

헨리가 정신을 차리자, 다나카는 그의 머리를 젖혔다.

"오랜만이야, 윌렌스테트. 사세보 이후 처음이지?"

그는 헨리를 놔두고 다시 자리에서 일어섰다. 그리고 이 사장의 앞에 있는 책상에 걸터앉았다.

"이 사장. 우리 일본제국의 나가사키에는 사세보라는 항구가 있소. 그곳에 있는 포로수용소에는 외국인을 위한 수용 공간이 따로 있지. 한번 들어간 외국인은 쉽게 살아서 나오지 못하는 곳이오. 그리고 바로 내가, 오래전 이 자식을 그곳에 집어넣었지."

그가 바닥에 쓰러진 헨리를 내려다보며 비릿한 웃음을 흘렸다.

"내가 그때 경고했지? 또 다시 우리 일본제국을 방해하는 행동을 했다가는 절대 살려두지 않겠다고."

"큭."

"응?"

쓰러진 헨리에게서 웃음소리가 나자, 다나카가 인상을 찌푸렸다. 그사이 헨리는 한 손으로 바닥을 짚으며 힘겹게 몸을 일으켜 세웠다.

"다나카 국장. 난 내가 옳다고 생각하는 일을 할 때 누군가에게 위협받는 것을 두려워하지 않습니다……. 무엇보다 다나카 국장 당신은 지금 정당한 주권을 가진 나라의 관리를 헌병을 동원해 협박하고 있지 않습니까?"

헨리는 더는 웃지 않았다. 화가 머리끝까지 치솟은 다나카만이 이를 바득바득 갈며 헨리를 노려보고 있을 뿐이었다.

"덴마크 공사는 벌써 한성에서 도망쳤다. 자국 공사도 없는 나라에서 네 안전을 장담할 수 있을 것 같나?"

"안전한 삶을 바랐다면, 사세보에서 나오자마자 조선으로 오진 않았을 겁니다."

"이 자식이!"

그가 분을 참지 못하고 헌병이 차고 있던 칼을 뽑아들었을 때였다. 난 아무 주저 없이 사장실 안으로 뛰어 들어갔다. 그리고 쓰러진 헨리의 앞을 가로막으며 소리쳤다.

"내가, 내가 알릴 거예요!"

"뭐야? 이 계집은?"

"헨리에게 조금이라도 더 해를 가해봐요. 아직 한성에 남아있는 공사관에 모두 알려서 헨리의 모국에까지 오늘 이 일이 알려지게 할 거라고요!"

"미우?"

"끌어내!"

다나카 국장의 명령에 헌병들이 내게로 다가왔을 때였다. 그때까지도 잠자코 자리에 앉아있던 전보국 이정래 사장이 자리에서 벌떡 일어서며 말했다.

"그 여성에게는 함부로 대하지 않는 것이 좋을 거요, 다나카 국장."

"뭐요?"

"그녀는 얼마 뒤면 민상호 대감의 며느리이자, 우체총사 민우진 사장의 부인이 될 여성이니 말이오."

"민우진……. 그럼 우체총사에서 일한다는 박정양 대감의 딸이?"

이 사장의 말에 잠시 고민하던 다나카가 들고 있던 칼을 헌병에게 돌려주었다. 그 뒤 이 사장을 보며 말했다.

"이번 전쟁은 우리 일본 제국의 승리로 끝날 거요. 그리고 그 전에 이 문제를 매듭짓지 못한 것을 아주 후회하게 될 거요, 사장."

다나카가 사장실을 빠져나가자 함께 있던 일본 헌병들과 일본 우체국 직원들까지 모조리 자리를 떠났다. 그제야 이 사장은 쓰러진 헨리에게 다가가 그를 일으켜 세우며 말했다.

"괜찮소?"

"예, 괜찮습니다. 사장님."

걱정하는 빛이 역력한 이 사장을 보며 헨리가 웃음을 짓는다. 그러나 동시에 몸 어딘가에서 아픔이 느껴졌는지 인상을 살짝 찌푸렸다. 그 모습을 본 나도 헨리가 걱정되어 물었다.

"무슨 일이 있었던 거예요?"

하지만 내 쪽을 향한 헨리의 표정은 이 사장을 대하던 때와 사뭇 달랐다. 그는 굳은 얼굴로 내게 물었다.

"얼마나 위험했는지 알고 나선 겁니까, 미우?"

"헨리가 당한 일은 더 위험했어요."

"내가 위험에 처하는 것과 미우 당신이 위험에 처하는 건 내게 있어서 아주 다른 문제입니다."

그가 말하는 문제의 차이를 잘 몰랐지만, 난 단호하게 말했다.

"하지만 내겐 다르지 않아요. 헨리 당신은 내게 현주와 마찬가지로 목숨만큼 소중한 친구라고요."

"미우는 참……."

헨리가 이런 나를 보며 이길 수 없다는 듯 씁쓸한 웃음을 지었다.

다나카 국장의 경고는 곧 현실화되었다. 1904년 2월 10일 러시아의 늦은 선전포고가 있었다. 그로부터 이틀 뒤, 주한 러시아 공사와 그 가족은 한성에 거주하는 모든 러시아 사람들과 함께 도망치듯 조선을 떠났다. 그러자 일본은 기다렸다는 듯이 대규모 대대를 부산을 통해 조선으로 상륙시켰다. 이들은 러시아와 국경을 맞대고 있는 조선의 북쪽, 그리고 서해와 동해에 분산 배치되었다. 이와 함께 일본의 대한제국 정부를 향한 압박도 가속되었다.

주한 일본 공사 하야시는 매일 같이 경운궁을 드나들며 황제폐하를 압박하고 대신들을 위협했다. 그는 대한제국이 러일전쟁에서 중립화선언을 철회하고 일본과 군사동맹을 맺을 것을 강요했다. 이러한 조치는 러시아와의 전쟁에서 조선을 전쟁터로 삼을 시 일본에게 쏟아질 국제적 비난을 피하기 위한 꼼수였다. 그러나 황제폐하는 입을 닫았고 대신들도 마찬가지였다. 그러자 이번에는 친러파 관리들이 갑자기 한성에서 사라지는 일이 벌어졌다. 민심이 흉흉해지는 가운데, 2만 명의 일본군이 추가로 서울에 들어와 강압적인 분위기를 조성했다.

2월 22일 새벽.

누가 쏘았는지 모를 총포 소리가 한성의 곳곳에서 울려 퍼졌다. 그러나 공허한 총포 소리는 의외로 시시하게 끝나버렸다. 그리고 그것이 대한제국의 마지막 외침이라는 사실을 백성들이 알게 된 것은 3월 8일자 관보를 통해서였다.

지난 2월 23일자로 대한제국과 일본은 동맹국이 되었다.

한일의정서의 체결로 인해 대한제국의 모든 항구에서는 러시아 함대와의 교전을 피할 수 없게 되었다. 거기에 육지까지도 러일전쟁의 소용돌이로 빠져들었다.

"이게 뭐야, 유모."

현주가 바닥에 반쯤 뒤로 누운 자세로 투덜거렸다. 그녀의 한 손은 내 혼례복의 끝단을 만지작거리고 있었다.

"뭐 어때서요? 그만하면 최고품이지."

"최고품이긴. 요즘 혼례복 유행 몰라? 무조건 수입한 원단으로 만든다고."

"해괴망측한 무늬가 들어간 거요?"

“아니. 햇빛을 비추면 반짝거리는 그런 원단 말이야!”

“수입 옷가게가 다 문을 닫았는데, 그런 원단을 어디서 구해요?”

“으……. 그러니 진작 마련해 뒀어야지. 안 그래 미우야?”

나는 피식 웃고는 창밖을 내다보았다.

벌써 밖에는 개나리가 만개했다. 완연한 봄이었다. 겉으로는 모든 것이 평온한 듯, 매년 오는 봄을 반갑게 맞이하는 것처럼 보였지만 실상은 달랐다.

한일의정서가 체결된 이후, 대한제국에서 당장 전쟁이 벌어진 것은 아니었다. 그 때문인지 백성들의 불안은 따뜻한 봄 햇살 아래로 잠시 가라앉아있었다. 전쟁에서 일본이 이미 우위를 점했다는 소식이 매일 들려왔다. 러시아가 승리할 것이라 예상했던 대한제국 정부도 이제는 일본이 승리할 경우에 대비해야 하는 상황이 되어버렸다. 그리고 무엇보다도, 이선에 대해 아무 소식도 들려오지 않고 있었다.

‘그는 정말로 나와 민우진의 혼례식 때문에 귀국을 늦추고 있는 걸까? 단지 그것뿐이라면…….’

하지만 그가 조선을 떠난 사이 많은 일이 있었다. 나는 다른 남자와 혼인을 앞둔 상황이면서도 그에 대한 걱정을 지울 수가 없었다.

"미우 아니야?"

오랜만에 우체총사에 출근한 나를 놀라며 맞아주는 직원은 단 한 명뿐이었다. 원래 이 시간이면 우체총사는 직원들은 물론이고 찾아온 손님들로 북적거려야 했다. 그러나 지금 우체총사는 한산하다 못해 쓸쓸한 적막감까지 흐르고 있었다.

통신원의 정문은 여전히 일본군이 지키고 있었다. 더욱이 대문과 벽에 붙여놓은 '폐쇄'라는 글 때문에, 통신원을 찾아오는 손님은 뚝 끊겨있었다. 전보국 쪽에서는 일본군과 직원들이 바쁘게 움직이고 있었지만, 우체총사는 마치 버려진 폐가처럼 단 한 명의 직원만 지키고 있었다.

"다들 어디 갔어요?"

"혹시 민 사장님에게 못 들었어?"

"그게……."

난처해하는 나를 보며 직원이 머쓱한 웃음을 지었다.

"하긴, 혼례를 일주일 앞두고 신부에게 걱정을 끼치고 싶진 않겠지."

"우체총사에 무슨 일이 있었나요?"

"있긴…… 있지."

그가 힘없이 의자에 털썩 주저앉는다.

"우선 우체총사의 국제우편업무가 모두 중단되었어. 물론 국내우편은 여전히 할 수 있지만, 조선 사람이라면 일본군이 지키고 있는 대문을 넘어 우편물을 부치러 오진 않겠지. 그러니 이토록 한가한 것이지."

"그런 일이……."

"그리고 미우 너도 알다시피 민상호 대감께서 물러나시면서 통신원 총판 자리가 비어있잖아. 그 덕에 일본놈들이 이곳에서 마음껏 활개치고 다니고 있어. 일단 우체총사와 달리 전보국이 제일 바빠. 혹시라도 러시아와 연락을 취할까 봐 감시하는 차원에서, 그쪽에는 일본군이 하루 종일 죽치고 앉아있거든."

"헨리는요? 미륜사도 전보국에 있나요?"

그가 고개를 갸웃댄다.

"그러고 보니 한동안 보질 못했네. 전보국은 물론이고 통신원 출입도 금지당했다고 들었는데. 혹시라도 일본 놈들에게 해코지를 당할까 봐 집에서 두문불출하고 있는 게 아닐까?"

나는 우체총사를 나온 뒤 인력거를 타고 곧장 헨리의 집으로 향했다. 이미 과거에 한 차례 방문한 적이 있던 터라, 그의 집을 찾아가는 것은 어려운 일이 아니었다. 헨리의 집에 도착하자, 누군가를 기다리는 인력거가 한 대 서 있었다. 나는 직감적으로 손님이 와 있을 거라 생각하고는 창문 쪽으로 다가가 안을 들여다보았다.

응접실에는 갈색 중절모를 쓴 서양인이 헨리와 나란히 서 있었다. 그 서양인은 유쾌한 표정으로 연신 헨리에게 말을 걸었지만, 헨리는 잠깐잠깐 억지웃음을 지을 뿐 내내 표정이 어두웠다.

한참 무언가를 말하던 그가 헨리와 악수를 주고받은 후 위로하듯 어깨를 툭툭 쳤다. 그러더니 가방 안에서 무언가를 꺼내 헨리에게 건

냈다. 그것은 신문이었다. 헨리는 신문을 슬쩍 쳐다보더니 탁자 위에 올려놓았다. 그러자 서양인은 돌아서서 입구 쪽으로 걸어왔다. 그제야 나는 엿보던 것을 멈추고 문 앞에 섰다.

곧 문이 열리며 중절모를 쓴 서양인이 나왔다. 그는 문 앞에 서 있는 나를 보고는 놀라 헨리 쪽을 돌아보며 영어로 말했다.

"손님이 왔는데?"

"손님?"

헨리가 입구로 나오더니 나를 보고는 놀란 표정을 짓는다. 이상했다. 반기는 표정이 아니라, 무언가를 들켜 당황하는 얼굴에 가까웠다.

"헨리?"

"미우?"

왠지 모를 어색한 기류가 흘렀다. 우리 사이에 서 있던 서양인이 헨리에게 부탁했다.

"아는 사이면 소개 좀?"

"아……. 그래."

뒤늦게 헨리가 나서서 영어로 그를 소개했다.

"미우. 이쪽은 제 친구 어니스트 베델입니다. 영국《데일리뉴스》의 기자인데 이번 전쟁을 취재하려고 조선에 왔어요. 그리고 어니스트. 이쪽은 박미우 양. 우체총사에서 직원으로 일하고 있어. 나의 조선 친구이기도 하고."

그가 머리에 쓴 중절모를 한 손으로 들며, 다른 손으로 내게 악수를 청해왔다.

"어니스트라고 편하게 부르세요, 마드모아젤."

말하면서 그는 한쪽 눈을 찡긋했다. 난 웃음을 터트렸고 그가 조금은 당황한 듯 다시 헨리를 돌아보며 묻는다.

"내 인사법이 틀린 거야?"

"그녀에게만큼은 예외로 해도 좋아. 대신 다른 조선의 여성들에게는 손을 내밀며 인사하는 건 큰 실례가 될 수 있어."

"오우……!"

그제야 어니스트는 약간 내 눈치를 살피며 다시 한 번 손을 내밀었다. 이번에 난 그의 손을 기쁘게 받아주었다. 인사를 나누고 난 그는 그만 가려는지 헨리에게 작별 인사를 건넸다.

"너무 심려하지 마. 네 친구라는 그 황자는 살아있을 거니까."

어니스트가 던진 말에 나는 놀라지 않을 수 없었다. 난 곧바로 그를 붙잡았다.

"그 황자라는 게 누구죠? 혹시 이 제국의 황자인가요?"

조금 전까지 웃던 내 표정이 딱딱하게 굳어서일까, 어니스트는 대답 대신에 헨리 쪽을 쳐다보았다. 자연스레 나도 헨리를 쳐다보았다.

"미우……."

"헨리, 내가 잘못 들은 게 아니라면……."

헨리가 크게 심호흡하며 천천히 입을 열었다.

"이선은……."

"이선이에요? 지금 살아있는지 아닌지 모른다고 한 황자가 이선이었어요?"

우리가 조선말로 대화를 주고받자 어니스트는 눈동자를 열심히 굴려가며 헨리에게 물었다.

"미안하지만 나도 알아들을 수 있는 말로 해줄래? 혹시 내가 이 자리에서 실수한 게 있다면 말이야."

그제야 헨리는 그의 친구도 알아들을 수 있게 영어로 내게 설명했다.

"어니스트가 조선에 오면서 신문을 하나 가져왔습니다. 보름 전에 런던에서 발행된 신문인데, 지금 러시아 내부의 소식을 가장 빠르고 정확하게 알 수 있는 신문들 중 하나이기도 해요. 그리고 그 신문에…… 이선의 기사가 실렸어요."

"그게 무슨 내용인데요?"

내 물음에 헨리가 안으로 들어가더니 조금 전 탁자 위에 올려놓았던 신문을 가져왔다. 나는 그가 그것을 내게 건네기도 전에 두 손으로 잡았다. 흑백으로 된 그림 한 장과 함께 실린 기사 하나가 눈에 들어왔다.

동양에서 온 황자가 비운의 열차 사고로 운명을 다하다.

이선의 이름은 없었다. 그러나 러시아를 방문 중이던 대한제국의 황자가 열차 사고로 상트페테르부르크에서 사망했다는 사실과, 그 황자가 러시아와 일본의 전쟁에 관련하여 자국을 위한 협상을 하고자 러시아를 방문 중이었다는 내용이 담겨있었다.

"이 기사 속의 황자가 이선이에요?"

난 신문에서 눈을 떼고 헨리를 향해 물었다. 그러나 헨리는 난감한 표정만 지을 뿐이다. 난 갑작스레 몰려오는 긴장과 두려움에서 벗어나려 잔뜩 흥분한 목소리로 그를 다그치기에 이르렀다.

"말해봐요!"

"미우……."

"헨리!"

마침내 그가 내게 답한다.

"이선이에요. 지금까지 러시아를 오갔던 이 제국의 황자는 이선뿐이었으니까요."

내가 원하는 답을 얻어낸 순간이었다. 손에 들려 있던 신문이 바닥으로 툭 떨어졌다.

"신부가 되실 분이 하루 종일 어디를 다녀오신 거예요!"

집으로 돌아오자 유모가 기다렸다는 듯이 나타나 채근한다.

"어서 들어가세요! 대감마님이 모르셔서 망정이지 아셨다가는 난리 나요, 아가씨!"

나는 방까지 따라 들어오려는 유모를 밀어내고 방문을 굳게 잠갔다. 아무것도 모르는 유모는 방에 들어오려다가 내가 문을 잠근 것을 알고는 당황하며 말했다.

"밖에서 무슨 일이 있으셨어요?"

"……."

"아가씨?"

"……."

"일찍 쉬고 싶으세요?"

"어……."

난 방문에 등을 기댄 채 어렵게 입을 열었다. 동시에 그동안 참았던 눈물이 터져 나왔다. 울음소리를 내지 않으려고 두 손으로 입을 틀어막았다. 다행히 문밖의 유모는 내가 울고 있다는 사실을 눈치채지 못한 것 같았다.

"알았어요. 그럼 쉬세요."

돌아서려던 유모가 다시 방문 앞으로 다가와 강조하며 말한다.

"그리고 아가씨. 잊지 마세요! 혼례까지 일주일 남았다고요."

민우진과의 혼례날까지 일주일.

"……알았어."

유모의 발걸음 소리가 멀어지자 나는 방바닥에 털썩 주저앉았다.

'이선…….'

'이선이에요. 지금까지 러시아를 오갔던 이 제국의 황자는 이선뿐이었으니까요.'

'이선……!'

나는 입을 틀어막고 꺽꺽 소리가 날 때까지 흐느꼈다.

다음 날 아침, 내가 헨리의 집에 도착했을 때 그는 정원에 있었다. 그의 집에 딸린 작은 정원에는 봄꽃이 피어난 작은 묘목들이 가득했다. 헨리는 그것들을 일일이 파내 화분으로 옮겨 심고 있었다. 작업을 시작한 지 제법 시간이 흘렀는지 화분 수가 꽤 되었다.

난 작업에 열중하고 있는 그의 곁으로 다가갔다.

"헨리."

그제야 따스한 봄 햇살 아래에서 고개를 든 헨리가 나를 보고는 빙긋 웃었다.

"미우."

그는 하던 일을 멈추고 손에 끼고 있던 장갑을 벗어 흙을 털었다.

"지금 바쁜가요?"

그는 자신이 돌보던 정원을 둘러보며 말했다.

"거의 끝나가요. 오늘 안에는 모두 끝날 겁니다."

나는 묘목이 옮겨진 화분들을 쳐다보며 물었다.

"어디 이사라도 가는 거예요?"

"뭐, 그런 셈이죠."

말을 대충 얼버무린 헨리가 나를 집 안으로 안내했다. 나를 탁자에 앉히고는 길어온 물로 더러워진 손과 얼굴을 씻었다.

“전보국에 갔었어요. 출근하지 않았더군요.”

헨리가 수건으로 젖은 얼굴을 닦았다.

“당분간 전보국에 출근할 수 없을 겁니다. 전보국의 이 사장님 덕분에 해고는 면했지만, 일본군이 내 출입을 막고 있어요. 아마도 이 전쟁이 끝나기 전까지는 전보국으로 돌아갈 수 없을 거예요.”

난 창문 밖으로 보이는 그의 정원을 바라보며 물었다.

“그래서 당분간 조선을 떠나 있을 건가요?”

헨리가 움직임을 멈췄다.

“왜 그렇게 생각하죠?”

“정원의 화분들, 전보국 직원들의 책상에 하나씩은 다 있더군요. 여기 와서 보니까 헨리의 정원에서 나온 화분들이라는 걸 알겠어요. 정원을 정리한다는 건……. 더 이상 관리할 수 없다는 얘기 아닌가요?”

“역시 미우군요.”

그가 탁자 맞은편에 앉으며 말을 이어나갔다.

“많은 외국인들이 이곳을 떠나고 있어요. 한성은 이미 일본 손아귀에 들어갔고. 대한제국은…… 비록 강제로 일어난 일이지만 이번 전쟁에서 일본을 돕겠다는 조약을 맺었습니다. 더욱이 러시아와의 전쟁에서 일본이 유리한 상황에 있으니, 일본의 눈 밖에 나버린 저는 더 이상 한성에 머무르는 것이 위험해지겠죠.”

“그렇다고 헨리가 도망치듯 떠날 사람이 아니라는 것도 잘 알아요.”

“글쎄요…….”

그가 묘한 웃음을 흘린다.

"조선을 떠날 생각이 아니라면, 왜 정원을 정리하는 거죠?"

"사실 며칠 안으로 이 집을 정리하고 지인의 집에 들어가 있을 생각입니다. 전보국에서 해고되진 않았어도 월급은 받지 못할 테니, 정원까지 딸린 이런 큰 집을 유지하기가 어려워질 테니까요."

"그렇군요……."

"미우."

헨리가 나를 불렀다.

"네?"

"결혼을 앞둔 신부가 아침부터 저를 찾아온 데는 분명 이유가 따로 있겠죠?"

헨리의 말이 사실이었기에 나는 쉽사리 답하지 못했다. 그리고 내가 헨리를 찾아와 하려던 말은 절대 쉽게 꺼낼 수 있는 말이 아니었다.

"내 도움이 필요한 일이라면 어서 말해 봐요, 미우. 내가 할 수 있는 일이라면 전심을 다해 도울 테니까."

헨리의 말에 용기를 얻은 나는 결심한 바를 이야기했다.

"러시아로 가야겠어요. 내가 러시아로 갈 수 있게 도와줄 수 있겠어요, 헨리?"

"미우……!"

헨리도 예상하지 못한 말이었는지 상당히 놀란 얼굴이 되었다.

"러시아로 가서 이선의 생사를 직접 확인하고 싶어요."

가만히 내 말을 듣고 있던 헨리가 침착한 말투로 내게 물었다.

"민 사장과의 혼례날이 일주일도 남지 않았다는 사실을 잊은 것은 아니겠죠?"

이 말에는 나도 답을 찾지 못했다. 헨리의 말은 사실이었다. 난 혼인을 바로 앞둔 신부다. 그리고 더는 미룰 수 없는 혼인을 일주일 앞두고, 수개월은 될 긴 시간 동안 그 먼 곳을 다녀오기란 절대 불가능한 일이었다.

"미우?"

"이선을 사랑해요."

난 대답 대신에 내 마음속에 간직한 소리를 꺼내보였다. 그러나 돌아온 것은 헨리의 깊은 한숨소리였다.

"그렇다면 그때 그와 함께 러시아로 떠났어야 하는 겁니다. 민 사장과의 혼례를 일주일 앞둔 지금이 아니라."

"그때 이선과 함께 가지 않았던 건 그것이 이선을 위하는 길이라고 생각했기 때문이에요. 하지만 지금 와서 생각해보면……. 그때 이선과 함께 떠났어야 했어요. 그랬으면 그가 이 나라를 위해 황자로서 위험한 러시아행을 하지 않았을 거고. 일본의 표적이 되어 이런 사고가 나는 일 따위도 없었을 거예요."

"그건 틀린 생각입니다, 미우."

"틀렸다고요?"

"네. 적어도 내가 아는 이선은 당신과 함께했더라도 조국을 위해서라면 망설임 없이 움직였을 겁니다. 그러니 이번 일에 너무 자책하지 말아요."

헨리가 씁쓸한 미소를 짓는다. 그러나 이것은 내가 원한 답이 아니다.

"도와줄 건가요?"

"이제라도 결심을 했다니 기쁘지만, 만약 이선이 러시아에서 죽은 것이 확실하다면 어쩔 건가요?"

나는 무겁게 침을 삼켰다. 내 대답은 하나였다.

"그가 정말로 죽었는지 살았는지 두 눈으로 확인하기 전까지는, 난 민우진 사장이 아니라 그 누구와도 혼인할 수 없어요, 헨리."

굳은 결심이 담긴 내 눈을 응시하던 헨리가 조용히 자리에서 일어섰다. 그는 따뜻한 차를 끓여와 내 앞에 놓인 잔에 따랐다. 하지만 난 그 차를 마실 수가 없었다. 헨리의 대답을 기다리고 있었기 때문이었다. 지금으로선 러시아로 가려는 나를 도울 수 있는 사람은 오직 헨리뿐이었다.

"헨리?"

다시 자리로 돌아와 앉은 헨리가 나를 보며 싱긋 웃었다.

"도와줄게요."

난 눈을 크게 뜨고 헨리를 바라보았다.

"안 그래도 저 역시 이선의 죽음과 관련한 기사에 의문이 많이 들었습니다. 베델을 따로 만나 소식을 물었던 것도 바로 그 때문이고요. 어차피 전보국에는 당분간 못 돌아가니까, 이 집도 정리하고 짐은 친구 집에 맡기고 러시아에 다녀올 생각이었습니다. 정확히는 미우와 민 사장의 결혼식을 보고 떠나려고 했지만요."

"헨리……."

"함께 러시아로 가겠어요?"

"지금 그 말은……."

"민우진 사장의 아름다운 신부를 납치하는 도적 역할을 제가 맡겠다는 겁니다."

1904년, 대한제국에서 외국에 나가려면 그 사람의 신분을 증명하는 허가증이 필요했다. 그래서 여성이 혼자 외국을 나가는 것은 사실상 불가능에 가까웠다. 꼭 가야 한다면 보호자가 되어줄 남성 가족, 즉 아버지나 남편의 동행이 반드시 있어야 허가증을 받을 수 있었다.

헨리도 이 사실을 모르지 않았기 때문에 내게 며칠만 기다려달라고 했다. 그 며칠이 내게는 몇 년처럼 길게 느껴졌다. 그리고 마침내 혼례를 하루 앞둔 날이 되었다.

집안은 이미 잔칫집 분위기였다. 다음 날 신부를 데리러 오는 신랑을 맞이하기 위한 준비로 하루 종일 북적거렸다. 일찍부터 아버지를 찾아와 축하 인사를 건네는 손님들도 많았다. 반대로 내 주변은 조용했다. 혼례를 앞둔 신부를 귀찮게 하려는 사람은 아무도 없었다. 오늘은 신부보다는 다른 사람들이 더 바쁜 날이었다.

"대체 무슨 꿍꿍이야?"

현주는 오자마자 앉을 생각도 하지 않은 채 내게 물었다.

"꿍꿍이라니?"

나는 전혀 모르겠다는 얼굴로 현주에게 되물었다. 그러자 현주는 주머니에서 편지봉투 하나를 꺼내 내 앞에 내밀었다.

"헨리가 보낸 거야. 너에게 전해달래."

헨리가 보냈다는 말에 나는 현주의 손에서 그 편지를 빼앗듯이 받아들었다. 당장 펼쳐서 그 내용을 확인해 보고 싶었지만, 현주가 눈에 불을 켜고 쳐다보고 있었기에 그럴 수 없었다.

"열어보진 않았어."

"고마워."

난 서둘러 인사를 하고는 편지를 서랍 속에 넣었다. 그런 나를 보며 현주가 말했다.

"미우야. 내가 열어보지 않은 건, 그 내용을 네가 내게 알려줄 거라고 생각했기 때문이야."

나는 잠시 고민했지만 현주에게는 말할 수 없었다.

사실을 알게 되면 현주는 걱정할 것이다. 그것만이 아니다. 현주는 나와 민우진의 혼인을 기정사실로 받아들이고 있다. 그러니 이미 죽었다고 기사까지 난 이선을 찾아 내가 러시아로 간다는 것에는 기필코 반대할 것이다.

"미안하지만 지금은 말해줄 수 없어."

"친구인 내게도 말할 수 없는 내용인 거야?"

현주는 눈치가 빠르다. 헨리가 직접 내게 오지 않고 현주를 통해 전하려는 편지가 다른 사람이 알아서는 안 되는 내용이라는 것을 모를 리 없다. 다만 그 내용이 무엇인지는 짐작조차 못 할 것이다.

"내가 지금 할 수 있는 말은 날 믿어달라는 거야."

현주는 깊은 한숨과 함께 돌아서며 말했다.

"난 언제나 너를 믿었어, 미우야."

현주는 날 믿는다고 한다. 그러나 난 지금 그녀를 믿지 못한다. 믿지 못하기에 사실을 모두 털어놓지 못하고 있는 것이다. 현주도 그걸 느끼는 걸까?

"미안해."

"됐어. 사과를 들으려고 온 건 아니니까. 난 그만 갈게. 혼인을 앞둔 네 심정이야 오죽하겠니."

현주가 떠난 후 홀로 남겨진 나는 서랍 속에 넣어둔 편지를 꺼냈다. 봉투 안에는 오늘 밤 경성역을 출발하는 기차표와 함께 짤막한 글이 들어있었다.

'러시아는 아직 많이 추워요.'

헨리의 글을 읽자마자 난 숨겨두었던 가방을 꺼냈다. 그리고 그 안에 겨울옷을 찾아 집어넣기 시작했다. 그때였다.

“아가씨.”

유모의 목소리였다. 놀란 나는 서둘러 가방을 방 한구석으로 밀어두고는 문으로 달려가 문고리를 잠갔다. 유모는 평소처럼 문을 열고 들어오려다가 잠근 것을 보고는 의아하다는 듯 말했다.

“아가씨? 안에 계세요?”

“어? 안에 있어! 왜?”

“그런데 문은 왜 잠그셨어요?”

“오, 옷을 갈아입는 중이야!”

“옷이요? 그럼 어서 갈아입고 사랑채로 가보세요.”

“왜? 무슨 일인데?”

“대감마님께서 부르셔요.”

사랑채에 도착하니 마루 아래 섬돌에 남자 구두 여러 켤레가 놓여 있었다. 그렇다면 아직 아버지를 찾아온 손님들이 안에 계시다는 뜻이다. 망설이던 나는 가지런히 신을 벗어놓고 사랑채 마루 위로 올라섰다. 그러자 안에서 아버지의 기침 소리와 함께 손님들이 주고받는 대화 소리가 들려왔다.

“이 전쟁에서 일본놈들이 이길 거란 생각을 아무도 못 했다는 건가?”

“아닐세. 그렇게 생각하기 싫었을 뿐이겠지. 러시아가 이기기만을 바라지 않았겠는가?"

"그렇다면 이제는? 대세는 일본놈들에게 기울었네. 친일파 관료들의 표정을 보지 않았는가? 그러니 더 늦기 전에 자네가 조정에 나가 폐하의 마음을 돌려보게. 하루라도 빨리 친일파 관료들을 모두 조정에서 내쳐야 해."

잔뜩 흥분한 손님들과 다르게 아버지는 말이 없었다. 오직 간간이 기침소리만 흘리고 있을 뿐이었다.

"그나저나 민상호 대감의 속도 알 수가 없어. 친일은 극구 아니라고 떠들어대면서도 결국 일본군이 한성을 점령하자마자 도망치듯 통신원 총판 자리에서 사직하지 않았는가? 그 덕에 신난 것은 일본 놈들뿐이었네."

"자네와 사돈을 맺는 집안이니 더는 뭐라 말은 못 하겠네만, 만약 민 대감이 친일로 돌아선다면 앞으로 자네는 어찌할 것인가?"

"허허, 그걸 또 어찌 묻나. 내일 혼사를 보고도 모르겠는가? 하나뿐인 여식을 민 대감댁 며느리로 주었는데, 박 대감 뜻이야 물어볼 것도 없지."

"허면 정녕 민 대감과 뜻을 같이 하려는 것인가? 말해보게!"

"아버지. 미우입니다."

내가 입을 열어 소리를 내자 시끄럽던 손님들이 일제히 입을 닫아버렸다. 잠시 후 아버지가 손님들에게 말했다.

"여식이 온 모양이니 그만들 가게."

문이 열리고 하나둘씩 손님들이 밖으로 나오기 시작했다. 난 고개를 숙인 채 문 옆으로 물러서 있었다. 그들은 나를 흘깃 보고는 불편한 헛기침 소리를 내며 자리를 떠났다. 모든 손님들이 떠난 뒤에야 난 문을 닫고 사랑방 안으로 들어갔다.

"아버지."

나는 두 손을 모으고 아버지 앞에 앉았다. 아버지는 천천히 차를 한 모금 마셨다. 아버지가 말씀을 꺼내기 전 차를 한 입 마시는 것은 최근 생긴 습관으로 기침을 다스리기 위한 것이었다.

"나는 일평생 폐하의 뜻을 따랐다."

아버지가 무거운 목소리로 말문을 열었다.

"단 한 번. 폐하의 뜻을 따르지 않았던 것은…… 완친왕과 너의 혼사 이야기를 내비치셨을 때였다. 그리고 너는 그 일로 나를 원망했겠지. 알고 있다."

"아버지."

"미우야. 나는 완친왕이 아니라 그 상대가 대자저하였어도 받아들이지 않았을 것이다."

"네?"

아버지가 고개를 들어 내 얼굴을 쳐다보았다.

"널 황실로는 보내지 않았을 거란 말이다."

"어째서요?"

처음 이 말을 물었을 때도 아버지는 대답하지 않았다. 오히려 내게 화를 냈을 뿐이다. 그러나 지금 아버지는 달랐다.

"미우 넌 네 엄마를 많이 닮았다. 외모부터 성격까지……. 네 엄마는 어떨 땐 대범하고 어떨 땐 사내보다 더 용기 있는 여인이었지. 새로운 세상과 문물에 대한 겁이나 두려움이 없었다. 내가 미국으로 발령이 났을 때도 함께 가겠다며 어린 너의 손을 붙잡고 나를 따라나섰던 여인이었다. 그리고 나는……."

말을 끝마치지 못하고 아버지는 다시 기침을 했다.

"당시 조선에 막대한 영향을 끼치고 있던 청나라는 조선이 단독으로 미국에 대사를 파견한 것을 탐탁지 않게 여겼다. 결국 나는 다시 조선으로 돌아와야 했지. 돌아오는 날짜가 다가올수록 그녀는 시름시름 앓기 시작했다. 결국 그곳에서 죽었고 난 네 엄마를 그곳에 묻고 돌아와야 했다."

"어머니는 그곳을 좋아했어요."

아버지의 입가에 잠시 미소가 걸렸다.

"미우야. 나도 세상이 얼마나 빠르게 바뀌고 있는지 잘 안다. 허나 아무리 세상이 바뀌었다고 해도 황실은 다르다. 황실은 그 나라의 역사와 전통을 지켜야만 하는 의무가 있어. 그렇기에 가장 보수적일 수밖에 없다. 그 안에서 살아가는 황실의 여인들은 더더욱 그러하지. 넌 절대 황실의 여인으로 살 수 없는 아이야."

"!"

"완친왕이 너를 얼마나 좋아했는지는 나도 안다. 하지만 황실 안에서 그는 그 마음을 그리 오래 지키지 못했을 거다. 그리고 그의 마음이 떠나는 순간 너는 불행해졌겠지. 그래서 난 민우진이 네게 최선이라고 생각했다. 비록 네게 최고는 아닐지라도 말이다."

"아버지."

"지금은 네가 내 말을 전부 이해할 수 없겠지. 그러나 언젠가는 이해하게 될 날이 올 거다. 이해하지 못하더라도 그렇게 하려고 하겠지. 언젠가는……."

아버지의 말대로 나를 위한 아버지의 최선은 민우진이었다. 한때의 나도 그렇게 생각한 적이 있었다. 그러나 그것은 오판이었다. 나는 또다시 후회하게 될 선택을 하고 싶지 않았다.

'이제 저를 위한 최선은 제가 선택하겠어요, 아버지.'

탁!

시계의 큰 바늘이 정시를 지나는 순간 미세한 소리에 나는 눈을 떴다. 웅크린 상태로 잠깐 잠이 들었던 것 같다.

시계를 보니 오후 9시. 난 방의 불을 끄고는 준비한 가방을 들고 조용히 밖으로 나왔다. 여전히 바깥채 쪽은 소란스러웠지만 아침보다는 덜했다. 손님들은 모두 돌아갔지만, 내일 혼례식을 위한 준비가 모두 끝난 것 같진 않았다.

뒷문을 조심스럽게 열고 저택을 나오자 인력거가 보였다. 헨리가 보낸 인력거였다. 인력거꾼은 뒷문으로 나오는 나를 보자마자 휘파람 소리를 내며 손짓했다.

"이쪽입니다요!"

인력거에 올라탄 나는 가방을 끌어안았다.

"경성역, 맞으시죠?"

"맞아요."

내 대답을 들은 인력거꾼이 인력거를 몰고 앞으로 빠르게 걷기 시작했다. 동시에 인력거 천장에 걸려있는 등잔불이 출렁거렸다. 인력거는 담을 돌아 대문이 있는 방향으로 나아갔다. 큰길로 빠져나가기 위해서는 집 대문을 지나야 했다. 인력거의 방향을 본 나는 미리 준비한 긴 모자로 얼굴을 가렸다.

그때 반대편에서 마차가 오는 소리가 들려왔다. 인력거꾼도 앞에서 오는 마차를 보았는지 담벼락 쪽으로 인력거를 붙여 세웠다. 마차는 빠르게 인력거 옆을 지나 우리 집 대문 앞에 멈춰 섰다. 마차가 도착한 소리에 대문이 열리며 하인이 뛰어나왔다.

"민 사장님!"

하인의 목소리에 난 인력거 안에서 고개를 들었다. 마차 안에서 한 남자가 내리고 있었다. 바로 민우진이었다.

"박 대감께서는?"

"기다리고 계십니다."

혼례 전야.

'이 늦은 시간에 아버지는 민우진을 왜 부른 것일까?'

의문을 품을 새도 없이 민우진은 하인에게 또 한 번 물었다.

"아가씨는?"

"아가씨야 이미 잠드셨지요."

당연하다는 듯한 하인의 말에 민우진이 짧은 한숨을 내쉰다.

"그렇군."

그것이 마지막이었다. 마차 때문에 잠시 멈췄던 인력거가 다시 움직이기 시작했다. 그 순간, 대문을 넘으려던 민우진의 시선이 인력거를 향했다. 난 재빨리 모자로 얼굴을 가린 채 인력거 안으로 몸을 낮췄다. 멀어지는 인력거 안에서 나는 우리 집 대문이 닫히는 소리를 들었다.

기적소리가 시끄럽다.

"미우!"

초조하게 나를 기다리고 있던 헨리가 나를 보고 뛰어왔다.

"오래 기다렸어요?"

"아니요. 어서. 기차가 곧 출발합니다."

헨리가 내 손에 들린 가방을 받아들며 기차에 올랐다. 내가 그를 따라 올라타자마자 기차는 천천히 움직이기 시작했다. 우리는 정해진 객실로 들어섰고 헨리가 가방을 짐칸 위에 올려두는 사이 난 자리에 앉아 한숨을 돌렸다. 차창 너머로 경성역이 점점 멀어지고 있었다. 난 경성역이 보이지 않을 때까지 창문에서 눈을 떼지 못했다.

"이렇게 쉽게 떠날 수 있는 건지 몰랐어요."

이 기차는 이선과 떠나려고 했을 때 타려던 기차다. 그때는 떠난다는 사실이 너무나도 무서웠다. 그러나 지금은 하루라도 빨리 러시아에 도착하고 싶은 마음뿐이다. 그곳에 도착하면 바로 이선을 만날 수 있을 것만 같아서.

"의지만 있으면."

"의지?"

헨리가 나를 보며 씩 웃는다.

"무엇이든지 의지만 있으면 행동으로 옮기는 건 어렵지 않아요."

"그때는 의지가 부족했던 걸까요?"

헨리가 골똘히 생각하는 표정을 짓는다.

"의지가 부족했다기보다도, 그때는 미우의 의지보다 이선을 생각하는 마음이 더 컸던 것이겠지요."

"그럼 지금은요?"

"지금도 이선을 생각하는 마음이 의지를 만든 겁니다. 난 그렇게 생각해요. 그리고, 자 여기."

헨리가 손가방에서 종이를 여러 장 꺼내더니 내게 건넸다. 외국으로 나갈 수 있는 신분증과 출국 허가증이었다. 하지만 그것은 대한제국에서 발행한 것이 아니었다.

미우 묄렌스테트

난 신분증에 적힌 이름을 읽다가 놀라서 헨리의 얼굴을 다시 쳐다보았다.

"이건?"

헨리는 장난스런 표정으로 나를 보며 말했다.

"미우. 지금부터 다시 돌아올 때까지 당신은 제 아내입니다."

"내가요? 헨리의?"

"불쾌하더라도 이해해요. 이렇게밖에 할 수 없었으니까."

"대체 어떻게 된 건데요?"

"대한제국과 덴마크는 수교를 맺고 있지만, 정식으로 공사를 파견하진 않았습니다. 그래서 독일 공사관에서 조선에 거주하는 덴마크인에 관한 업무를 대신 처리해주고 있습니다. 이 서류는 독일 공사관에서 받은 겁니다."

"그건 알겠어요. 그런데 왜 제가 헨리의 아내가 된 거죠?"

"지금 조선은 전쟁 중이고…… 이 때문에 급히 떠나려는 외국인들이 많습니다. 난 이곳에서 결혼한 조선인 아내와 서둘러 덴마크로 돌아가고 싶다고 독일 공사관에 요청했습니다. 전쟁 중이 아니라면 원래 청국에 있는 덴마크 공사관에 연락을 취해 좀 더 까다로운 절차를 밟아야 했을 겁니다. 하지만 앞서 말했듯, 지금 조선은 전쟁 중이니까요. 서류 처리가 상당히 빨랐습니다."

"그래서 제가 헨리의 아내가 된 거예요?"

"예. 그래야 좀 더 수월하게 여행 허가증과 신분증이 나오니까요."

난 다시 한 번 독일 공사관에서 발행한 내 신분증 속 이름을 들여다보았다.

'미우 뮐렌스테트.'

어쩔 수 없어서 그랬다는 것은 알고 있다. 다만 원래대로라면 난 내일 민우진의 아내가 되었을 것이다. 그러나 그보다 하루 전날. 나는 헨리의 아내임을 증명하는 신분증을 갖게 되었다.

이상한 기분이었다.

"미우, 후회 안 하겠어요?"

"민 사장님과의 혼인말이에요? 아니면……."

"다시 조선으로 돌아오면 그 파장이 엄청날 수도 있어요. 미우와 민우진 사장과의 결혼은 이미 공식화된 일이었으니까."

이미 경성역은 멀어졌다. 그렇다고 해서 경성을 완전히 벗어난 것도 아니었다. 기차는 제물포로 가기까지 여러 번 정차할 것이다. 내가 마음을 고쳐먹는다면 충분히 집으로 돌아갈 수 있는 시간도 몇 번이나 주어질 것이다. 하지만 난 고개를 저었다.

"이 기차. 이선과 함께 타고 떠나려던 그 기차였어요."

“미우…….”

“이제 다시는 후회할 짓은 하지 않을 거예요.”

다음 날 새벽, 기차는 제물포에 도착했다. 나는 그곳에서 조선을 떠나려는 외국인들을 태운 영국 적십자선을 타고 헨리와 함께 조선을 떠났다.

1904년 3월 24일. 민우진과 혼례를 올리기로 예정되어있던 날 아침이었다.

가면무도회

러시아 제국의 수도 상트페테르부르크. 핀란드 만과 네바 강 사이에 끼어있는 이 항구도시에 도착한 것은 봄이 끝나갈 무렵이었다. 그러나 아직 이곳에는 여름이 찾아올 것 같지 않았다. 체감하기로는 겨울을 막 앞둔 늦가을 같았다. 하늘은 햇빛이라고는 찾아볼 수 없을 만큼 우중충했고, 도시의 절반은 공장에서 내뿜는 검은 연기로 뒤덮여있었다.

우리가 탄 배가 핀란드 만을 지날 무렵, 헨리는 자신의 고향 덴마크에 대한 이야기를 꺼냈다. 그는 그곳의 날씨가 이곳 상트페테르부르크의 날씨와 크게 다르지 않다고 말했다. 그가 왜 사계절이 뚜렷한 조선을 마음에 들어 했는지 알 것 같았다.

"일렬로!"

배가 항구에 닿자마자 다들 신분증을 꺼내들었다. 배에서 내린 승객들은 항구의 한쪽에 마련된 검문소로 모여들었다. 신분이 확인된 사람들만 러시아에 입국할 수 있었다.

"덴마크인이라고?"

붉은색 수염을 기른 러시아인 검사관은 내 신분증을 이리저리 살펴보며 인상을 썼다.

"제 아내입니다."

헨리가 나섰지만, 검사관은 나를 향한 의심스런 눈길을 거두지 않았다. 처음에는 내가 이곳에서 보기 드문 동양인이기 때문이라고 생각했다. 나중에 알게 된 사실이지만, 지금은 러시아가 일본과 전쟁 중이기 때문에 조선인과 일본인을 구별하지 못하는 그들은 나를 첩자로 의심했던 것 같다. 그때, 사람들을 헤치며 다가오는 양장 차림의 동양인이 보였다. 그는 우리를 보자마자 반갑게 달려오더니 검사관에게 말했다.

"그들의 신분은 내가 증명하겠소."

그러자 검사관이 그에게 물었다.

"당신은 누구요?"

그는 러시아어로 적힌 자신의 신분증을 그에게 내밀며 말했다.

"난 러시아 주재 대한제국 공사 이범진이오."

이범진 공사는 우리를 공사관 마차로 데려갔다. 마차 밖에서는 젊은 조선인 남자가 마차 밖에 서서 우리가 오기만을 기다리고 있었다. 공사는 그 젊은이를 자신의 차남이자 러시아 공사관 참서관으로 있는 이위종이라고 소개했다.

"러시아어를 러시아인보다 더 완벽하게 잘합니다."

그는 아들을 자랑스럽게 바라보며 이렇게 덧붙였다.

"위종아. 여기는 통신원 전보국의 헨리 윌렌스테트 씨. 그리고 그의 조선인 부인인 박미우 양이다. 인사하거라."

헨리와 나는 이미 공사에게 우리가 진짜로 결혼한 사이로 속이자고 말을 맞춘 뒤였다. 혼인도 하지 않은 두 남녀가 오랜 기간 함께 여행한다는 사실을 조선인인 그들이 좋게 볼 리 없기 때문이었다. 그러나 공사의 차남인 이위종의 시선은 무언가 달랐다. 그는 헨리와 악수를 주고받으면서도 나를 뚫어져라 보고 있었다. 그의 표정은 상당히 불쾌해 보였다.

"일단 공사관으로 가시지요."

공사관으로 가는 마차 안에서 헨리가 이범진 공사에게 조심스럽게 물었다.

"이번 러일전쟁에서 대한제국이 일본과 군사동맹을 맺었다는 소식을 들으셨을 겁니다. 그로 인한 불이익은 없습니까?"

공사는 고개를 가로저었다.

"러시아에서도 이번 동맹이 일본에 의한 강압적 동맹이었다는 사실을 알고 있습니다. 저 역시도 끊임없이 이러한 사실을 러시아 외무부에 알리고 있고요. 단지…….”

끝맺지 못한 공사의 말은 아들인 이위종이 받았다.

“한일의정서가 체결된 이후 러시아 주재 대한제국 공사관을 철수시키라는 압박을 받고 있습니다.”

“러시아로부터요?”

“아니요. 대한제국 정부로부터 오는 공식 문서를 통해서입니다. 물론 그것이 일본의 사주라는 것은 알고 있습니다. 최근 북경 주재 공사를 통해 조정의 정식 공문이 요청하는 내용은 모두 받아들이지 말라는 황제폐하의 서신을 전달받았습니다. 완친왕 전하께서도 마지막까지 그렇게 말씀하셨고요.”

“!”

이위종의 입에서 이선의 이름이 나온 순간 내 눈에 힘이 실렸다. 이위종도 내 변화를 알아챘는지 다시 나를 쳐다보았다. 그의 얼굴에는 불쾌감이 가득했다. 나는 오래전 이선이 내게 했던 말을 떠올렸다.

‘성균관 동문이 러시아 주재 공사관에 있어. 좋은 녀석이지. 이런 일로 찾아가는 건 크게 달가워할 것 같진 않지만……. 편지는 이미 써뒀어.’

‘이선이 말한 사람은…….’

이범진 공사의 나이는 이선과 동문이라기에는 무리가 있다. 적어도 이선이 성균관에 있었을 무렵 그는 이미 관직에 올랐을 것이다. 그렇다면 공사관에 있다는 이선의 친구는 이범진이 아니라 그의 아들일 가능성이 높았다.

"완친왕 전하에 대해서 듣고 싶어요."

난 이위종을 보며 말했고 헨리가 이범진 공사에게 말을 덧붙였다.

"우리는 완친왕 전하께서 사고로 돌아가셨다는 것을 믿지 않습니다. 편지에는 간략하게 적었지만, 그분이 아직 살아있다고 생각하고 그분을 찾고자 러시아에 왔습니다."

이 말에 공사가 깊은 한숨을 내쉬었다.

"폐하께서도 재차 확인을 요청하셨습니다만……. 시신을 못 찾았을 뿐, 완친왕 전하께서는 분명히 서거하셨습니다."

공사의 말에 난 마차 안에서 큰 목소리로 외쳤다.

"그럴 리가 없어요!"

"미우!"

"시신을 찾지 못했다면서요? 그런데 어째서 그가 죽었다고 단정하는 거죠?"

내 물음에 공사가 아들을 불렀다.

"위종아."

"네, 아버지."

그는 곧바로 가져온 가방에서 사진들을 꺼내서 내게 내밀었다.

"선명하게 나와있지는 않지만 차라리 선명하지 않게 나온 것이 다행일 겁니다. 폐하께 보내드리기 위해 찍은 사고 현장 사진입니다."

사진 속 현장에서는 여전히 연기가 피어오르고 있었다. 벌판 위에 완파된 기차의 잔해들과 한쪽에 놓인 시신들, 그리고 수습되지 못한 채 흰 천에 덮인 시신들이 가득했다.

"폭발은 귀빈실에서 일어났습니다. 귀빈실 승객은 전원 사망했고, 사망자 시신의 대부분은 형체를 알아볼 수가 없었습니다."

"완친왕 전하의 물건이 든 가방을 발견한 것이 전부였지요."

헨리가 물었다.

"그 가방은 어떻게 하셨습니까?"

이위종이 대답했다.

"공사관에서 보관 중입니다."

망연자실해진 나는 눈물을 뚝뚝 흘렸다. 공사는 내가 젊은 황자의 죽음이 안타까워 눈물을 흘린다고 생각하고 내게서 눈을 돌렸다. 그러나 이위종은 달랐다. 나를 향하던 불쾌한 표정은 의문이 담긴 표정으로 바뀌어있었다.

이범진 공사가 헨리에게 말했다.

"아시다시피 해외 언론에서 이 사실을 먼저 떠들어대는 바람에 모양새가 이상해졌습니다. 대한제국 정부에서는 완친왕 전하의 러시아행을 부인했습니다. 그분께서 여전히 한성에 머물고 계신다고 발표한 것이지요."

"알고 있습니다. 폐하께서 완친왕을 직접 러시아로 보내 일본 몰래 협상하려 한 사실이 드러나게 되면, 여러모로 입장이 난처해지실 테니까요."

"아무래도 전하의 장례는 이번 전쟁이 끝나야만 공식적으로 치러질 수 있을 듯합니다."

"이미…… 공사관에서는 전하의 서거를 기정사실화한 겁니까?"

"펠렌스테트 씨. 저는 사고 현장을 수없이 방문했습니다. 그러나 두 눈으로 확인한 것은 형체를 알아볼 수 없을 정도로 망가진 시신들뿐이었습니다. 폐하께 이런 시신들의 사진을 모두 찍어 보내 그중에서 전하를 찾아내달라고 할 수는 없지 않겠습니까?"

첫날은 이범진 공사의 사택에서 묵게 되었다. 헨리는 공사관에 남아있는 이선의 물건들을 확인해야겠다면서 내게 먼저 들어가 쉬라고 말했다. 나는 이범진 공사와 함께 공사관에서 얼마 떨어지지 않은 곳에 위치한 사택으로 가 그의 부인의 환대를 받았다. 하지만 헨리는 밤이 깊도록 공사관에서 돌아오지 않았고, 공사의 부인은 내게 먼저 눈을 붙일 것을 권했다.

사택에서의 밤은 너무나도 추웠다. 침대 곁에 화로가 있었지만, 언제 불이 사그라졌는지 온기는 남아있지 않았다. 온돌에 익숙한 조선 사람들에게, 이런 날씨에 침대에서 자는 것은 마치 맨발에 모시옷 차림으로 눈 위에 서 있는 것과도 같았다. 이 같은 추위의 러시아를 이선은 수없이 다녀갔다.

‘그리고 그의 마지막도…….’

낮에 보았던 사고 현장의 사진이 눈앞에 아른거렸다. 난 도저히 눈을 감고 잠을 청할 수가 없었다. 결국 침대에서 일어선 나는 이불을 옷 삼아 몸을 꽁꽁 싸매고는 방을 나왔다.

응접실을 들여다보니 벽난로에 불꽃이 보였다. 나는 서둘러 난로 쪽으로 다가갔다. 그런데 난로 앞에서 인기척이 느껴졌다. 내 발소리를 들더니 누군가 의자에서 벌떡 일어선 것이다. 이위종이었다.

나는 그를 보자마자 걸음을 멈췄다. 그러자 그는 조금 전까지 자신이 앉아있던 의자를 손으로 가리키며 내게 앉으라고 권했다. 난 몸을 감싼 이불을 더욱 여미며 조용히 다가가 앉았다. 그는 난롯가에서 조금 떨어진 반대편 의자에 앉았지만, 시선은 오로지 벽난로에서 타오르는 불꽃을 향해 있었다.

“헨리는요?”

분명 헨리는 그와 함께 늦게까지 공사관에서 머무르고 있었다.

“그는 더 살펴볼 것이 있다면서 공사관에서 밤을 지새우겠다고 하더군요.”

이위종이 짤막하게 대답했다.

“내가 보기에는 그의 가짜 아내를 위한 배려 같지만.”

난 놀란 눈으로 그를 쳐다보았다.

“알고 있었나요?”

“넘겨짚었을 뿐인데 벌써 인정하시니 재미가 없군요.”

그는 의자에서 일어나 불쏘시개로 벽난로를 헤집었다.

"공사님도 알고 계시나요?"

"이선과 당신의 관계 말입니까?"

그가 이선을 완친왕이 아닌 이름으로 불렀다. 그 순간 나는 이선이 말한 성균관 동문이 그라는 것을 확신했다.

"이선이 박미우라는 이름의 여성에 대해서 처음 이야기를 꺼낸 것은 몇 년 전이었습니다. 그리고 그날 이전에도, 그 이후 그를 마지막으로 만났던 날에도 그가 언급한 여성은 그녀 한 명 뿐이었습니다."

난 굳은 얼굴로 그를 바라보았다.

"마지막이라고 하지 말아요."

그가 불쏘시개를 내려놓고 돌아섰다.

"이선은 당신이 다른 사내와 혼인한다고 말했습니다. 그가 뮐렌스테트 씨는 아니겠지요."

"아니에요."

"그렇다면 왜 다른 사람과 혼인한다던 당신이 뮐렌스테트 부인이 되어 러시아에 있는 겁니까?"

"이선을…… 찾으러 왔어요."

내 말에 그가 실소를 터트렸다.

"그는 죽었습니다. 그걸 모르고서 대한제국을 떠나온 것은 아닐 텐데요?"

"시신을 찾지 못했다면서요?"

"그 사고 현장에서 시신을 찾지 못한 사람이 비단 이선 뿐만은 아닙니다."

"그렇다면 그가 살아있을지도 모르잖아요."

"그가 살아있었다면……! 적어도 내 앞에는 나타났을 겁니다."

"곧 나타날지도 몰라요."

나는 그가 내뱉는 말마다 모두 반박했다. 그러자 그도 지친 듯 깊은 한숨을 내쉬었다.

"사고가 난 지 벌써 세 달이 흘렀습니다. 그가 살아있었다면 벌써 소식이 왔을 겁니다."

"그렇다면 아마도 사정이 있어서……."

"박미우 양! 이미 그 사고 현장은 깨끗이 수습되었습니다. 다시 철로가 깔리고 기차가 다니고 있어요. 주인을 찾지 못한, 형체를 알아볼 수 없는 시신들은 한데 모아져 합장되었습니다. 이선도 아마…… 합장된 시신들 중 하나가 되었겠지요."

"아니에요!"

난 두 손으로 귀를 틀어막은 채 고개를 저었다. 그러자 그가 내게로 다가와 귀를 막은 손을 강제로 떼어내더니 나지막이 말했다.

"그를…… 마지막으로 본 날에 대해 이야기해 드리지요. 전부 다."

그가 다시 맞은편 의자에 앉았다.

"러시아 황제는 그를 만나주었지만, 이번에도 역시 우리 제국이 만족할 만한 답변을 주지는 않았습니다. 이선은 이번 방문에 대한 보고

서를 작성해 이영효 비서관 편에 대한제국으로 보냈고요. 그러나 그는 일이 끝났는데도 대한제국으로 돌아가길 거부했습니다. 내가 이유를 묻자, 그는 이번 겨울은 러시아에서 보내고 싶다는 말만 되풀이했습니다."

'이번 여정이 예정보다 길어져야 할 텐데. 이제는 민우진의 아내가 될 너를 진짜로 잊어야 할 테니까.'

"러시아에서 겨울을……."

"예. 그런데 그의 일정이 길어지자 일본 공사관에서도 상트페테르부르크에 머물고 있는 이선의 존재를 알아차렸습니다. 그들은 이선이 움직일 때마다 사람을 붙였죠. 결국 이선은 일본의 감시를 피해 얼마 동안 모스크바에 머무를 생각으로 그 기차에 올랐던 겁니다."

"그러면 그 사고는……."

"현재로서는 그가 사라지기를 가장 바라는 이들이 일으킨 사고라고밖에는 볼 수 없습니다."

"일본이……."

"심증뿐이고 물증이 없지만요."

"아아……."

러시아에서 그와 가장 가까운 사람이었을 이위종조차도 이선의 죽음을 당연시한다. 오로지 이선이 살아있을지도 모른다는 실낱같은 희망을 눈으로 확인하기 위해 러시아로 온 나는 그대로 무너져 내렸다.

다음 날 아침 일찍 나는 이범진 공사와 함께 공사관으로 향했다. 그곳에서 밤을 보낸 헨리가 피곤한 기색이 완연한 얼굴로 우리를 맞이했다.

"공사님. 미우."

나는 헨리의 앞에 놓인 책상 위에서 부서진 가방을 발견했다. 그것이 이선의 것이라는 사실은 의심할 여지가 없었다.

"잠시 봐도 될까요?"

내가 공사에게 허락을 구하자, 그는 고개를 끄덕이며 밖으로 나갔다. 가방 안을 살피니 황제폐하의 사진과 영보당 마마의 그림이 있었다. 그의 필체로 글자가 적힌 몇몇 문서도 있었다. 그 다음 한 물건을 발견했을 때, 나는 숨이 멎은 듯한 기분에 사로잡혔다.

"!"

'지난번에 제게 건네준 손수건이에요. 듣자하니 영보당 마마께서 손수 수를 놓으신 귀한 손수건 같던데, 맞나요?'

'맞아. 특히 그 테두리가 금실로 된 손수건은 오직 아들인 내게만 만들어주신, 이 세상에 단 하나뿐인 귀한 손수건이지.'

'그런 귀한 걸 아무에게나 막 내줘요?'

'아무나가 아니라 내게 있어서 귀한 사람이 되려나 보지.'

영보당 마마가 이선을 위해 만든 손수건. 이 손수건의 주인은 더 이상 이곳에 없었다. 정말로 그는 다른 사람들의 말처럼 기차 사고로 목숨을 잃은 것일까? 적어도 그가 살아있다면, 자신에게 소중한 이 물건을 이렇게 내버려두지는 않았을 것이라는 생각이 들었다.

손수건을 두 손으로 움켜잡은 채 눈물을 뚝뚝 흘리고 있는 나를 헨리가 불렀다.

"미우. 원한다면 사고가 난 곳으로 가는 기차표를 구해올게요. 아침에 출발하면 늦어도 오후쯤에는 도착할 수 있을 겁니다."

이위종의 말대로라면 사고현장은 이미 모두 수습되었다. 그러니 그곳으로 간다고 해도 발견할 수 있는 것은 아무것도 없을 것이다. 이선이 러시아에 남긴 흔적은 오로지 이 부서진 가방 속에 든 물건이 전부였다. 나는 도대체 무엇을 확인하기 위해 이곳 러시아까지 온 것일까? 이선의 생존 가능성? 아니면 그의 죽음? 내 잘못된 선택 때문에 사랑하는 사람이 어떤 죽음을 맞이했는지 알기 위해?

이제 모든 건 돌이킬 수 없다.

"난 안 가요."

"미우?"

"조선으로 돌아가요. 이제 모두 끝났어요, 헨리."

러시아와 일본의 전쟁이 장기화되면서 이웃나라에서 대한제국으로 들어가는 국경이 대부분 막혀버렸다. 특히 지난 4월에서 6월까지 양국 간의 전투가 압록강변과 발해만을 중심으로 벌어졌기 때문에, 압록강을 넘어 대한제국으로 들어가는 육로와 발해만 여순항을 통해 인천 제물포로 들어가는 해로 모두 이용이 불가능한 상황이었다. 고민 끝에 헨리는 상해에서 배를 타고 일본 시모노세키로 들어간 후 그곳에서 다시 부산항을 통해 대한제국으로 들어가는 길을 제안했다.

러시아 상트페테르부르크에서 출발한 배가 여러 나라와 도시들을 거쳐 상해에 도착했을 때는 7월. 상해는 우기였다.

딸랑.

헨리가 호텔 안으로 들어서자, 문에 달려 있던 종이 경쾌한 소리를 냈다. 직원이 바로 뛰어나와 헨리에게 프랑스어로 말을 걸었다.

"짐을 들어드릴까요, 손님?"

헨리는 웃으며 고개를 젓고는 나를 돌아보며 말했다.

"잠시 앉아있어요, 미우."

난 힘없이 고개를 끄덕이고는 창가 쪽으로 다가가 테이블에 앉았다.

투둑. 툭.

호텔 유리창을 두드리는 강한 빗소리에 고개를 돌려 창밖을 내다보았다. 상해는 상트페테르부르크와 별반 다르지 않는 회색빛이었다. 다른 점이라면, 상트페테르부르크는 금방이라도 눈이 쏟아질 것 같았지만 지금 이곳은 비가 내리고 있다는 점이었다.

"호호……!"

우산이 없었는지 젊은 두 남녀가 비를 피해 뛰어가며 뭐가 그리 좋은지 연신 웃어댔다. 난 그들이 내 시야에서 사라질 때까지 가만히 응시하고 있었다.

호텔로 돌아온 뒤, 옷을 갈아입는 것도 잊은 채 침대 위에 몸을 뉘였다. 상해까지 오는 동안 흔들리는 배 안에서 깊게 잠들지 못했다. 그래서일까. 아무런 흔들림도 없는 침대 위에서 나는 아주 깊은 잠 속으로 빠져들었다.

똑똑.

"미우?

똑똑.

"미우?"

헨리가 나를 깨우는 소리에 밤 9시가 넘어 일어났다. 빗소리는 전혀 들리지 않았다. 오전과 오후를 혼동하게 만들 정도로 상해를 뒤덮고 있던 비구름은 모두 떠나간 것이 분명했다.

"지금 나갈게요!"

대답부터 먼저 한 나는 옷매무새를 가다듬으며 문을 열었다. 그제야 내 얼굴을 확인한 헨리의 표정이 밝아진다. 평소라면 한두 번 부르면 바로 일어났을 것이다. 계속 불러도 아무런 대답이 없는 나를 걱정했던 것 같다.

"잤어요?"

"네, 아주 푹이요."

"저녁식사 시간이 지나서 호텔 식당은 문을 닫았어요."

"배고프지 않아요. 괜찮아요."

"그게 아니라……."

헨리가 조금 망설이는 듯한 말투로 말을 이었다.

"상해의 밤은 상트페테르부르크와 다르죠. 한성과도 다르고요."

"네?"

영문을 모르는 내 표정을 보며 헨리가 한숨 섞인 웃음을 짓는다.

"상해는 잠들지 않는 도시예요. 밖에 나가 볼래요?"

"하지만……."

"시모노세키로 가는 배는 3일 뒤에 있어요. 3일 내내 호텔에서만 지낼 건 아니겠죠?"

고민하며 주저하는 사이 창문 밖으로 사람들의 웃음소리가 들려온다. 그 웃음소리는 나와는 전혀 상관없는 세계의 사람들이 내는 소리인 것 같아 이질감마저 느껴졌다.

"미우?"

쉽게 대답을 주지 않는 나를 헨리가 부른다. 나는 헨리의 눈을 바라보았다. 지금 그의 눈동자 속에 비친 내 모습은 어두운 암흑 속에 잠겨있었다. 이런 나를 그는 진심으로 걱정하고 있었다.

상트페테르부르크를 떠나온 이후, 헨리는 내 앞에서 이선의 이야기를 단 한 번도 꺼내지 않았다. 헨리 역시 이선의 죽음을 받아들이는 것이 쉽지 않았을 것이다. 그러나 지금 그는 스스로를 달래기 전에 나를 위로하려고 애쓰고 있었다.

"네. 갈게요."

비가 그쳤다는 이유가 아니더라도 상해의 밤은 낮과는 또 다른 활기가 있었다. 거리의 사람들은 가로등 아래를 거닐며 웃음꽃을 피우고 있었다. 다양한 국적의 사람들이 상해에 머무르고 있었다. 그 때문인지 서양인인 헨리와 동양인인 내가 나란히 길을 걷는데도 아무도 호기심 어린 눈빛으로 쳐다보지 않았다.

"봐요."

조용히 걷기만 하던 헨리가 내게 말을 걸었다. 그가 손가락으로 가리킨 곳에 여러 명의 군인들이 서 있었다. 헨리는 그들이 러시아 해군이라고 설명했다.

"여순에서 일본군에게 대패한 후에 몇몇 러시아 군함이 상해항으로 피신했대요."

"그럼 상해는 일본군으로부터 안전한가요?"

"여기는 국제 항구도시니까요."

헨리에 설명에 나는 한숨을 내쉬었다.

"제물포항도 그랬어요."

일본군에 의해 강제 폐쇄된 제물포의 상황을 생각하니, 어깨에 절로 힘이 빠졌다. 바로 그때였다. 헨리가 두 손으로 내 양 어깨를 붙들더니 반대쪽으로 끌어당겼다.

"헨리?"

내가 놀라서 헨리를 돌아보았을 때였다. 헨리가 한쪽 눈을 찡긋하더니, 내 앞으로 눈길을 주었다. 그 앞에는 신문을 팔고 있는 변발한 어린 청나라 소년이 있었다.

"嘿，小孩."

헨리가 청나라 말로 소년을 불렀다. 그리고 동전을 던져주며 신문을 하나 사들고는 청나라 말로 소년에게 무언가 말을 건넸다.

"这位小姐是从丹麦来的我的妹妹."

그러자 소년이 배시시 웃으며 답한다.

"不要说谎."

가만히 지켜보던 나는 뒤에 서 있는 헨리에게 물었다.

"뭐라고 한 거예요?"

헨리가 답했다.

"미우 당신이 덴마크에서 온 내 여동생이라고 말했죠."

헨리의 농담에 나도 모르게 웃음이 터졌다.

"그 말을 누가 믿겠어요?"

웃음을 터트린 내 얼굴을 보며 헨리가 눈웃음을 지었다.

"이제 보니 이 소년이 믿고 안 믿고는 중요하지 않네요."

"네?"

“내 서툰 농담이 당신을 웃게 만들었으니까요.”

순간 가슴이 먹먹해졌다. 나는 대체 언제부터 웃지 않게 된 걸까?

그때 소년이 청나라 말로 헨리에게 무언가를 말했다.

“你俩笑起来真像.”

그러자 이번에는 헨리가 헛웃음을 지었다. 난 헨리에게 물었다.

“뭐라고 하는 거죠?”

그러자 헨리가 대답했다.

“우리 두 사람. 웃는 모습이 닮았다고…….”

헨리는 나를 보며 웃고 있었다. 그러나 내 입에서는 더 이상 웃음소리가 흘러나오지 않았다. 내 스스로 입을 굳게 닫아버린 것이다. 계속 웃고 있기에는 내가 처한 현실이 너무나도 암담했다. 이 모든 것을 잊고 행복한 웃음을 짓기에는 아직 마음의 준비가 되지 않았는지도 모른다. 헨리가 이런 내 마음을 알아차린 모양이다.

“미우. 봄꽃이 모두 땅에 떨어졌다고 내년 봄이 오지 않는 건 아닙니다.”

“알아요. 저도 알아요.”

어렸을 때 어머니의 죽음을 두 눈으로 보았다. 그때 느낀 슬픔도 기억한다. 하지만 그렇다고 해서 내게 내일이 없고 모레가 없지 않았다. 당연하게 찾아오는 하루하루를 보내고 나니 어느새 나는 더 이상 어린아이가 아니었다.

“조선으로 돌아간 뒤의 일을 생각해 봤나요?”

민우진과의 혼인날, 나는 대한제국을 떠나왔다.

"지금은 아무 생각도 못 하겠어요. 내게 주어진 선택지는 돌아가는 길밖에 남지 않았으니까요."

"다른 선택지도 있어요."

웃음을 그치고 진지한 얼굴로 헨리가 내게 말한다.

"다른 선택지요?"

"미우, 이대로 뮐렌스테트 부인이 되어 나와 함께 덴마크로 가지 않을래요?"

난 눈을 깜빡이는 것도 잊은 채 오래도록 헨리의 얼굴을 쳐다보았다. 처음에는 헨리가 평상시에 던지는 가벼운 농담이라고 생각했다. 하지만 지금은 농담을 건넬 상황이 아니었다. 그는 지금 진심으로 말하고 있었다.

"미우 당신이 덴마크로 가준다면, 그곳에도 조선의 봄이 전해질 것 같은데……."

"전……."

난 더 이상 헨리의 얼굴을 바라볼 수 없어서 고개를 숙였다.

"왜 저를……."

"미우를 처음 본 날이었습니다. 조선의 봄이 여성이라면 바로 당신일 것이라는 생각을 하게 되었습니다."

난 씁쓸한 미소를 지으며 고개를 저었다.

"따사로운 봄은 이런 비극을 겪지 않을 거예요. 그러니 헨리가 틀렸어요. 전 조선의 봄이 아니에요."

"미우가 조선의 봄이 아니라면, 나의 봄날이 되어주지 않겠습니까?"

가만히 헨리를 바라보던 나는 천천히 고개를 저었다. 헨리도 그럴 줄 알았다는 듯 짧은 한숨을 내뱉으며 내게서 돌아섰다.

"그럴 줄 알았습니다!"

"헨리?"

"언젠가는 미우에게 제 마음을 전할 날이 오기를 바랐으니, 소원은 풀었네요."

"그럼 이제 우리는……."

헨리가 다시 나를 돌아보며 자신의 팔을 내밀었다.

"앞으로도 좋은 친구로 미우의 곁에 남겠습니다."

나는 미안한 기색이 완연한 얼굴로 그가 내민 팔을 붙잡았다. 헨리가 앞으로 걸어가며 말했다.

"이렇게 걷는 건 조선에서는 상상도 못 할 행동이죠?"

"맞아요."

나도 웃으며 응수했다. 조선에서 남녀가, 그것도 서양인과 조선인이 이렇게 팔을 잡고 나란히 걸어간다면 십중팔구 돌이 날아오거나 손가락질을 받을 것이다. 그렇지 않더라도 다들 우리를 신기한 듯 쳐다볼 것이다. 그러나 조선보다 더 일찍 개항한 상해에서는 드문 풍경이 아니었다.

"아까 지나오면서 가면무도회장을 봤습니다. 호텔로 돌아가기 전에 잠깐 들러볼까요?"

"가면무도회장이요?"

"그 안에서는 모든 사람들이 가면을 쓰고 있어야 합니다. 그 때문에 서로를 알아보기가 쉽지 않죠. 아마 재미있을 겁니다."

헨리의 말대로 가면무도회장 안에서는 모두가 가면을 쓰고 있었다. 화려한 가면을 쓴 사람도 있는 반면에, 대다수의 사람들은 모두 다 흰색 가면을 착용하고 있었다. 흰색 가면은 가면을 가져오지 못한 사람들을 위해 무도회장 측에서 제공하는 것 같았다. 흰색 가면이 가장 많다 보니, 일단 그 가면을 쓰고 나면 서로를 알아보는 것이 쉽지 않았다.

헨리와 나는 입구에서 나눠주는 흰색 가면을 나란히 썼다. 그 후 우리는 빈 탁자로 가서 앉았다. 탁자 위에는 은은한 빛을 내는 초가 놓여있었다. 잠시 후 헨리는 음료를 가져오겠다며 자리에서 일어섰다.

"절대 이 자리를 떠나면 안 됩니다."

자리를 비우면서도 헨리는 내게 장난스럽게 당부했다. 혹시라도 가면 쓴 나를 알아보지 못할까 봐 걱정하는 것 같았다.

"알았어요. 어서 다녀와요."

헨리가 자리를 비운 후 나는 무도회장을 둘러보았다. 무도회장의 한가운데 천장에는 화려한 빛을 내는 샹들리에가 걸려 있었다. 바깥 벽 쪽으로는 탁자들이 줄지어 놓여있었다. 탁자가 있는 곳에는 전구를 놓지 않아 어두웠지만, 그 대신 탁자마다 초를 놓아두어 조명을 대신했다. 이 때문에 내가 있는 탁자 부근에서는 옆 사람의 얼굴을 자세히 보는 것이 어려웠다. 무도회장 곳곳에선 가면을 쓴 사람들이 서로 웃으며 대화를 주고받는 모습이 보였다. 처음 만나 사람들과도 스스럼없이 친해지는 모습이 신기하게 여겨졌다.

음악이 바뀌자, 몇몇은 탁자 쪽으로 돌아갔지만 대부분의 사람들은 마치 음악이 바뀌기만을 기다렸다는 듯이 서로의 손을 잡고 춤을 추기 시작했다. 그 모습에 나는 오래전 프랑스 공사관에서 열린 연회를 떠올렸다.

"레이디."

그때, 누군가 내 뒤에서 영어로 나를 불렀다. 뒤를 돌아보자 흰색 가면을 쓴 키 큰 남자가 서 있었다. 가면에 가려진 그의 얼굴에서 확인할 수 있는 것이라고는, 촛불에 의해 알아볼 수 없는 색을 지니게 된 두 눈동자와 방긋 웃고 있는 입술뿐. 그는 어리둥절한 표정을 짓는 내게 장갑 낀 한 손을 내밀었다.

"Shall we dance?"

"전……."

춤을 못 춘다고 말하려던 나는 순간 의문이 들었다. 여기는 청나라였다. 가면으로 가렸다고 해도 내가 동양인이라는 사실을 숨길 순 없었다. 그렇다면 내게 청나라 말로 말을 걸어야 했다. 그것이 아니라 해도 영어보다는 프랑스어를 먼저 쓰는 것이 자연스러울 것이다. 그런데 영어라니? 그는 내가 영어를 안다는 사실을 이미 알고 있었다는 것일까?

가면 위로 보이는 검은 머리카락. 그리고 눈동자. 분명 동양인이다. 나도 모르게 그가 내미는 손을 덥석 잡고 말았다. 그러자 그가 나를 무도회장으로 이끌었다.

연주되고 있는 음악은 내게도 익숙한 곡이었다. 생에 단 한 번이었지만, 프랑스 공사관에서 이선과 함께 추었던 곡. 그러나 그때 이후로 춤을 춘 적이 없었기에 여전히 음악에 맞추어 춤을 추는 것은 내겐 어색한 일이다. 그런데 내게 춤을 청한 상대도 이러한 사실을 알고 있는 것 같다.

그는 한 박자 한 박자씩 느리게 움직였다. 오로지 내 움직임을 배려한 행동이었다. 그리고 나는 이러한 상대의 행동에 또 한 번 그리운 익숙함 속에 빠져들었다.

'거 봐, 쉽지?'

긴장으로 굳었던 어깨가 서서히 풀렸다. 어느새 연주되는 음악에 맞춰 자연스럽게 움직이게 된 나는, 그와 함께 무도회장의 한가운데에 이르렀다. 샹들리에 바로 아래에 도달했을 때 음악이 끝났다.

가장 환한 빛이 그를 내려쬐고 있는 그때, 내 눈에서 한 줄기 눈물이 흘러내렸다. 그리고 나는 가면을 쓴 그의 정체를 알아보았다.

"이선……."

주변의 모든 소리가 사라졌다.

"이선이에요?"

분명히 이선이라는 사실을 인지하면서도 나는 그에게 다시 한 번 물었다. 믿을 수가 없었다. 러시아에서 죽었다던 그였다. 러시아에서는 유품으로만 만날 수 있었던 그였다. 그런 그가 상해에, 그것도 지금 눈앞에 존재하고 있다는 사실을 어떻게 믿어야 할까? 나는 나 스스로에게 그가 이선이 맞는지 물어본 것인지도 모른다.

"미우."

그리고 답으로 돌아온 그의 목소리는 눈앞의 그가 허상이 아니라는 사실을 알게 해준다.

"어떻게……."

난 멈추지 않는 눈물을 닦아내지도 못한 채 그를 뚫어져라 응시했다.

"맞아. 나야, 이선."

"분명 러시아에서……."

"기차 사고가 있었지."

"무사했던 거예요?"

가면 아래로 드러난 그의 입술이 미소를 그린다.

"사고가 난 기차를 탔어. 그런데 기차 안에서 나를 쫓는 일본인들을 보았지. 때문에 중간에 기차에서 내렸어. 사고는 그 이후에 일어났고."

"아아……."

말로 형용할 수 없는 기분이었다. 단지 이선이 살아있다는 소식만 들었어도 여한이 없었을 텐데, 그가 살아서 지금 내 앞에 서 있다니!

그때 이선이 주변을 둘러보며 말한다.

"하지만 아직 날 쫓는 사람들이 있어."

마침 음악이 끝나고 춤을 추던 사람들이 하나둘씩 자리로 돌아가고 있었다. 이선은 내 손을 잡고 나를 자연스럽게 무도회장의 구석진 곳으로 이끌었다.

"이리로."

춤이 끝난 자리는 축음기의 음악이 대신 채웠다. 상해와 어울릴 법한 잔잔하면서도 이국적인 음색이 무도회장을 뒤덮자, 촛불이 흔들리는 어둑한 탁자들마다 연인들의 달콤한 사랑의 속삭임이 시작되었다. 이선과 나는 연인 행세를 하며 벽 쪽에 붙어 섰다. 하지만 이선은 나를 함께 있으면서도 가면을 벗지 않았다. 우리는 한동안 알아들을 수 없는 음악 속에서 서로의 얼굴을 응시했다. 나는 눈앞에 있는 이선의 존재가 사라져버리면 어쩌나 하는 마음에 그의 손을 더욱 힘주어 잡았다. 이를 알아차렸는지 이선이 내가 잡은 손을 내려다보며 입을 열었다.

"민우진과 이미 혼인했을 네가 왜 헨리와 함께 이곳에 있는 건지 물어봐도 될까?"

나는 가면 너머로 보이는 그의 두 눈동자를 응시하며 대답했다.

"난 민 사장님뿐 아니라 그 누구와도 결혼할 수 없었어요. 이선 당신이 죽었는지 살았는지 확인하기 전까진."

이선이 아랫입술을 살짝 깨물더니 씁쓸한 웃음을 지었다.

"내가 많은 이들에게 빚을 졌군."

내 잘못으로 인해 그가 민우진을 비롯한 다른 이들에게 죄책감을 느끼는 것일까? 그렇다면 그가 느끼는 모든 감정들까지도 전부 내 몫이었다. 난 고개를 세차게 저었다.

"그걸 왜 빚이라고 생각해요?"

"미우?"

"처음부터 전하와 함께 떠나지 않은 내 잘못이에요! 그때 전하와 함께 러시아로 가지 않은 걸 내가 얼마나 후회했는지 아나요?"

이선과 함께 러시아로 가지 못한 것에 대한 후회.

그때 이후로 오늘날까지 줄곧 느껴온 후회에 눈물이 차올랐다. 그런 내 눈을 이선의 눈이 파고들듯 쫓고 있음을 깨달았을 때였다.

"!"

갑자기 그가 내 입술에 자신의 입술을 맞춰왔다. 나는 그대로 벽에 등이 밀리며 벗어날 곳을 찾지 못해 바동거렸다. 그럴수록 이선은 더욱 강한 입맞춤으로 내 입술을 파고들었다.

"이선……!"

나는 두 손으로 그의 얼굴을 감싼 채 나를 활짝 열었다. 들려오는 잔잔한 축음기의 음악에 맞추어 이선의 입술이 내 입술 위를 부드럽게 배회했다. 그가 사망했다는 기사를 접한 이후 느껴왔던 공포와 두려움,

내 안의 모든 감정들이 그와의 입맞춤 속에서 따스하게 녹아내렸다.

"미우……."

잠시 후 그가 가빠진 숨을 몰아쉬며 나를 품 안으로 끌어안았다. 그의 숨과 내 숨이 보조를 맞추어가며 조금씩 안정감을 되찾아갔다. 그런데 어느 순간 그의 심장의 울림이 딱, 멈추는 느낌이 전해졌다.

"전하?"

놀란 내가 그의 가슴에서 고개를 들었을 때, 그는 더 이상 가면을 쓰고 있지 않았다. 내가 기억하고 있는 이선의 얼굴 그대로 나를 내려다보고 있었다.

"내 이름을 불러줘."

"이선."

"다시 한 번만."

"이선……."

그는 나의 이마와 양 볼에 차례로 가볍게 입을 맞추더니 내 귓가에 입술을 대고 속삭였다.

"아, 미치도록 네가 보고 싶었어."

나는 마치 이 세상에 우리 두 사람만 존재하는 듯한 착각에 빠져들었다.

"미우, 미우! 어디에 있어요?"

헨리가 나를 찾고 있었다. 난 이선의 품에서 말했다.

"헨리도 당신이 살아있다는 걸 알면 기뻐할 거예요!"

나는 당장이라도 헨리를 이곳으로 불러올 생각으로 이선의 손을 잡아끌었다. 하지만 이선의 몸은 움직이지 않았다. 나는 이선을 다시 돌아보았다. 그의 표정은 밝지 않았다.

"이선?"

"지금 헨리를 만날 수 없어."

"왜요?"

"내게 일어난 일들. 그리고 지금 내게 일어나고 있는 일들. 그에게 모두 설명하기에는 시간이 짧아, 미우. 난 여기에 오래 머무를 수 없어."

"그러면 같이 갈게요. 당신이 어디로 가든지 난 당신과 함께 갈 거예요."

"아직은 안 돼. 난 아직 위험해. 그 위험에 널 끌어들일 수는 없어."

"왜요? 일본에서 당신을 쫓고 있기 때문인가요?"

"그들은 내 목숨을 노리고 있어."

난 답답한 한숨을 내쉬었다.

"조선으로 돌아가요. 조선에는 폐하가 계시잖아요. 폐하께서 보호해주실 거예요."

이선이 힘없이 고개를 저었다.

"며칠 뒤 일본에서 오는 이 비서관을 이곳 상해에서 만나기로 했어."

"이영효 비서관이요? 그가 일본에 갔나요?"

"그래. 그가 어떤 결과를 가져오느냐에 따라서…… 시일이 조금 걸리겠지만, 난 조만간 제국으로 돌아갈 거야. 하지만 지금은 미우 너와 함께 돌아갈 수 없어."

"그럼 나도 같이 갈래요. 이선과 함께 있다가 돌아갈래요."

"안 돼, 미우."

그가 내 양팔을 붙잡았다.

"널 내가 처한 위험에 끌어들이고 싶지 않아."

"이선……."

"그러니 제발……. 미우, 헨리와 함께 대한제국으로 돌아가."

"싫어요. 당신과 함께 갈래요."

난 울먹거리며 그의 손을 잡았다.

"또다시 당신이 죽었다는 거짓 기사를 보고 싶지 않아요."

"이제 그럴 일은 다신 없을 거야."

이선이 나를 안심시키려는 듯 웃는다.

"하지만……."

"미우, 날 믿어. 난 빠른 시일 내에 돌아갈 거야."

그가 웃는 얼굴로 내 얼굴을 쓰다듬었을 때였다.

"미우!"

사람들 사이로 나를 찾아낸 헨리가 반갑게 손을 흔들었다. 나는 무심코 헨리를 돌아보았다가 무언가 이상한 느낌에 다시 이선 쪽으로 고개를 돌렸다. 그러나 이선은 이미 그곳에 없었다.

"이선!"

뒤늦게 이선을 찾아 움직이려는 내 팔을 헨리의 손이 붙잡았다.

"미우?"

난 헨리를 돌아보며 다급한 목소리로 말했다.

"이선이에요!"

"이선이라니요?"

"이선이 여기에 왔었어요! 조금 전까지 저와 함께였어요."

"뭐라고요?"

헨리가 당황하며 주변을 살폈다. 그러나 모두 가면을 쓰고 있는 상황에서 이선을 닮은 사람을 찾아낸다는 것은 무리였다. 나는 일단 포기하고 헨리에게 말했다.

"그가…… 살아있어요."

"정말입니까?"

"네. 이선은 러시아에서 죽지 않았어요. 그리고 상해에서 이영효 비서관을 만난다고도 했어요. 그 뒤에 조선으로 갈 거니까…… 저보고 먼저 돌아가 있으라고 말했고요."

"이선이 정말로 살아있었군요."

난 고개를 끄덕이며 헨리에게 말했다.

"조선으로 돌아가요. 이선이 곧 조선으로 올 거예요."

상해에는 일본 시모노세키를 거쳐 부산항으로 들어가는 정기선이 있었다. 그러나 일본은 러시아와 전쟁 중이었다. 정기선은 운행이 무기한 정지된 상태였고, 그나마 가끔씩 부산으로 들어가는 배편 역시 까다로운 승선 절차가 뒤따랐다. 일본에 있는 헨리의 지인들의 도움을 받아 부산항에 도착한 것은 1904년 8월 17일. 그날은 칠석이었다.

"입항하시려는 승객 분들은 모두 신분증과 여행허가증을 꺼내주십시오!"

부산항은 이미 일본 군인들에게 점거된 상태였다. 그들은 일본에서 들어오는 배편만이 아닌 대한제국으로 들어오는 모든 배를 검문했다. 배에 탄 승객들을 일일이 확인하고 있었던 것이다.

"헨리 예센 뮐렌스테트. 그리고…… 뮐렌스테트 부인."

헨리와 나의 신분증을 확인하던 일본 군인이 갑자기 상급자를 호출했다. 잠시 후 나타난 상급자는 헨리에게 엄중히 요청했다.

"잠시 저희와 같이 가주셔야겠습니다."

헨리가 답을 하기도 전에 군인들이 몰려와 그를 에워쌌다. 헨리도 이런 상황을 어느 정도 예상했다는 듯이 일본 군인에게 말했다.

"동행자인 내 아내는 아무런 상관이 없을 테니 그냥 보내주십시오."

하지만 일본 군인은 피식 웃을 뿐 단호히 고개를 가로저었다.

"불행히도 그것은 저희가 결정할 수 있는 일이 아닙니다."

또 다른 일본 군인들이 나를 에워쌌다. 그렇게 헨리와 나는 강제로 마차에 태워져 부산의 한 여관에 감금되었다. 3일이 지난 후에야 우리는 기차로 한성에 이송되었다.

헨리와 내가 탄 기차가 경성역에 가까워질수록 익숙한 풍경들이 눈에 들어왔다. 반년 만에 돌아온 한성은 겉으로는 크게 달라지지 않았다. 다만 길 곳곳에 일본 군인들의 모습이 전보다 더 쉽게 눈에 들어왔다.

"미우."

기차가 경성역에 들어서자 일본군 사이에서 꼼짝달싹하지 못하고 있던 헨리가 나를 불렀다. 맞은편에 앉아있던 나는 헨리의 시선이 기차 창밖을 향하는 것을 보고 밖을 내다보았다. 그리고 곧 헨리가 나를 부른 이유를 알 수 있었다. 내가 창 너머로 한 남자를 발견한 순간, 헨리가 내게 그 남자의 이름을 말했다.

"민 사장님이에요."

창밖에서 나를 뚫어져라 쳐다보고 있는 차가운 눈의 남자. 그는 바로 민우진이었다.

전하의 약혼녀

일본 헌병들에게 이끌려 헨리와 함께 기차 밖으로 나오자 민우진이 우리에게 걸어왔다. 우리를 부산에서부터 호송해 온 일본 헌병대장이 민우진을 보고는 짧은 인사를 건네며 무언가를 건네주었다. 헨리와 나의 신분증이었다. 그것을 살펴보던 민우진의 눈빛이 살짝 흔들렸다. 그는 곧 다시 무표정으로 고개를 들었다. 그리고 나를 쳐다보며 입을 열었다.

"뮐렌스테트 부인?"

그의 차가운 눈을 보고 얼어붙은 나는 쉽사리 입을 열지 못했다. 내 옆에 서 있는 헨리가 대신 그에게 말했다.

"여행을 위한 임시 신분증일 뿐입니다, 민 사장님."

민우진이 헨리를 돌아보며 말했다.

"난 더 이상 우체총사의 사장이 아니다. 그러니 사장이라는 호칭은 이제 생략하지."

여기까지 말한 민우진이 고개를 까딱이며 헌병대장에게 신호를 보냈다. 그러자 일본 헌병들이 어디론가 헨리를 끌고 갔다. 나를 기차에서 끌고 내린 헌병들도 모두 같이 사라져 버렸다. 나는 헨리가 끌려가는 모습을 바라보며 민우진에게 물었다.

"헨리를 어디로 끌고 가는 거죠?"

"그는 조사를 받아야 한다."

"그럼 저도 헨리와 함께 끌고 가세요! 위조한 신분증으로 조선을 떠났던 사람은 바로 저니까요!"

그러자 돌아오는 민우진의 말투가 싸늘했다.

"원한다면 그렇게 하지."

그러더니 그가 짧은 한숨과 함께 말을 덧붙였다.

"다만 아버지의 장례는 치르고 가는 게 순서일 것 같은데?"

"아버지의 장례라니요?"

나는 놀라서 그에게 물었다. 그가 인상을 찌푸리며 내게 말했다.

"미우 네가 부산항에 도착한 날, 박정양 대감께서 돌아가셨다."

다시 듣고도 믿을 수가 없었다. 나는 한참을 말을 잃었다가 겨우 말했다.

"거짓말. 거짓말이죠? 아버지가 갑자기 왜!"

"오랜 지병이 있으셨다. 그리고 끝내 그 병을 이겨내시지 못했지."

"아니야! 아니에요! 아버지는……. 아버지가 돌아가실 리 없어요."

잦은 기침은 단지 고질병이었다. 그 병을 심각하게 여긴 사람은 아무도 없었다. 의원이 몇 번 드나드는 것을 보았지만, 유모는 아버지의 기침이 습관성으로 굳어진 것이라고 했었다. 또 의원은 차를 많이 마시고 몸을 따뜻하게 하면 언젠가 기침이 멎을 것이라고도 말했다.

"믿지 못하겠다면 네가 가서 직접 확인해 봐."

난 민우진과 함께 마차를 타고 집으로 향했다. 반년 만의 집이었다. 대문의 양옆으로 조등이 걸려 있었다. 평상시와 달리 활짝 열려 있는 대문 안으로 걸어 들어가자 곡소리가 들려왔다. 아버지의 위패는 사랑채 대청마루 위, 빈소가 차려진 곳에 덩그러니 놓여있었다. 믿을 수 없는 광경에 난 넋을 놓았다.

"아가씨!"

"미우야?"

대문 안으로 걸어 들어오는 나를 본 유모와 현주가 다가왔다. 그러나 난 그들을 돌아볼 여력이 없었다. 난 그대로 사랑채 마루 위로 올라갔다.

"아버지……."

크게 흐느끼지도 못한 채 난 마루에 엎드려 눈물을 쏟았다. 유모가 다가와 말했다.

"이제라도 오셨으니 되었어요. 이제라도 오셨으니까……."

난 고개를 들어 유모를 향해 물었다.

"어떻게 돌아가신 거야? 왜 돌아가신 거냐고?"

"병이 있으셨어요."

"그건 나도 알아. 하지만 그렇게 중한 병이 아니었잖아?"

유모가 저고리 고름으로 눈물을 훔치며 고개를 저었다.

"사실 많이 안 좋으셨어요……. 아가씨가 걱정하실까 봐 입단속을 시키신 게죠. 지난해 다녀간 의원이 그 해를 못 넘길 거라고 하셨는데 용케 넘기셨어요. 그래서 아가씨의 혼인도 서두르셨던 거고요."

"아니야……. 그럴 리가 없어! 내가 아는 아버지는 크게 앓으셨던 적도 없으셨다고!"

"아가씨……."

어느새 마루 위로 올라온 현주가 옆에 앉아 나를 끌어안았다.

"미우야. 너무 속상해하지 마. 아버님께서도 너를 위해서 말씀을 안 하셨을 거야."

"현주야……."

난 현주를 붙잡고 엉엉 소리 내어 울었다. 한참을 현주의 품에서 울던 나는 유모를 돌아보며 물었다.

"마지막 말씀은 없었어? 아버지가 아무 말씀도 하지 않고 돌아가셨냐고."

"그것이……."

내 말에 유모가 눈치를 본다. 유모의 시선이 닿은 곳에 민우진이 있었다. 자연히 내 시선도 대청마루 아래 서 있는 민우진을 향했다. 그는 조용히 마루 위로 올라오더니 아버지의 위패 앞에서 절을 올렸다.

현주가 내게 작은 목소리로 말했다.

"네 아버님의 마지막을 지킨 건 민우진이었어. 그러니 그에게 물어봐, 미우야."

주인이 떠난 사랑방을 차지하고 앉은 것은 나와 민우진이었다.

"미안해요."

아버지의 마지막을 지켜줘서 고맙다는 말을 하려 했는데, 막상 내 입에서 제일 먼저 나온 말은 사과였다. 그 말을 듣자 그는 나를 보며 비웃음을 지었다.

"뭐가 미안하지?"

"네?"

"혼인날 미륜사와 함께 조선을 떠난 것?"

"그건……."

변명의 여지가 없다. 난 오로지 이선만을 생각했고 민우진은 생각하지 못했으니까. 이것은 엄연한 사실이었다.

"네 부친이신 박정양 대감의 마지막 유언을 전해주마."

나는 침을 무겁게 삼켰다.

"박정양 대감께서는 이 집과 재산 전부를 내게 주셨다. 그 자리에는 증인들이 있었고 나는 적법한 절차에 따라 박정양 대감께서 돌아가신 날, 이 집과 재산 전부를 양도받았다."

"아버지가……."

"혼인날 다른 사내와 도망친 여식에 대한 미안함 때문이셨는지도 모르지."

그가 자리를 털고 일어섰다. 그리고 닫혀있던 사랑방의 문을 열었다. 그러자 밖에서 기다리고 있던 현주와 유모가 깜짝 놀라며 뒤로 물러섰다. 그러나 그는 밖으로 나가지 않았다. 대신 열어둔 문을 가리키며 싸늘한 목소리로 말했다.

"너는 이제 이 집에서 외부인일 뿐이야. 그러니 집 주인으로서 말하겠다. 당장 이 집을 나가라, 박미우."

나는 굳게 닫힌 집 대문 앞에서 밤을 지새웠다.

이른 아침. 아직 남아있는 안개를 뚫고 갓을 쓴 사내 둘이 대문 앞을 지나다가 그 앞에 앉아있는 나를 쓱 한 번 보고는 걸음을 멈췄다.

"상갓집이 왜 이렇게 조용하지? 오늘이 상여가 나가는 날이라고 하던데."

"못 들었어? 이 집 무남독녀가 혼인날 외간 사내와 도망쳤다잖아."

"아아, 그건 들은 것 같군. 듣자하니 신랑 쪽이 민상호 대감의 자제라며."

"요즘 조정에서 가장 잘나가는 대감이지. 그러니 민 대감 눈 밖에 나려는 게 아니고서야 개새끼도 여기 상갓집 밥은 탐내지 않을걸?"

끼이익!

그때 닫혀있던 대문이 열리며 상여 앞에 세우는 붉은 홍포 깃대가 나타났다. 그러자 대화를 주고받던 사내들은 하던 말을 중단하고는 바쁜 걸음으로 사라졌다.

난 자리에서 일어서서 대문을 나서는 아버지의 상여를 바라보았다. 더 이상 눈물을 흘릴 힘조차 남아있지 않았다. 어제 내게 일어났던 일들이 마치 꿈처럼 느껴질 정도로 몸이 피곤하고 정신은 혼미했다.

"아가씨……."

상여를 뒤따르던 유모가 나를 발견하고는 다가와 울먹이며 손을 붙잡았다.

"난 괜찮아."

오랫동안 크고 작은 관직을 두루 지냈던 아버지였다. 그러나 아버지의 마지막 길을 찾아온 지인들은 한 명도 없었다. 종종 왕래가 있던 친척들조차도 대부분 참석하지 않았다. 오로지 유모를 비롯한 집안 하인들 몇 명만이 상여 뒤를 따르고 있었다.

"난 괜찮아……."

실은 괜찮지 않았다. 그러나 이 말을 반복했던 것은 아버지가 듣고 계실지도 모른다고 생각해서였다. 마지막 길에서까지 아버지를 걱정시키고 싶지 않았다. 그만큼 나는 못난 딸이었다.

아버지가 선산에 묻히는 것을 모두 지켜본 나는 혼자 남아 그곳을 지켰다. 이제 정말 갈 곳이 없었다. 집은 민우진의 것이 되었다. 아버지도 선산에 묻혔다.

"미우 아가씨."

등 뒤에서 어떤 여인의 목소리가 들렸다. 뒤를 돌아보자 처음 보는 상궁과 두 명의 궁궐 나인이 있었다.

"누구시죠?"

내 물음에 그녀가 대답했다.

"소인은 경운궁에서 왔습니다. 황제폐하께서 기다리고 계십니다, 미우 아가씨."

경운궁 함녕전. 상궁의 안내를 따라 들어간 전각 안에 폐하가 홀로 앉아 계셨다. 궁궐 예법에 따라 절을 올리고 자리에 앉은 나는 문득 폐하의 얼굴에서 아버지가 떠올라 울컥했다. 폐하도 아버지의 소식을 들었는지 긴 한숨과 함께 입을 열었다.

"박정양 대감의 일은 들었다. 돌아오자마자 큰일을 겪어 네 마음이 편치 않겠구나."

"황공하옵니다. 폐하."

여전히 고개를 숙이고 있는 내게 폐하의 목소리가 들려왔다.

"미우야."

마치 아버지가 딸을 부르듯이 친근한 말투였다. 저절로 내 눈에서는 눈물이 흘렀다. 폐하는 그런 나를 안쓰러운 눈으로 보며 물었다.

"미륜사에게 듣기로 러시아에 다녀왔다고?"

폐하의 입에서 미륜사에 대한 이야기가 나오자 내 눈이 번쩍 뜨였다.

"그는 무사한가요?"

"미륜사 말이냐?"

"네! 폐하, 그는 어제 경성역에서 일본 헌병들에게 끌려갔습니다. 그 뒤의 소식은 모릅니다. 그가 무사한가요?"

"미륜사라면 걱정하지 말거라. 그는 어제 풀려났으니 아마 지금쯤 자택에 머물고 있을 것이다. 허나 앞으로 통신원에서는 일하지 못할 것이다. 일본인들은 그가 대한제국에서의 일본 전보 사업을 방해한다는 이유로 해고하고 죄를 물을 것을 계속 요청해왔다."

"하지만 그건 전보국을 위해 일을 하다가 일본인들의 눈밖에 난 것입니다."

"과인도 알고 있다. 허나 지금의 통신원은 일본 군인들이 장악한 것이나 다름없다. 미륜사는 비록 전보국에서 일하지는 못하게 되었지만, 다른 분야에서 과인을 돕게 될 것이다."

'폐하를 돕는다.'

무슨 일인지는 모르지만 그 일 역시도 결코 일본인들이 좋아할 일이 아니라는 생각이 들었다. 폐하가 내게 물었다.

"선이를…… 만났다고?"

난 폐하의 두 눈을 바라보았다. 이선에 대해 묻는 폐하의 목소리는 작았고 떨리고 있었다.

"네, 폐하."

"몸은, 건강은 어때 보이더냐?"

난 상해에서 만난 이선의 모습을 떠올리며 대답했다.

"좋아 보이셨습니다."

"그래……. 다행이구나. 다행이야."

이선을 진심으로 걱정하고 그리워하는 폐하의 모습에서 난 아버지를 떠올렸다. 아버지도 소식이 끊긴 나를 저렇게 걱정하고 그리워하다가 돌아가셨을지도 모른다는 생각이 들었다.

"영보당은 아직 이 일을 모른다. 반드시 살아있을 것이라며 위로했지만, 과인 역시도 장담하지 못했다."

난 폐하의 말을 들으며 어떤 의문이 들었다.

"폐하. 미륜사에게 듣기 전에 이미 완친왕 전하께서 살아계신다는 것을 알고 계셨습니까?"

"보름 전 이영효 비서관에게 전해 들었다. 곧 대한제국으로 돌아올 것이라고 했다."

이것은 어찌 보면 새로운 소식이었다. 하지만 곧이라면 언제 돌아온다는 걸까?

“미우야.”

“네, 폐하.”

“지금 통신원은 혼란에 빠져있다. 우체총사 역시 그러하지. 박정양 대감의 죽음은 안타깝지만, 과인은 네가 하루 속히 우체총사로 다시 돌아가주기를 원한다.”

“제가요?”

하지만 현실적으로 어렵다. 민우진은 우체총사 사장직을 그만두었다고 했다. 그러나 민상호 대감이 뒤에서 일본을 도왔기에 일본인들은 통신원을 쉽게 점거했다. 지금 통신원 상태가 어떤지 모른다. 게다가 난 머물 곳이 없었다.

“민우진이 어제 너를 내쫓았다는 것은 과인도 들었다.”

난 고개를 숙였다.

“미륜사는 네가 선이의 죽음을 믿지 않았기에 그를 찾아 나선 것이라고 했다. 과인도 할 수 없고 황실의 그 누구도 할 수 없는 일을 일개 아녀자인 네가 했지. 과인은 진심으로 네 마음에 탄복했고 고마움을 느낀다. 헌데 궁금한 것이 있더구나. 이렇게까지 선이를 마음에 두었으면서도 어째서 과인이 너희 두 사람의 혼담을 물린 해에 러시아로 함께 떠나지 않았던 것이냐?”

난 놀란 눈으로 고개를 들었다.

“어떻게 그 일을…….”

폐하가 빙그레 미소를 지었다.

“과인이 아들의 일에 관심을 두지 않는다 여기느냐? 국사가 우선이지만 과인 역시 한 사람의 아버지다. 당시 선이는 네가 함께 떠나기를 거절하자 크게 상심하고 아주 오랫동안 힘들어했지. 허나 과인은 그때 네게 고마웠다. 당시 상황이 좋지 않았어. 혹여라도 이선이 너와 러시아로 떠났더라면, 일본에서는 제국이 황자를 비밀리에 러시아로 보내 비밀 동맹을 추진하려 한다는 핑계를 들어 한성에 군대를 주둔시키려 했다는 것이 후에 밝혀졌다. 그들의 야욕이 조금 더 일찍 드러날 수 있는 상황이었다.”

그러나 일본은 결국 다른 방식으로 그들의 야욕을 이뤘다. 러시아와 전쟁을 일으킨 일본은 한성에 거주하는 자국민을 보호한다는 명목 하에 한성 안팎으로 군대를 주둔시킨 것이다.

“미우야. 우체총사로 다시 돌아가주겠느냐?”

난 고개를 끄덕였다.

“네, 폐하. 하지만 제가 당장 거주할 곳이 없습니다. 허락하신다면 우체총사에 있는 제 사무실에서 지내면서…….”

“그럴 필요는 없다.”

“네?”

“경운궁에는 빈 처소가 많다. 궁녀의 신분으로 머물면서 마음을 추스른 후에 우체총사로 출근하도록 하여라.”

“하지만 폐하. 저는 박정양 대감의 여식입니다.”

“응? 그게 무슨 말이냐?”

"저에게…… 민우진 사장님과의 혼인날 외간 사내와 도망쳤다는 소문이 있는데, 이런 제가 궁궐에 머물면 폐하께 누가 될 것입니다."

그러자 폐하가 웃음을 터트렸다.

"그것은 걱정 말거라. 지금 이 나라에는 일본이라는 큰 우환이 일었다. 허니 너에 대해 관심을 두고 말하는 이들은 적을 것이다. 큰 우환이 일어날수록 작은 우환에는 관심이 적어지는 법이지."

내가 헨리와 함께 반년 동안 대한제국을 떠나 있던 사이에 조정에는 많은 변화가 있었다. 우선 친러파 신하들이 대거 물갈이된 것이다. 남아있는 대신들은 민상호 대감과 같은 친일파 대신들뿐이었다.

이런 가운데 일본은 대한제국과 협약을 맺었다. 앞선 군사동맹에 의해 강제로 이루어진 이 협약에 따라 정부의 각 부처에는 일본이 지정한 외국인 고문들이 배정되었다. 그들 대부분이 일본인이었으며, 외국인이라고 하더라도 친일파 인사들뿐이었다. 그들은 조정의 모든 일에 관여하고 자신들의 동의가 없으면 안건을 처리하지 못하게 만들었다.

이 같은 고문 정치가 시작된 이후로 궁궐 내에도 변화가 있었다. 나인들이 일본인들에게 매수당해 궁궐 안의 일을 누설하는 일들이 종종 벌어진 것이다. 이 때문에 새로운 나인이 들어오면 무조건 경계하고 일단 거리를 두는 분위기가 형성되었다.

차라리 내게는 좋은 일이었다. 궁궐에 나인 신분으로 들어온 후 열흘이 지나도록 그 누구도 내게 다가와 친근함을 표시하거나 관심을 보이지 않았기 때문이었다. 하지만 반대로 생각하면 더 이상 궁궐 안에는 신뢰라는 것이 존재하지 않는다는 뜻이었다. 이제 궁궐은 일본 군대에게 둘러싸인, 제국에 마지막으로 남은 섬과 같은 곳이 되었다.

"내일부터 우체총사에 출근하려고요."

난 폐하의 지밀상궁을 찾아가 궁궐을 출입할 수 있는 통행패를 요청했다. 이미 폐하로부터 들어 알고 있던 상궁은 쉽게 통행패를 내어 주었다.

"꼭 이런 시기에 우체총사를 다녀야겠느냐?"

"폐하의 뜻인걸요."

"폐하의 뜻이라는 걸 몰라서 묻는 말이 아니다. 요 근래 일본에서 높은 관리가 왔다는구나. 폐하께 인사를 올린 이후로 매일같이 대신들을 만나고 다녀. 별다른 일이 없으면서도 일본으로 돌아가지 않고 조선에서 시간을 보내고 있다니 의문이 들어서 하는 말이다."

"글쎄요. 저도 그 소식에 대해서는 처음 듣는걸요."

"그가 민상호 대감 댁에서 묵고 있다더구나. 그래서 묻는 게야."

그제야 그녀가 내게 이런 말을 꺼내는 속내를 알아차렸다. 하지만 내게는 더 이상 민상호 대감에 대해 할 이야기가 없었다. 아버지의 장례 이후 그 집안과의 연결고리는 모두 끊어졌다.

"저는 정말 아무것도 몰라요."

통행패를 챙겨든 나는 지밀상궁의 처소를 나왔다. 문밖을 지나던 나인들의 시선이 내게로 모였다. 어쩌면 나도 모르는 사이에 나에 대한 소문이 궁궐을 뒤덮었을지도 모른다는 생각이 들었다.

나인들을 피해 원래 다니던 길이 아닌 정전 쪽으로 돌아가는 길로 나왔다. 평상시 대신들의 출입이 잦은 길이라 나인들은 잘 다니지 않는다는 사실을 평소 알고 있었기 때문이다. 그런데 이 길에서 입궐 중인 민상호 대감과 민우진을 마주치고 말았다. 그들은 눈에 띄게 키가 작은 일본인을 사이에 두고 양옆에서 걸어가며 일본어로 대화 중이었다. 민우진이 통역을 맡고 있었다. 난 그들을 보자마자 고개부터 숙이고 옆으로 물러섰다.

다행히 민상호 대감은 나인 차림의 나를 알아보지 못했다. 그러나 민우진은 달랐다. 그의 예리한 시선이 나를 향했다.

"아버지."

민우진이 한 발 앞서 걸어가던 아버지 민상호 대감을 불러 세웠다.

"왜 그러느냐?"

"잠시……."

민우진이 고개를 숙이고 있는 나를 응시하며 말을 이었다.

"만날 사람이 있습니다."

"그래? 허나 서두르거라. 네가 없으면 이토 히로부미 의원과 대화하기가 수월치 않으니 말이다."

민상호 대감이 기분 좋게 웃으며 이토 히로부미라고 불린 일본인 의원과 함께 사라졌다. 그것을 확인한 그가 나를 향해 낮고 무게감 있는 목소리로 명령했다.

"따라와."

난 고개를 가로저었다.

"싫어요."

하지만 민우진은 쉽게 나를 보내줄 생각이 없어보였다.

"따라와!"

그는 강제로 내 손을 잡은 채 나무들 사이 왕래가 없는 곳으로 끌고 갔다.

"궁궐로 들어갔다는 소문은 들었다만, 사실일 줄은 몰랐다. 대체 박미우. 넌 나를 얼마나 더 화나게 만들 셈이지?"

한때는 그에게 진심으로 미안함을 느낀 적도 있었다. 그러나 아버지의 빈소 앞에서 나를 끌어낸 그를 생각하면 이제 그에게 남아있는 미안한 감정은 손톱만큼도 없었다.

"내가 당신을 어떻게 화나게 만들었다는 거죠? 이제는 화를 내야 할 사람은 나라고요. 내 집에서 나를 내쫓은 사람이 민우진, 당신이니까."

"넌 도대체……."

그는 내게 무언가 말을 하려다 입을 다물었다. 나는 그런 그를 쏘아

보았다.

"내게 하고 싶은 말이 있나요? 하지만 그게 무엇이든 더는 듣지 않겠어요."

그러자 그가 헛웃음을 지으며 내게 물었다.

"이게 너의 본모습인가?"

난 그의 눈을 똑바로 바라보며 말했다.

"분명 제 본모습이 순종적인 여성은 아니죠. 순종적인 여성이 되기에는 너무 많은 세상을 보기도 했고요. 하지만 그 세상으로 나오는 문을 처음으로 열어준 것은 당신이었잖아요."

여기까지 말한 나는, 그대로 그를 지나쳤다. 그런 내 등 뒤에서 민우진의 목소리가 들렸다.

"후회한다."

난 걸음을 멈추고 그를 돌아보았다.

"날 우체총사에서 일하게 한 것을요?"

그가 한숨이 묻어나오는 목소리로 입을 열었다.

"이런 너를 아직도 사랑하고 있는 나를."

다음 날 아침, 난 경운궁을 나와 인력거를 타고 통신원 앞에 도착했다.

"성(姓). 이름 그리고 나이를 적어라."

통신원의 대문을 넘는 것이 더욱 까다로워졌다. 총칼을 든 채 입구를 지키고 있는 일본 군인들은 그 자체로 위압감을 풍겼다. 그들은 통신원을 드나드는 모든 사람들의 인적사항을 캐묻고 무슨 일로 찾아왔는지 자세히 적으라고 요구했다.

당연히 이에 거부감을 느낀 조선 사람들은 일이 있더라도 통신원을 찾아가려 하지 않았다. 여성들은 더더욱 그러했다. 사람들은 결국 우편 업무를 보기 위해 아무런 제제 없이 드나들 수 있는 일본 우체국으로 가게 될 것이다. 일본이 일부러 군인들을 통신원 앞에 세워 인적사항을 캐묻는 이유가 바로 그 때문이었다.

우체총사에 도착해 문을 열고 들어서자 손님인 줄 알았는지 안에서 누군가 고개를 내밀었다. 내게도 아주 익숙한 얼굴이었다.

"미우?"

"강 주사님?"

강 주사가 활짝 웃으며 내게로 다가왔다.

"오랜만이네! 그런데 이 나인 옷은 왜 입고 있는 거야?"

"그게…… 요즘 궁궐에서 지내요."

"궁궐에서 지내면 다 나인 옷을 입는 거야?"

"어쩌다 보니 그렇게 되었어요. 그런데 강 주사님은 외국에 좀 더 계시는 거 아니었어요?"

강 주사가 뻘쭘한지 머리를 긁어댔다.

"나도 어쩌다 보니 그렇게 되었네."

그때 안에서 다른 직원이 나오며 강 주사에게 말했다.

"아까 한 말씀과 다르시네요, 강 주사님! 나라가 이 모양이고 우체총사가 이 모양인데 외국에서 팔자 좋게 유학생활이나 할 순 없다고 말씀하셨잖아요!"

"하하하. 이 자식, 이따 두고 보자고."

어색한 웃음을 흘리며 강 주사가 내게 다시 말했다.

"민 사장도 우체총사를 떠났다며? 그러면 나라도 여기를 지켜야지. 유학을 떠났던 것도 결국 이곳으로 다시 돌아오기 위해서였는걸."

"강 주사님……."

감동받은 내 시선을 피해 강 주사가 적막한 우체총사를 둘러보며 말했다.

"내가 없는 사이에 아주 엉망이 되어버렸더군! 하지만 앞으로 일이 좀 바빠질 거야. 통신원에는 전보국도 함께 있다 보니 일본 군인 놈들이 지키고 서 있다지만, 매하소(우표판매소)는 아니거든. 거기서도 우편접수를 받기로 했어. 받아서 우리 직원들이 우체총사로 가져오면 되니까."

"저도 도울 게 있을까요?"

"물론이지! 그런데…… 혹시 오늘 궐에서 온다던 직원이 너였어?"

"네?"

"김 사장이 지나가면서 하는 말이 그렇던데."

"김 사장이요? 김 사장이 누군데요?"

"우체총사의 새 사장. 또 통신원 총판도 새로 오셨지. 아직 모르는 거야?"

얼마 전까지 민우진의 사무실이었던 그곳에는 새로운 사장이 있었다. 새롭게 우체총사에 부임한 김영찬 사장은 얼마 전까지 민우진의 소유였던 책상에 앉아 서류를 살피고 있었다.

"박미우입니다. 사장……님."

한 때 내 입에서 '사장'이라는 말이 흘러나오게 했던 사람은 단 한 사람이었다. 그래서인지 그가 아닌 다른 누군가를 사장이라고 부르는 것은 내게 익숙한 일이 아니었다.

"아, 박미우 양."

부드러운 인상의 중년 남자가 책상에서 일어섰다.

"장 총판께 소식은 들었습니다. 앉으시겠습니까?"

"아니에요. 바로 나가서 할 일이 있나 살펴봐야 해서요."

"그렇군요."

그가 다시 자리에 앉으며 말을 이었다.

"들으셨는지 모르겠지만 민상호 대감 이후로 비어있던 통신원 총판 자리를 전 한성부 판윤 장화식 대감께서 맡으셨습니다. 그분께서 저를 우체총사 사장으로 앉히셨지요. 그나저나 부친상으로 많이 힘드신 상황에서 우체총사로 돌아오신 것을 고맙게 생각합니다."

"아닙니다……."

그가 시종일관 정중한 이유가 밝혀졌다. 이미 내가 누구인지 알고 있었던 것이다. 어쩌면 나와 민우진 사장과의 일까지도 알지도 모른다. 이런 내 생각을 읽었는지 그가 먼저 입을 열었다.

“박미우 양이 어떤 사람인지는 내겐 중요하지 않습니다. 지금은 우체총사에 사람이 필요하고 그 사람이 우체총사에 도움이 되어줄 사람이기만 하면 되니까. 그 외의 다른 것은 전혀 궁금하지 않다는 뜻입니다. 다만, 우체총사를 드나들 때 통신원 건물 쪽은 피해서 다니도록 하십시오.”

“왜죠?”

“새로 부임하신 장화식 총판께서는 여전히 여성이 일을 한다는 사실을 좋지 못하게 생각하시는 분이십니다. 폐하의 명이 아니었다면, 미우 양을 우체총사로 다시 불러들이는 것을 강하게 반대했을 분이기도 합니다.”

“아, 네에…….”

“어쨌든 우체총사로 와 주셔서 고맙습니다. 전보국은 더 상황이 좋지 않아요. 언제 어느 때라도 다른 나라에 전신을 보낼 수 있다는 이유로 일본 군인들의 경계가 심해서, 업무 자체가 마비되어 복구가 불가능한 상태더군요.”

전보국 이야기가 나오자 난 헨리가 떠올랐다.

“혹시 미륜사가 어떻게 되었는지 아시나요?”

그가 잠시 망설이다 입을 열었다.

“개인적으로 들은 소식입니다만, 조선으로 돌아온 후 전동(磚洞, 종로)에서 영국인과 신문사 일을 하고 있다더군요.”

“신문사요?”

창간된 지 이제 겨우 두 달 된 신문사였지만, 이미 많은 사람들이 그 신문사에 대해 알고 있었다.

대한매일신보(大韓每日申報)

디귿 자 모양의 기와집 대문 앞에는 한글과 한자로 된 현판이 세로로 걸려 있었다. 활짝 열려 있는 대문 안으로 많은 사람들이 분주히 일하는 모습이 보였다.

"무슨 일로 오셨지요?"

마당을 쓸고 있던 어린 소년이 나를 보더니 다가와 물었다.

"이곳에서 일한다는 사람을 찾아왔는데요. 그 이름이……."

"마드모아젤!"

중절모를 쓴 서양인. 그는 바로 어니스트 베델이었다.

"아, 안녕하세요."

"오랜만입니다. 반갑습니다. 잘 지내셨나요?"

그는 자신이 알고 있는 조선말을 모두 사용해서 내게 인사를 건넨 후 영어로 말했다.

"외국에서의 활약은 헨리에게 모두 들었습니다."

"헨리가 여기에 있나요?"

그는 고개를 한 번 끄덕이더니 건물 쪽을 쳐다보며 휘파람을 불었다.

"헨리 윌렌스테트!"

그러자 신문을 펼쳐든 헨리가 고개를 내밀었다. 그는 나를 발견하자 들고 있던 신문을 접어들고 반가운 얼굴로 다가왔다.

"미우!"

"헨리!"

당장 손이라도 맞잡을 듯한 우리를 보며 어니스트가 장난스럽게 말했다.

"누가 보면 헤어진 연인인 줄 알겠어."

헨리가 눈썹을 살짝 찌푸리며 어니스트를 쳐다보았다. 그러자 그가 헛기침을 내뱉었다.

"악의는 없었다고."

그때 건물 안에서 어니스트를 부르는 사람이 있었다. 그가 손을 흔들며 응답하고는 다시 나를 보며 한쪽 눈을 찡긋했다.

"안채에 내 사무실이 있습니다. 그곳에서 편히 이야기를 나누세요."

어니스트의 사무실에 들어서자 화분이 많이 보였다. 헨리가 직접 키우던 화분들이라는 걸 금세 알 수 있었다.

"남은 화분들을 다 여기에 갖다놓은 거예요?"

"당분간은요. 다시 정원이 있는 집을 구하면 옮겨 심을 겁니다."

난 화분들을 천천히 둘리보며 바닥에 앉았다.

"계속 여기 신문사에서 일할 건가요?"

"아니요. 신문사 일은 당분간만 도와주는 겁니다. 곧 조선인 친구들과 상회를 하나 열 생각이에요. 아직 준비 중이지만……. 곧 그렇게 됩니다."

"장사를 하려고요?"

헨리가 나와 마주 앉으며 피식 웃음을 터트렸다.

"장사가 저와는 어울리지 않는 것 같나요?"

"그건 아니지만……."

헨리가 가벼운 한숨을 내쉬었다.

"어쨌든 전보국으로 돌아갈 수 없으니까요. 또 조선을 떠날 생각은 더더욱 없고."

난 창밖을 내다보며 헨리에게 물었다.

"그럼 여기는 일본인들로부터 괜찮은 건가요?"

헨리가 다시 입가에 미소를 지었다.

"현재 대한제국에서 발행되는 모든 신문은 일본 헌병사령부의 검열을 통과해야 합니다. 하지만 영국과 일본은 동맹국이죠. 이 때문에 영국인인 어니스트에게 대한제국은 치외법권 지역입니다. 대한매일신보는 어니스트가 사장으로 되어있고, 이 때문에 검열을 거부할 수 있죠."

"내 이야기를 하고 있는 거지?"

그때 어니스트가 안으로 들어오며 말했다. 아직 조선말에 서툰 그는 우리 대화 속에 등장하는 자신의 이름만 알아들은 모양이었다.

"당연하지."

헨리가 고개를 끄덕였고 그는 우리 곁에 앉으며 신문 하나를 내밀었다. 그 신문은 일본어로 되어있었다.

"이틀 전 일본에서 발행된 신문입니다."

"이틀 전 신문이 조선에 와 있다니 놀랍네요."

"요즘은 조선과 일본을 오가는 배가 많아 신문도 빨리 오지요."

그런데 그가 내민 신문 속에 이선의 사진이 있었다. 나는 깜짝 놀라 소리쳤다.

"이선이잖아요?"

이선의 사진을 보고 반가워하는 나와 다르게 헨리의 표정은 밝지 않았다.

"그걸 왜 가져온 거야?"

"왜냐니? 너희 두 사람이 러시아에 간 이유가 그를 찾기 위해서가 아니었어?"

"어니스트."

그러나 두 사람의 신경전도 내 흥미를 끌지 못했다. 내 눈에는 오로지 일본 신문에 실려 있는 이선의 사진만 들어왔기 때문이었다.

그런데 이선의 사진 맞은편에 양장을 입은 한 동양인 여성의 사진도 함께 실려 있었다. 난 이선의 이름 옆에 적힌 그녀의 이름을 읽었다.

"이도자(伊都子)?"

그러자 어니스트가 내 말을 받았다.

"일본어로는 '이쓰코'라고 읽습니다."

"이쓰코?"

여기까지 읽었을 때 헨리가 내 손에 들린 신문을 가져가며 말했다.

"아마도 이선이 곧 귀국한다는 기사겠죠. 하지만 일본 측 소식을 모두 믿을 수는 없으니, 황실에 가서 진위 여부를 알아봐요, 미우."

"아, 네……."

헨리가 일어섰고 나도 어니스트와 함께 앉았던 자리에서 일어섰다.

"바로 궁궐로 돌아가는 건가요?"

어니스트가 친절히 물었고 난 고개를 가로저었다.

"우선은 우체총사로 돌아가야 해요. 헨리를 만나려고 잠시 외출했거든요."

"아아, 그렇군요."

난 그들에게 인사를 한 후 먼저 어니스트의 사무실을 나왔다. 내 등 뒤로 어니스트가 자그마한 목소리로 헨리에게 말하는 목소리가 들려왔다.

"어차피 사실이라면 곧 그녀도 알게 될 거야. 그런데 왜 감추려는 거야?"

하지만 헨리는 대답하지 않았다.

우체총사로 돌아오자마자 사무실로 들어가려는 나를 본 강 주사가 불러 세웠다.

"미우? 지금 온 거야?"

"네."

"조금 전에 손님이 왔어."

"손님이요? 제게요?"

난 사무실 방향을 쳐다보며 물었다. 그러나 강 주사는 고개를 저으며 대기실이 있는 반대쪽 방향을 가리켰다.

"기다리고 있겠대."

"아, 알겠습니다."

내가 대기실을 향하려는데, 강 주사가 다시 물었다.

"혹시 일본인 친구가 있었어?"

"일본인 친구요?"

난 웃으며 고개를 저었다.

"전 일본어도 모르는걸요."

"그래? 알았어."

강 주사가 알 수 없는 질문을 한 이유는 곧 알 수 있었다. 대기실의 문을 열고 들어가자, 의자에 앉아있던 한 여성이 나를 보며 자리에서 일어섰다. 기모노 차림의 그 일본인 여성은 나를 보자마자 활짝 웃으며 다가왔다.

"미우?"

"네, 제가 미우인데요……."

처음 보는 얼굴이었다. 하지만 내 이름을 부르며 웃는 얼굴을 보자니, 어디선가 본 적이 있나 싶기도 했다. 게다가 그녀는 어눌한 발음이나마 조선말로 내게 말하고 있었다.

"만나서 반갑습니다."

그녀가 내게 한 손을 내밀었다.

"아, 네에……."

얼떨결에 난 그녀가 내민 손을 잡았다.

"나가노미야 이쓰코예요."

'이쓰코?'

문득 신문사에서 어니스트가 내게 보여주었던 일본 신문이 떠올랐다. 이선의 사진 옆에 양장을 입고 있던 여성이 있었다. 지금 내 앞에서 있는 여성은 기모노를 입고 있어서 단번에 알아보지 못했지만, 그녀가 사진 속의 여성과 동일인이라는 사실을 알아차리는 데는 그리 오래 걸리지 않았다.

"당신은?"

그녀가 눈동자가 보이지 않을 정도로 활짝 웃으며 조선말로 자신을 소개했다.

"나는 완친왕 전하의 약혼녀입니다."

귓가를 맴돌던 자잘한 소리들이 한순간 모두 사라졌다.

"누구요?"

"이선 전하요."

그녀가 너무나도 활짝 웃으며 말하고 있어서, 난 계속 내 귀를 의심해야만 했다.

"그러니까 당신이……."

여전히 내가 믿지 못하겠다는 말투로 그녀를 향해 입을 열었을 때였다. 대기실 밖에서 다급하게 나를 부르는 강 주사의 목소리가 들려왔다.

"미우! 어서 나와 봐!"

하지만 난 나갈 수 없었다. 아직 이 이쓰코라는 여성에게 묻고 싶은 말이 있었기 때문이었다.

"자, 잠시만요!"

하지만 강 주사는 나의 외침을 못 들었는지, 나를 찾아 대기실 문을 활짝 열어젖혔다.

"어서 나와 보라니까!"

난 잠시 이쓰코에게서 눈을 떼고 강 주사에게 애써 침착한 목소리로 물었다.

"무슨 일인데요?"

그러자 강 주사가 대답했다.

"이선이야. 이선이 왔어!"

그 말에 나는 놀라서 꼼짝도 못 했다. 그사이 이쓰코가 기쁨의 탄성을 질렀다.

"이선 전하?"

그녀는 나를 두고 대기실 밖으로 나갔다. 내가 그녀의 뒤를 좇아 밖으로 나왔을 때, 이선은 우체총사 직원들에게 둘러싸여 있었다. 그러나 오래 알고 지낸 동료들과 인사를 주고받으려고 온 것 같지는 않았다. 이선의 곁에는 이영효 비서관이 서서 이선에게 말을 걸려 하는 직원들에게 인상을 쓰며 다가오지 못하게 하고 있었다.

"전하!"

이쓰코가 부르자 이선이 그녀를 쳐다보았다.

"이쓰코."

웃는 얼굴은 아니었지만 그의 시선은 오로지 이쓰코의 얼굴만을 향해 있었다. 곧 이선이 내민 손을 잡은 이쓰코가 활짝 웃었다. 이선이 이쓰코에게 물었다.

"여기에 왜 온 거지, 이쓰코?"

"만나고 싶은 사람이 있었습니다."

"만났어?"

"네. 그래서 막 가슴이 두근두근했습니다."

어눌한 이쓰코의 조선말에 이선이 피식 웃었을 때였다. 그에게 다가가던 내 걸음이 멈췄다. 그러자 이선의 손을 잡고 있던 이쓰코가 나를 돌아보았다. 자연히 이선의 시선도 나를 향했다.

'미우, 날 믿어. 난 빠른 시일 내에 대한제국으로 돌아갈 거야.'

상해에서 헤어진 이후로 두 달. 그는 상해에서 내게 했던 약속대로 돌아왔다. 하지만…….

이선의 눈길이 내게 향한 것을 본 이쓰코가 묻는다.
"아는 사람?"
그러자 무표정에 가까운 이선의 시선이 나를 떠나 이쓰코의 얼굴로 돌아갔다. 그는 이쓰코의 허리를 감싸더니 내게서 돌아서며 짧게 대답했다.
"예전에."
그러자 이쓰코가 만족한 얼굴로 고개를 끄덕인다.
"아아……. 그렇습니까?"
"가자. 아바마마를 뵈어야지."
"네. 전하."

내가 경운궁으로 돌아왔을 때, 궁궐은 발칵 뒤집어져 있었다.
"세상에 이게 무슨 일이래?"
"전하께서는 창덕궁에서 머무시는 게 아니었어?"
"난 경복궁에게 계신다고 들었었는데……."
오랫동안 궐 어딘가에서 조용히 지내는 것으로 알려졌던 이선이 갑작스레 일본에서 돌아온 것이다. 그것만도 놀라운데 그는 혼자가 아니었다.
"일본 왕족이래."
"후견인이 현 일왕이라고……."
궁녀들의 수군거림을 뚫고 두 사람은 황제폐하가 계시는 침전에 도착했다. 그러나 폐하를 알현할 수는 없었다. 폐하가 그들을 만나기를 거부한 것이다.

폐하의 입장에서는 죽은 줄 알았던 아들이 살아 돌아온 것이다. 그렇다면 먼저 문을 열고 뛰어 나와서 반가워해도 시원찮을 상황이었다. 그러나 일본인 여성과 약혼한 후 나타난 이선을 폐하는 만나려 하지 않았다.

"오늘은 돌아가시지요."

침전 내관의 말에 이선의 곁에 서 있던 이영효 비서관이 크게 화를 냈다.

"어느 안전이라고 끼어드는가? 어서 문을 여시게!"

"폐하께서 만나지 않겠다고 하시옵니다."

"그 말을 어찌 믿으라는 겐가?"

이영효가 침전 내관을 꾸짖자 가만히 있던 이선이 나섰다.

"그만."

이선의 말에 이영효가 뒤로 물러섰다. 이선은 곁에 서 있던 이쓰코를 돌아보며 말했다.

"먼저 돌아가서 쉬도록 해."

한없이 부드러운 말투였다. 그래선지 이쓰코는 별다른 말 없이 고개를 끄덕이고는 그곳을 떠났다. 이쓰코가 떠난 후 이선은 침전으로 이어지는 계단을 올랐다. 이영효도 뒤를 따르려고 했지만 침전 나인들이 막아서서 그럴 수 없었다.

"전하, 돌아가시지요."

침전 내관이 이선에게 부탁했지만 그는 듣지 않았다. 대신 침전 앞에 두 무릎을 꿇고 앉았다.

"전하!"

당황한 내관을 앞에 두고 이선은 침착한 목소리로 말했다.

"아바마마께 말씀 올려주시게."

이선은 침전 문이 열릴 때까지 자리를 떠날 생각이 없어보였다. 이러한 그의 단호한 태도에 내관이 다시 침전 안으로 들어갔다. 하지만 상당한 시간이 흐르도록 내관은 도로 나오지 않았다. 폐하는 이선을 만나지 않기로 결심을 굳힌 것 같았다.

"폐하께서 단단히 화가 나셨나 봐."

"당연하지. 시국이 이런데 어찌 폐하의 윤허도 없이 일본인과 약혼하실 수 있지? 그것도 왕족과 말이야."

"하지만 오래전에 폐하께서 완친왕 전하에게 혼인의 자유를 허락하셨잖아."

"그래도 그렇지. 설마 일본인과 혼인하겠다고 할 줄은 짐작도 하지 못하셨을 거야."

"어머?"

"비다! 비야!"

침전 담벼락에 붙어 수군거리던 나인들이 하늘로 고개를 들었다. 갑작스런 소나기였다. 나인들은 담벼락에서 떨어져 비를 피해 달아

났다. 빗소리와 함께 침전 주변이 조용해졌다. 이 비서관도 이선이 물러나도록 설득시키지 못한 채 비를 피해 침전 앞을 떠났다. 일정한 간격으로 침전을 에워싸고 있는 친위대는 침묵만 지켰다. 침전 처마 밑에 서 있는 나인들도 모두 고개만 숙이고 있을 뿐 소리를 잃었다.

소나기가 장대비로 뒤바뀌자 때맞춰 어둠이 찾아왔다. 궁궐 안 가로등 불이 하나둘씩 들어오기 시작했다. 그때까지도 난 침전 마루에 꿇어앉아있는 이선을 바라보고 있었다.

"재미있네."

민우진이었다. 그가 우산을 쓰고 내 옆에 서서 이선을 지켜보고 있었다. 내 시선이 자신을 향해 있다는 것을 눈치채자 그는 고개를 숙여 나와 눈을 마주쳤다.

"네가 모든 것을 버리고 러시아까지 쫓아갔던 이선이 변심하다니, 이런 결말은 상상도 하지 못했었는데 말이야."

그가 비에 젖어드는 내 어깨를 보더니 들고 있던 우산을 내밀었다. 그러나 난 그를 외면하고 빗속으로 나섰다. 침전을 지키고 있던 친위대의 눈길이 나를 향했다. 그러나 나인의 옷차림인 내 길을 막지는 않았다. 나는 마루 위에 꿇어앉아 있는 이선의 곁으로 다가가 몸을 숙였다.

"전하."

내 부름에 이선이 눈을 들었다. 그는 나인 차림을 하고 있는 나를 보더니 씁쓸한 웃음을 지었다.

"또 그때처럼 나를 보려고 나인의 옷을 입은 거야?"

농담 같은 말을 건네는 그를 보고 우습게도 나도 픽 하고 웃고 말았다. 상황이 이렇기는 해도, 상해에서 헤어진 후 처음 제대로 재회한 자리였다.

"아니요. 이번에는 진짜로 나인이 되었어요."

"나인이 되었다고?"

그는 마치 나를 어제도 본 것처럼 친근하게 묻는다.

"네. 상해에서 돌아오니 갈 곳이 없어졌어요. 그러자 폐하께서 저를 거둬주셨어요."

"그래……. 다행이네."

그의 시선이 슬그머니 내 눈을 떠나려 할 때, 나는 그를 불렀다.

"전하. 왜 그러셨어요?"

상해에서 헤어질 때 그가 이 땅에서 다시 만나자고 했다. 그때 그가 내게 했던 뜨거운 입맞춤의 온기도 여전히 떠올릴 수 있다. 왜 그가 이쓰코라는 일본 왕족과 약혼해서 나타났는지, 그 이유는 알지도 못하고 알고 싶지도 않다. 하지만 아무리 믿기 어려운 핑계라도 그의 입에서 나오는 말이라면 난 모두 믿을 준비가 되어있었다.

"미우."

그리고 그의 입이 열렸다.

"사람의 마음은 변해."

"……!"

"내가 널 사랑했던 건 사실이야. 하지만……. 난 지금 이쓰코를 사랑해. 그래서 그녀를 위해 이 자리에서 무릎을 꿇고 있는 거야."

"거짓말……. 거짓말이죠? 도대체 두 달 사이에 무슨 일이 있었던 거예요?"

그가 내 시선을 피해 잠시 고개를 숙였다.

"이쓰코가 내 목숨을 구했어. 난 그런 그녀를 사랑하게 되었고."

"그 말을 지금 저보고 믿으라는 거예요?"

난 두 손으로 이선의 팔을 붙잡고 물었다. 그러자 이선이 다시 고개를 들어 나를 보며 말했다.

"난 늘 네 앞에서는 솔직했어. 그리고 그건 지금도 마찬가지야."

"이선, 제발……."

난 그가 진실을 말하고 있다고 생각하지 않았다. 그리고 그가 거짓말을 하고 있다면 분명히 이유가 있을 것이다.

"전하!"

그때 이쓰코가 뒤에서 나타났다. 그녀는 내 맞은편으로 와 앉더니 흥분한 목소리로 이선에게 애원했다.

"우리는 이미 약혼했습니다. 그러니 이러실 필요 없습니다."

"이쓰코……."

이선이 미안한 듯 이쓰코를 불렀을 때였다. 그녀의 시선이 이선의 맞은편에 앉아있는 내 얼굴로 향했다. 곧 그녀의 눈이 동그랗게 커지며 내 얼굴을 뚫어져라 바라보았다. 그녀는 낮에 우체총사에서 만났던 나를 알아본 것이 분명했다. 하지만 그녀는 나를 아는 체하지 않았다. 바로 이선에게 눈을 돌리더니 울먹거리며 그의 팔을 붙잡았다.

"가요. 전하, 이쓰코와 함께 가요."

그녀가 일으켜 세우자 이선도 순순히 자리에서 일어섰다. 하지만 오랫동안 무릎을 꿇고 있던 이선은 비틀거리며 제대로 걷지 못했다. 그러자 이쓰코는 자신의 몸을 모두 내어주며 이선을 부축해 걸을 수 있도록 도왔다.

낙엽이 떨어지기 시작하자, 창덕궁 후원은 가을의 절정을 맞이했다. 일부러 쓸지 않은 낙엽 쌓인 길 위로 이선과 이쓰코는 매일 산책에 나섰다. 이 소식은 궁궐 내로 빠르게 퍼져나갔고, 얼마 지나지 않아 담을 넘어 한성 곳곳으로 퍼져나갔다. 처음 두 사람의 약혼을 헛소문으로 치부했던 사람들도 하나둘씩 분통을 터트리며 이선을 비난하기 시작했다.

"미우야. 넌 뭐 좀 알고 있지? 그렇지?"

나인 신분으로 우체총사를 드나드는 내 처지 때문인지 직원들은 귀찮을 정도로 이선에 대해 캐물었다. 심지어 강 주사도 결국 궁금증을 참지 못하고 입을 열었다.

"설마, 아니지?"

매하소에서 우편물을 수집해 마차를 타고 우체총사로 돌아오는 길이었다. 난 강 주사의 물음을 듣자마자 한숨을 내쉬며 고개를 푹 숙였다.

"뭔가 알고 있지? 이선은 창덕궁에서 지낸다지만 네가 있는 경운궁에도 들려오는 소식이 좀 있을 거 아니야?"

난 오히려 강 주사에게 하소연하듯 되물었다.

"민 사장님과 제가 왜 파혼했는지는 한 번도 묻지 않으셨으면서, 이선에 대해서는 그렇게나 궁금하세요?"

강 주사가 당황한 듯 내 시선을 피하며 답했다.

"그야 그건 네 문제니까 대놓고 묻지 못하는 거지. 듣자하니 네가 민 사장과 혼인하기 싫어서 도망갔다고 들었고, 아니야?"

난 한숨 섞인 목소리로 대답했다.

"틀린 말은 아니에요."

"혹시 너와 민우진 사장과의 파혼도 이선과 관련된 거야?"

"강 주사님!"

내가 목소리를 높이자 강 주사가 어색한 웃음소리를 냈다.

"미안, 미안. 그나저나 이선에 대해서는 나만 궁금해 하는 게 아니잖아. 지금 모든 사람들이 궁금해 한다고."

"어째서요?"

"어째서긴! 지금 나라꼴이 어찌 돌아가는지 몰라? 러시아와 일본의 전쟁이 장기화되는 것처럼 보이지만, 사실상 일본이 거의 다 이겼다는 걸 모르는 사람이 어디에 있어? 일본이 러시아를 이기면 그 다음은? 당연히 우리 대한제국을 어찌해서라도 수탈할 것은 불 보듯 뻔하잖아! 그러니 다들 황족인 이선부터 일본 왕족과의 혼인으로 빼앗긴다고 생각하고 있는 거지."

"만약 강제가 아니라면요?"

"뭐? 강제가 아니야?"

"이선이 좋아서 그 일본인 아가씨와 혼인하려는 거라면요?"

"글쎄……. 상황적으로 말이 되긴 하네. 아직까지 폐하께서 둘 사이를 허락지 않으셔서 만나주시지도 않는다잖아. 이선이 고집을 부려 이 혼인을 밀고 나가는 상황이라면, 그게 말이 되지. 애초에 강압적으로 이루어진 약혼이라면 이미 폐하께서 동의하셔서 막힘없이 혼인까지 진행되었을 테니까. 하지만 난 그렇게 생각하지 않아."

"왜요?"

"미우. 아직도 이선을 몰라?"

상해에서의 이선과 폐하의 침전 앞에서 만난 이선은 내게 다른 사람이었다. 두 달 사이에 완전히 다른 사람이 된 그를 이해하기란 내게 어려운 일이었다. 돌변한 그를 이해하는 순간, 그가 더 이상 나를 사랑하지 않는다는 사실도 받아들여야 했으니까.

"모르겠어요."

"그럼 밖을 내다봐봐."

난 강 주사의 말대로 마차 창밖을 내다보았다. 길거리에는 수많은 일본 군인들이 깔려 있었다. 그들이 평범한 우리나라 사람들을 위협하며 낄낄거리는 모습을 보자 순간적으로 화가 치밀어 올랐다. 어느새 익숙해진 풍경이었지만, 절대 받아들일 수는 없는 상황이기도 했다. 난 한숨과 함께 강 주사가 보라는 그 무언가를 찾아 두리번거렸지만 결국 찾지 못했다.

"뭘 보라는 거죠?"

"보이는 그대로 말해봐."

"늘 보던 모습이죠. 한성에 늘어난 일본 군인들이요. 그들만 없다면 평범한 일상이었을 테지만요."

"바로 그거야!"

"네?"

난 다시 강 주사를 돌아보았다.

"지금 대한제국에 일본 놈들이 막무가내로 밀고 들어와서는, 마치 자기 집인 양 거리를 활보하며 우리 백성들을 위협하고 있어. 이선이 이러한 상황을 모를 거라고 생각해? 이런 상황을 알고도 팔자 좋게 사랑타령을 하면서 일본인과 혼인하겠다는 소리나 지껄이고 있을 것 같냐고."

난 침전 앞에서 이선이 직접 한 말을 들은 장본인이었다. 그러나 그 이야기를 꺼내면서까지 그 순간 내가 받은 상처를 강 주사 앞에서 드러내고 싶진 않았다.

"민 사장님도 변했잖아요. 민 사장님이 지금 조정에서 아버지 민상호 대감을 도와서 하고 있는 일들이 무엇인지 모르는 사람이 어디에 있어요?"

"그거야 민 사장님은 충과 효 중에서 효를 선택했다고 봐. 다들 민 사장님의 평소 성격대로라면 충을 택했을 것이라고 믿었기에 실망감이 컸던 게지. 그의 선택이 옳다고 여기지는 않지만, 단지 그의 성품을 잘 알고 있기에 나무라지 못할 뿐이야. 비록 잘못된 길을 걷고 있다고 해도 말이야."

"하지만 이선의 경우는 달라요."

"맞아. 다르지!"

"어떻게요?"

난 오히려 강 주사에게 내가 이해하지 못하는 이선에 대해 묻고 있었다. 그리고 강 주사는 차근차근 설명해 주었다.

"만약 이선이 정말로 그 일본인 여자를 사랑했다면 말이야. 과연 나라가 이런 상황인데 그저 자신의 의지를 관철시키겠다고 대놓고 고집을 피우고 있을까?"

하지만 강 주사가 말하는 그런 상황은 이미 벌어지고 있었다. 그랬기에 난 헛웃음을 지으며 말했다.

"이미 그러고 있잖아요."

"그래서 하는 말이야. 이선이라면 사랑하는 여자와 함께 도망이라도 쳤을지도 모르지. 일본 여자라니까 일본으로 가든지, 아니면 미국과 같은 제3국으로 가든지. 어차피 그 녀석에게는 황자의 신분 따위는 그리 중요해보이지 않잖아?"

강 주사의 말은 나에게 어떤 기억을 되살리게끔 만들어주었다. 그것은 한때, 자신이 가진 모든 것을 버리고서 러시아로 떠나려고 마음

먹었던 이선의 모습이었다.

“그런데 이상하지. 소문에 의하면, 이선은 폐하를 설득하려고 하고 있어. 폐하가 허락해야 정식으로 혼인하겠다면서 고집을 부리는 것이지. 하지만 폐하께선 절대 허락지 않을 거야. 이선도 이를 모를 리 없을 테고. 그렇다면 왜? 이선은 왜 온 나라가 시끄러워지는 것도 아랑곳하지 않고 그 혼인을 밀고 나가려 하는 걸까?”

강 주사의 의문은 대부분의 사람들이 이선에게 가지는 의문일 것이다. 하지만 나는 그들과 똑같은 의문을 가질 수가 없다. 나는 당사자였다. 내가 느끼는 혼란스러움은 다른 사람들과는 분명 다른 것이었다. 이선이 이쓰코에게 내어준 옆자리는 얼마 전까지만 하더라도 내 자리였으니까.

궁궐 후원을 가득 채웠던 낙엽들이 모두 자취를 감추기 시작하자 날이 추워지기 시작했다. 대한제국에서 처음으로 겨울을 나는 이쓰코 왕녀는 거의 바깥출입을 하지 않은 채 일본 공사관 안에서만 지내고 있었다. 단순히 추위 탓이었지만, 덕택에 제국 땅에서의 그녀의 사소한 행적들이 신문 기사로 다뤄지는 일은 거의 없게 되었다.

혹자는 폐하의 완강한 반대로 완친왕과의 약혼이 이뤄지지 않자, 그녀가 모든 것을 포기한 채 조용히 일본으로 돌아갔다고 여겼다. 하지만 현재 이선이 머물고 있는 창덕궁 나인들의 말에 따르면 이선은 거의 매일 일본 공사관에 찾아가 이쓰코를 만나고 있었다. 폐하의 강한 반대에도 불구하고 이쓰코와 약혼하겠다는 결심은 변하지 않은 듯 보였다.

이런 가운데, 북부 지방에서 연일 눈 소식이 들려오기 시작했다. 본격적인 겨울로 접어든 것이다. 그런데 이상하게도 한성에는 눈이 내리지 않았다. 한성에 사는 백성들은 첫눈이 내릴 시기가 지났는데도 유독 한성에만 눈이 오지 않는 현상을 기이하게 여기며 불안해했다.

그리고 을사년인 1905년 새해가 밝자, 한성 사람들의 불안은 현실이 되었다. 일본 공사 하야시가 새해인사를 핑계로 폐하를 알현한 자리에서 '한일통신협정'이라는 문서를 들이밀며 이렇게 말한 것이다.

"대한제국의 통신기관은 극히 불안정하며 경영수지 또한 맞지 않습니다. 이를 개선하려 하면 막대한 자금이 들 것이 자명하고, 더불어 이미 대한제국에서 안정적으로 자리를 잡은 일본 통신기관과의 마찰도 불가피합니다. 그러니 대한제국의 우편, 전신, 전화를 비롯한 통신사업의 관리를 모두 일본제국에 위탁 및 관리하게 하시는 것이 옳을 것입니다."

러일전쟁이 발발하면서 강제로 맺은 제1차 한일협약 때 재정고문으로 임명된 일본인 메가다 역시 재정적인 이유로 통신 업무를 일본에게 넘길 것을 강요했다. 이 일이 알려지자, 통신원 직원들은 물론이고 우체총사와 전보국 직원들까지 모두 단체로 사표를 쓰고 집단 시위에 들어갔다. 통신원은 임시 폐쇄되었다. 아침마다 우체총사로 출근할 수 없게 된 나는 사실상 봄이 올 때까지 경운궁의 처소를 떠날 일이 거의 없게 되었다.

"박 나인. 박 나인 안에 있는가?"

나는 처소 밖에서 들려오는 익숙한 목소리에 문을 열고 밖으로 나왔다. 문밖에 발을 딛은 순간 눈이 크게 떠졌다. 하늘에서 내리는 눈 때문이었다. 올겨울 첫눈이자 새해 들어 처음으로 내린 눈이었다. 때늦은 첫눈에 묘한 기분에 사로잡힌 나는 오래도록 하늘을 쳐다보고 있었다. 그러자 나를 불렀던 이가 재촉하듯 소리를 냈다.

"박 나인!"

"예."

뒤늦게 고개를 들자 함녕전 상궁이 홀로 서 있었다. 그녀가 직접 나를 찾아왔다면 이유는 하나뿐이다.

"폐하께서 부르시오."

"예, 마마님."

상궁이 떠난 후 옷을 갖춰 입은 나는 서둘러 함녕전으로 가기 위해 처소를 나섰다. 함녕전으로 가는 길에는 정관헌이 있었다. 눈 내리는 겨울날, 정관헌은 텅텅 비어있었다. 그래서인지 경운궁 후원과 가까운 곳에 위치한 정관헌 주변은 조용하기 그지없었다. 그 앞을 막 지나고 있는데, 때마침 바로 건너편에서 정관헌 쪽으로 걸어오는 두 남자가 보였다. 바로 이선과 이영효 비서관이었다.

"전하. 이쓰코 님께서 오늘도 꼭 일본 공사관에 들러달라고 연락을 하셨습니다."

"알았네."

한숨을 내쉬며 답하던 이선이 고개를 들었다. 그는 곧 나를 발견했다. 우리는 서로 걸음을 멈추고 가까운 거리에서 마주 보았다.

"전하?"

옆에서 이영효 비서관이 불렀다. 그제야 이선은 다시 걸음을 움직이더니, 내 옆을 빠르게 스쳐 지나갔다. 내 몸이 저절로 이선 쪽으로 돌아섰다. 지난번 폐하의 침전 앞에서 본 이후로 처음이었다. 이선은 창덕궁에 거처를 두고 있었다. 하지만 이쓰코와의 약혼 문제로 화가 난 폐하가 이선을 만나주지 않자, 그는 경운궁에 거의 발길을 끊었었다. 그런 그가 아침부터 경운궁에 나타났다는 것은 폐하를 알현했다는 뜻인 걸까.

"박미우 양."

이영효 비서관이 멀어지는 이선에게 꽂혀있는 내 시선을 가로막았다.

"폐하의 윤허로 경운궁에서 머물고 있다는 사실은 이미 들어 알고 있습니다. 허나 그것이 완친왕 전하의 주변에 머물러도 좋다는 의미는 아니셨겠지요."

그의 말은 내가 이선의 눈에 띄는 것을 원치 않는다는 뜻으로 들렸다.

"이 비서관님. 전하께서는 주로 창덕궁에 머무시죠. 하지만 저는 경운궁에서 지내고 있어요. 또한 나인 신분이라 자유롭게 돌아다닐 수도 없습니다. 그렇기 때문에 이 비서관님의 말씀을 납득하기가 어렵군요."

그의 예상을 빗나가는 답변이 돌아와서일까? 잠시 할 말을 잃은 표정을 한 이 비서관은 잠시 후 입가에 알 수 없는 미소를 지었다.

"처음 본 날 이후로 많이 달라지셨군요, 미우 양."

"그때 이후로 세월이 많이 흘렀는걸요."

"그렇다면 미우 양이 처음 궁에 오셨던 날 우리가 나눴던 대화를 기억하시나요?"

당시 경운궁을 나오던 내게 이 비서관은 이선에게 반려가 있다는 말을 했었다. 그때는 크게 마음에 두지 않았던 말이었다. 그런데 지금 그 말이 새록새록 떠오르는 건…….

"이제 와서 그때의 일을 다시금 꺼내시는 연유가 무엇인가요?"

그러자 이 비서관은 기다렸다는 듯이 말했다.

"그때 제가 말씀드렸던 전하의 '반려'가 바로 이쓰코 님이기 때문입니다."

"이쓰코……."

"예. 이쓰코 왕녀님이시지요. 일왕의 양녀이시자 한때는 차기 왕자

비 후보로 거론되었을 만큼 아주 대단한 분이십니다. 외국의 왕녀님으로서 전하께 잘 어울리는 분이시지요."

"하지만 전하는 자신의 '반려'의 존재도 모르시던걸요."

"그게 무슨 말씀이십니까?"

난 상해에서 이선을 만났던 일을 떠올리며 말했다.

"한성으로 돌아오기 전에 상해에서 전하를 만났었어요. 하지만 그때 전하는 이쓰코 양의 존재를 제게 말씀하시지 않으셨어요."

이영효 비서관은 잠시 말을 아꼈다. 아무래도 그는 이선과 내가 상해에서 만났던 사실 자체를 오늘 처음 듣는 모양이었다.

"전하는 이곳에 돌아오시기 위해 일본에 잠시 머무셨겠지요. 그 사이에 무슨 일이 있었던 거죠? 지금 대한제국과 일본과의 관계를 두고 볼 때, 이쓰코 양과 약혼하시겠다는 전하의 말씀은 모두를 당혹스럽게 만들고 있어요."

"미우 양. 두 분의 혼인은 양국, 특히 이 대한제국을 위한 일입니다. 무엇보다 이 혼인은 아주 오래전부터 준비되던 것입니다."

"그거 이상하군요. 오래전부터 준비되던 혼인이라고 말씀하셨는데, 이선은 이쓰코 양의 존재를 알게 된 것도 얼마 되지 않은 게 분명해요. 그렇지 않나요?"

"예로부터 혼인은 당사자가 아니라 부모가 정하는 것입니다."

"하지만 폐하께서도 모르시는 혼인이 어떻게 있을 수가 있죠?"

그러나 그는 그 특유의 웃음을 지으며 내 말문을 닫게 만들었다.

"미우 양. 어찌 되었든 간에 이쓰코 님과의 약혼을 결심하신 것은 순전히 완친왕 전하의 뜻이셨습니다. 그러니 이제 이 혼인을 누가 준비해왔든 상관없게 되었지요."

함녕전에 들어선 내가 큰절을 올리자 폐하의 얼굴에 잠시 미소가 어렸다. 그러나 그 미소는 하루 종일 근심에 차 있을 폐하의 표정을 모두 가려주지는 못했다.

"미우야. 요즘 우체총사의 일은 어찌 되어 가느냐?"

나는 의아함을 느꼈다. 한일통신협정이 체결된다는 소문에 통신원의 직원들 전부가 사표를 내면서 우체총사도 덩달아 문을 닫았다. 이 사실을 폐하가 모르고 질문을 할 리가 없기 때문이었다.

"통신원이 폐쇄되어 우체총사에 출근하지 못하고 있습니다. 그 때문에 계속 처소에서만 지냅니다."

"그렇구나……. 그 일로 너는 물론이거니와 통신원 직원들의 고충이 클 것임을 과인도 짐작하고 있는 바다."

"하온데 폐하. 송구하오나 감히 한 말씀 여쭈어도 될까요?"

폐하가 수염을 쓰다듬으며 말했다.

"말해보거라."

"소문대로 곧 통신협정이 체결되고 대한제국의 모든 통신사업을 일본이 가져가게 되는 건가요?"

폐하가 입을 다문 채 긴 한숨을 내쉬었다. 문득 정관헌 앞에서 이 비서관의 말에 한숨을 쉬던 이선의 얼굴이 떠올랐다. 부자간이라 닮은 모습이 있어서가 아니었다. 왠지 한숨을 쉬는 이유에서마저 두 사람이 같은 감정을 공유하고 있는 것 같아서였다.

"작년 러시아와 일본이 전쟁을 일으키려는 낌새가 보였을 때, 과인은 극비리에 완친왕을 러시아로 보냈다. 완친왕은 여러 차례 러시아를 드나들며 비밀동맹을 추진했고. 허나 이 사실을 알게 된 일본은 러시아에서 완친왕을 감시하고 또 죽이려 했었다."

그것이 내가 헨리와 함께 러시아로 가게 된 계기가 되었다.

"그렇게 완친왕의 생사가 불분명한 상황에서 러시아와 일본은 결국 전쟁을 일으켰다. 그러자 일본은 기다렸다는 듯이 대규모 군대를 동원해 제국의 궁궐과 각 기관을 모두 에워싸고 강제로 한일의정서와 한일협약을 체결했지. 실질적으로 러시아와 일본의 전쟁에서 대한제국이 일본의 동맹이 되어 일본을 지원하게 된다는 내용이었다. 허나 일이 그렇게 되었음에도 불구하고 과인은 러시아와의 비밀동맹 추진을 포기하지 않았었다."

나는 놀라 물었다.

"포기하지 않으셨다고요?"

폐하가 고개를 끄덕였다.

"러시아에서 살아서 돌아온 완친왕이 일본을 거쳐 대한제국으로 돌아오겠다며 상해에서 소식을 보내왔을 때, 과인은 결심한 바를 실행했다. 특사를 통해 비밀리에 러시아 황제에게 서신을 보낸 것이다.

허나 안타깝게도 여순에서 일본군에 의해 발각되고 말았지."

"그래서 어떻게 되었나요?"

"일본 공사 하야시는 그 서신을 빌미로 과인을 협박했다. 그때부터 제국의 통신기관을 일본에 넘기라는 요구가 계속됐지. 헌데 완친왕이 돌아온 후 이상한 일이 일어났다. 일본 왕녀와 약혼 이야기가 나오면서 하야시 공사가 더는 그 서신 일을 입에 담지 않더구나. 마치 애초에 그 서신이 존재하지 않았던 것처럼 말이다."

"그 서신의 내용이 드러나면 문제가 될 수도 있었나요?"

"만약 그 서신이 세상에 공개된다면 일본은 대한제국과 전쟁을 일으킬 명분을 가지게 될 것이다."

"명분……."

"그래서 말이다. 과인의 생각에 완친왕의 이 갑작스러운 혼약은 그 서신과 관련이 있는 것 같구나. 허나 과인은 지금 완친왕을 만날 수 없다. 일본 왕녀와의 약혼을 윤허하는 것으로 비칠 수 있기 때문이다. 하여 미우야. 과인이 네게 부탁 한 가지를 하마."

"어떤 부탁이신가요?"

"완친왕을 만나다오. 그리고 그 아이가 무슨 생각으로 일본 왕녀와의 약혼을 고집하고 있는 것인지를 물어다오. 어쩌면 완친왕이 미우 네게는 자신의 속내를 털어놓을지도 모르니 말이다."

한성의 첫눈은 온 세상을 뒤덮을 것처럼 세차게 흩날리고 있었다. 아직 이른 오후였지만 눈구름으로 가득한 하늘은 어둑어둑했다. 나는 장옷을 뒤집어쓴 채 일본 공사관 앞 큰길을 종종걸음으로 서성이고 있었다. 앉을 만한 곳이 마땅히 없어서이기도 했지만, 노곤한 몸을 기대려고 잠시 담벼락에 등이라도 댈라치면 차가운 한기가 몸을 떨게 만들었기 때문이다.

한참의 시간이 흐른 후 일본 공사관의 정문이 열리며 자동차 한 대가 빠져나오는 것이 보였다. 그러나 눈길에 바퀴가 헛돌며 앞으로 나아가질 못하고 있었다. 결국 자동차는 멀리 가지 못한 채 거리 한복판에 멈춰 섰다. 운전기사가 차에서 내려 차바퀴의 상태를 살피더니, 포기했는지 뒷좌석으로 다가가 창문을 두드렸다. 창문 대신 차 문이 열리고 이선이 밖으로 나왔다. 그는 지금 운전기사와 단둘뿐인 것 같았다.

"전하. 아무래도 마차를 불러야 할 것 같습니다."

"알겠네."

"그럼 잠시 다녀오겠습니다."

운전기사가 일본 공사관 쪽으로 사라졌다.

홀로 남은 이선은 자동차 주변을 서성이다 걸음을 멈추고 하늘을 바라보며 긴 한숨을 내쉬었다. 그의 한숨과 함께 옅은 구름 같은 입김이 흩뿌려지며 사라졌다.

"전하."

내 부름에 그가 잠시 멈칫하더니 고개를 돌려 나를 쳐다보았다. 나는 천천히 그에게 다가갔다.

"미우."

그는 나의 등장에도 놀란 기색이 아니었다. 나는 어쩌면 이선이 공사관 안에 있을 때 담 너머로 길에서 서성이는 내 모습을 보았을지도 모른다는 생각이 들었다. 그랬다 하더라도 장옷을 뒤집어쓴 그 여인이 바로 나일 것이라고는 생각하기 어려웠겠지만.

추위에 오래도록 노출되어있던 나의 뺨에 그의 시선이 와 닿는 것이 느껴졌다. 그가 차의 뒷좌석 문을 열며 말했다.

"차 안에서 이야기할까?"

자동차 안이라고 해서 따뜻한 것은 아니었다. 그러나 바깥의 차가운 바람과 눈을 피할 수 있었기에 몸이 사르르 녹았다. 차 안에서는 익숙한 이선의 체취가 느껴졌다. 이를 깨닫는 순간부터 내 가슴은 두근거리기 시작했다.

"아바마마가 보내셨지?"

성에가 뒤덮은 차창을 응시하던 이선이 먼저 말문을 열었다. 앞만 보고 있던 나는 그제야 고개를 돌려 이선을 쳐다보았다. 그는 여전히 내 얼굴을 보지 않고 말했다.

"정관헌 앞을 지나쳤다는 것은 함녕전으로 향했다는 뜻일 테니까. 나인 신분이라고 해도 경운궁에서 배정받은 일이 없는 네가 처소를 떠나 정관헌 앞까지 함부로 돌아다니진 않을 테고."

아주 잠깐 본 것이었지만, 그는 그 사이에도 나의 모든 움직임을 꿰고 있었다.

"하지만 이런 식으로 등장할 줄은 몰랐어."

그의 고개가 내 쪽을 향했다. 눈길을 돌릴 틈도 없이 갑자기 꽂혀온 시선에 당황한 나는 시선을 아래쪽으로 내려 그의 눈을 피하면서 답했다.

"맞아요. 폐하께서 전하를 찾아가라고 하셨어요. 원래는 창덕궁으로 가서 전하를 찾아뵈려고 했어요. 그런데 문득 정관헌 앞에서 이 비서관님이 하시던 말씀이 기억나서……. 또 창덕궁 나인들에게 들은 말로는 전하께서 거의 매일 일본 공사관에 가신다고 들었어요. 그래서 창덕궁으로 가지 않고 이곳으로 온 거예요."

"이 추위에? 그건 미우답지 않네."

그가 가볍게 던진 말에 내 입에서 실소가 흘러나왔다. 이선은 조금 당황한 것 같았다. 하지만 일부러 그를 당황하게 하려고 웃은 것은 아니었다. 오늘 아침 정관헌에서 만난 이 비서관도 이선과 비슷한 말을 했던 것이 떠올라서였을 뿐이다. 하지만 덕분에 난 눈을 들어 이선의 얼굴을 바라볼 수 있었다.

"못 만나도 상관없다고 생각했어요. 그런데 전하의 차가 들어가는 게 보여서, 그 안에 타고 계실 거라 생각해서…….”

“내가 언제 나올 줄 알고?”

“그렇긴 해도…… 전하가 안에 계시다는 걸 알고 난 뒤에는 발이 떨어지지 않았어요.”

이 말을 듣더니 그의 시선이 내 눈을 떠나 그 주변을 겉돈다. 감정을 추스르는 중인 것 같았다. 그러나 다시 마주봐온 그의 눈에는 전에 없던 싸늘함이 가득했다.

“나인 옷을 입더니 이제 ‘전하’라는 말이 쉽게 나오는구나. 어쩌면 그게 당연한지도……. 그래, 미우. 아바마마가 네게 하신 말씀이 무엇이지? 아무 이유도 없이 나를 찾아가라고 하시진 않으셨을 것 같은데.”

“네. 폐하께서는 이 약혼의 진짜 이유를 알고 싶어 하세요.”

“진짜 이유? 그런 건 없어. 전에 네게 말했다시피 이쓰코가 내 목숨을 구했어. 그리고 그 일이 내 마음을 흔든 거야.”

“그게 사실이라고 해도, 이쓰코 양이 구한 게 단지 전하의 목숨뿐이었나요?”

“무슨 말이지?”

“폐하께서는 여순에서 일본 공사에게 빼앗긴 서신 때문이라고 생각하세요.”

“아…….”

이선도 그 서신의 존재를 알고 있다는 표정이다.

“전하가 이쓰코 양과 대한제국으로 돌아온 직후부터 일본 공사가 그 서신에 대해 이야기하지 않았대요. 그래서 정말로 그 일 때문에 이쓰코 양과의 약혼을 하시려는 거라면…… 모든 사실을 폐하께 솔직히 털어놓고 방법을 강구해 봐요."

만약 그렇다면, 마음이 변했다며 그가 내게 한 말들은 모두 이 나라의 운명을 위한 선의의 거짓말이 되는 것이다.

"그만. 그럴 일은 없을 거야. 그것은 아바마마와 미우 너의 억측일 뿐이니까."

순간 가슴이 울컥했다. 애써 터져 나오려 눈물을 삼키며 속상한 마음을 그대로 이선에게 드러냈다.

"상해에서 제게 한 말들을 모두 잊으셨나요? 제가 그리웠다고 하셨잖아요. 그게 이처럼 쉽게 변해버릴 마음이었나요?"

그러나 돌아오는 것은 침묵이다. 그리고 더더욱 그의 속을 알 수 없게 만드는 시선뿐.

"그럼 마지막으로 한 가지만 물을게요, 전하. 이쓰코 양을 진심으로 사랑하시나요?"

이 말과 동시에 눈에서 참았던 눈물이 쏟아졌다. 내 눈물을 본 그의 눈동자가 흔들렸다. 난 그 흔들림에 마지막 기대를 걸고 재차 물었다.

"말해주세요. 정말로 그녀를 사랑하시나요?"

그러자 그는 우는 내 얼굴을 외면하면서 짧게 대답했다.

"사랑해."

나는 그대로 엉엉 울어버릴 것 같았다. 그때 그의 몸 반대쪽에 반쯤

가려진 그의 오른손이 내 시야에 들어왔다. 세게 쥔 손이 심하게 떨리고 있었다. 그것을 보자마자 나는 팔을 뻗어 그의 손을 부드럽게 움켜잡았다.

"미우?"

갑작스런 나의 행동에 놀란 그가 다시 나를 바라보았다. 난 고개를 들어 그와 입술을 포갰다. 길지도 짧지도 않은 그 순간, 그는 겨울의 한기보다도 더 차갑고 딱딱하게 굳어져 있을 뿐이었다. 하지만 그는 나를 밀어내지 않았다. 아니, 하지 못했다.

나는 천천히 입술을 거두어들였다. 그리고 여전히 눈물이 흐르는 얼굴을 억지로 일그러뜨려 그를 향해 최대한의 미소를 지었다.

"제가 전에 말했죠? 이선 당신은 연기를 너무나도 못해요."

"미우……."

"갈게요. 전하."

그대로 그를 놔둔 채 차에서 뛰쳐나온 나는 그제야 엉엉 울음을 쏟아냈다. 그리고 깨달았다. 기차역에서 러시아로 함께 떠나자는 이선에게 내가 했던 잔인한 거짓말들. 그때 그가 느꼈을 감정들을 지금 처절하게 되돌려 받은 것이다.

사랑에도 인과응보가 있다. 하지만 되돌려 받을 수 없는 내 마음은 여전히 그에게 가 있었다.

1905년 봄, 많은 사람들의 반대에도 불구하고 일본의 강압에 의해 한일통신협정이 체결되었다. 이후 대한제국의 통신기관을 접수하기 위한 인수위원들이 일본으로부터 속속 입국했다. 당연히 반발이 극심했다. 통신원 관원들이 집단으로 인수인계를 거부한 것이다. 그러나 일본 인수위원회는 경성 일본 우체국장 다나카의 도움을 받아, 일본 우체국 직원들과 일본군 헌병을 동원해 통신원을 무단으로 점거했다. 그리고는 '통신기관 인수사무 중앙감독부'를 세워 일방적인 통신원 접수에 들어갔다.

"세상에 이럴 순 없어요."

위협적인 분위기의 일본 헌병에게 둘러싸인 통신원 정문 앞에서 나는 할 말을 잃었다. 나란히 서 있는 강 주사와 다른 우체총사 직원들은 한숨만 내쉴 뿐이었다. 그 와중에도 일본 헌병들에게 항의하며 들여보내줄 것을 요구하는 통신원 직원들은 총구로 위협당하며 쫓겨나야만 했다. 그것을 본 우체총사 직원이 힘없는 목소리로 중얼거렸다.

"나라가 힘이 없으면 이렇게 되는 거지."

강 주사가 그를 꾸짖으며 말했다.

"나라가 힘이 없으면 힘을 길러서 강해지면 되는 거야. 그러니 포기하는 소리는 처음부터 하지도 마!"

히힝!

바로 그때 말 울음소리와 함께 통신원 뒤편에 세워져 있던 마차 한 대가 움직이며 자리를 떠나는 모습이 보였다. 마차 안에서 통신원 쪽을 내다보고 있던 한 남자가 막 고개를 돌리는 순간이었다.

'민우진?'

그는 내가 그의 존재를 알아차렸다는 사실을 모른 채 그곳을 떠났다.

며칠 후 일본에서 온 통신기관 인수위원회를 환영하기 위한 연회가 경운궁 정관헌에서 있었다. 일본 공사 하야시의 일방적인 요청으로 열린 연회였다. 폐하는 이 연회를 여는 것조차 반기지 않았기 때문에 당연히 불참했다. 반면, 일본 공사를 비롯해 통신원에서 관원들을 쫓아내는 데 가장 큰 공을 세운 일본헌병대장과 친일파 인사들이 대거 참석했다.

날이 어두워지고 연회가 본격적으로 시작되자 궁궐은 시끌벅적해졌다. 정관헌에는 많은 사람들이 있었지만 그 속에서 이선을 찾는 것은 어렵지 않았다. 이선은 정관헌의 기둥에 등을 기대고 서서 사람들이 말을 걸어올 때만 가끔씩 입가에 미소를 지을 뿐, 남들에게 먼저 다가가 말을 걸 생각은 없어보였다. 반대로 이쓰코는 그의 곁에서 한참을 재잘대다가 아는 손님들이 오면 먼저 다가가서 대화를 나눴다.

"요즘은 항상 이선을 멀리서만 바라보는군."

문가에 선 내 앞에 민우진이 나타나 말을 걸어왔다. 난 돌아보지 않은 채 대답했다.

"이쪽은 나인들이 드나드는 곳이에요. 당신 같은 분이 와계실 곳은 아니에요."

"그건 너도 마찬가지였지!"

갑자기 그가 내 한쪽 손목을 잡아 안으로 끌어당겼다. 갑자기 가해진 강한 힘에 난 민우진의 뜻대로 정관헌 안으로 끌려 들어오고 말았다. 난 곧바로 다시 나가려고 했지만 그는 손을 놓아주지 않았다.

"뭐하는 짓이에요?"

"넌 나 민우진의 부인으로 이 자리에 참석했어야 했어. 나인의 옷을 입고 저 작은 문 뒤에 숨어있는 게 아니라!"

평소와 다르게 흥분한 그에게서 약간의 취기가 느껴졌다.

"취했군요."

그의 눈꼬리가 살짝 치켜 올라갔다.

"박미우. 넌 집도 잃었고 우체총사에서의 일자리도 잃었어. 그런데도 왜 내게 돌아올 생각은 않는 거지?"

"보내주세요."

난 민우진을 뿌리치려고 했고 민우진은 내 손목을 더욱 세게 움켜잡았다. 그러다가 민우진은 와인 잔을 가지고 문 쪽으로 다가오던 나인을 치고 말았다. 나인이 들고 있던 와인 잔이 떨어져 깨지며 요란한 소리가 울렸다. 사람들의 시선이 모두 우리에게 모였다.

"송구합니다. 송구합니다, 나으리."

와인 잔을 떨어뜨린 나인이 연신 고개를 숙이며 어쩔 줄 몰라 했다. 민우진은 다시 나를 잡아끌었다.

"따라와."

하지만 이 상태로 어디인지도 모르는 곳으로 끌려갈 수는 없었다. 나는 힘을 주어 버티며 소리쳤다.

"놔주세요!"

그때 나를 당기던 민우진의 힘이 갑자기 약해졌다. 고개를 들자 민우진의 손목을 잡고 있는 또 다른 손이 눈에 들어왔다. 그 손의 주인은 이선이었다.

"전하?"

이선은 낮은 목소리로 민우진에게 엄포를 주었다.

"손님이면 손님답게 굴어."

하지만 민우진은 여전히 날 놓지 않은 채 이선을 노려보았다.

"우진아! 뭐하는 짓이냐?"

민상호 대감이 나타나 그를 다그치자 그제야 날 잡은 민우진의 손이 천천히 풀어졌다. 이선도 민우진을 잡았던 손을 놓아주었다. 민우진은 조용히 사라졌다. 이선은 방금 전까지 민우진에게 붙들렸던 손목을 매만지고 있는 나를 물끄러미 바라보다가 입을 열었다.

"네가 왜 여기에 있는 거지?"

"전, 저는……."

"전하!"

이쓰코였다. 그녀는 무표정한 얼굴로 나를 쳐다보며 이선의 옆에 섰다. 그러나 곧 활짝 웃으며 이선을 향해 말했다.

"가요, 전하. 이곳은 전하가 계실 곳이 아닙니다."

늦은 밤 연회가 끝나고 이쓰코를 포함한 모든 손님은 경운궁을 떠났다. 하지만 이선은 아니었다. 나인들의 말에 의하면 그는 오늘 밤은 창덕궁으로 돌아가지 않고 경운궁에서 머물 예정이라고 했다.

난 이선이 오늘 밤 묵게 될 전각으로 향했다. 안에는 불이 환하게 켜져 있었다. 그의 그림자를 볼 순 없었지만, 불이 켜져 있다는 것은 아직 그가 잠들지 않았다는 것을 의미했다. 하지만 전각 앞에는 여러 명의 나인들이 서 있었다. 그들의 눈을 피해 전각 안으로 들어갈 방법은 없어 보였다. 애끓는 마음으로 전각을 바라보고 있는데 나를 부르는 목소리가 있었다.

"아가씨는……."

영보당 마마를 모시는 상궁이었다. 일전에 이선이 궁궐 밖에 살 때 함께 지냈던 상궁이라고 들은 적이 있었다. 하지만 경운궁에 들어온 이후 그녀와 다시 마주한 것은 이번이 처음이었다.

"미우 아가씨? 미우 아가씨죠?"

"저를 기억하고 계시나요?"

그녀가 웃으며 말했다.

"물론이지요. 어찌 잊겠습니까? 처음 뵈었을 때는 우체총사에서 일하는 여직원인 줄로만 알았는데 나중에 알고 보니 박정양 대감의 여식이셨지요. 또한…….”

무언가 더 말하려던 그녀가 입을 다물었다. 난 그 이유를 알 것 같았다. 그녀가 영보당 마마를 모시고 있는 이상, 폐하가 나를 이선과 맺어주려 했던 사실을 모를 리가 없을 것이다. 더욱이 그녀가 이선과 가까운 사이라면…….

그녀가 다시 입을 열었다.

“경운궁에서 지내신다는 말을 들었습니다. 헌데 이제 보니 나인의 옷을 입고 지내시어 그간 알아보지 못했나 봅니다.”

그때 그녀의 뒤쪽으로 서 있는 다른 나인이 내 눈에 들어왔다. 나인의 손에는 대야와 수건이 들려 있었다. 나는 그들이 이선에게 가는 중이라는 것을 직감했다.

“혹시 전하를 뵈러 가시나요?”

상궁이 고개를 끄덕였다.

“오늘 연회에서 전하께서 과음을 하셨다는 소식을 들었습니다. 많이 편찮으신 영보당 마마께 이 사실을 알리면 걱정을 하실까 봐 말씀드리지는 못하였습니다만, 그렇다고 가만히 두고 볼 수만은 없는 일이지요. 무엇보다 오늘 전하의 곁을 뫼실 나인들은 모두 경운궁의 나인들이지, 전하를 오랫동안 모신 창덕궁 나인들이 아닙니다. 그러니 다소 불편해 하실 것입니다.”

“아…….”

"그럼 이만."

상궁이 나를 지나쳐 가려는 순간이었다.

"혹시 전하를 뵐 수 있게 도와주실 수 있나요?"

그녀가 걸음을 멈추고 나를 돌아보았다.

"전하를 뵙고 싶어요. 아주 잠깐만, 잠깐이면 돼요."

그녀가 당황한 얼굴로 말했다.

"무슨 일인지는 잘 모르오나 전하께 용무가 있으시다면 이영효 비서관을 통해서……."

"안 돼요!"

나도 모르게 목소리가 커졌다가, 그녀의 말을 끊었다는 사실을 깨닫고는 바로 작아졌다.

"이영효 비서관님은 나인의 신분이 되어버린 제가 전하를 만나는 것을 허락하지 않으실 거예요. 그러니 도와주실 수 있나요?"

"그건……."

상궁은 난처한 얼굴로 이선이 머무는 전각으로 눈길을 보냈다. 불이 켜진 전각을 물끄러미 응시하던 그녀가 다시 나를 돌아보며 말했다.

"좋습니다. 도와드리지요."

"전하. 김 상궁이옵니다."

하지만 안에서 돌아오는 소리는 없었다.

"전하. 소인 김 상궁이옵니다."

두 번째도 마찬가지였다. 상궁은 문 앞을 지키고 서 있던 나인에게 물었다.

"전하께서 안에 계신 것이 맞느냐?"

"예. 그러하옵니다. 분명 안에 계시옵니다."

"그런데 어찌 대답이 없으시냐?"

"소인은 잘 모르옵니다. 전하께서 아무도 들이지 말라 하셨고……. 소인은 그저……."

당황해 말을 제대로 잇지 못하는 나인을 보며 상궁이 한숨을 내쉬었다. 나인은 어쩌다 창덕궁이 아닌 경운궁에 묵게 된 이선을 어려워하고 있었다. 상궁도 그것을 알았는지 나인을 뒤로 물리고는 조용히 문을 열었다. 곧장 안으로 들어갈 것 같던 상궁은 문지방을 넘기도 전에 무엇을 보았는지 멈칫했다. 그녀는 열어둔 방문 앞에 멈춰서 자신을 따라온 나인에게 말했다.

"순심이 너는 그것을 이분에게 드리고 물러가거라."

"예, 마마님."

나인이 들고 있던 대야를 내게 건넸다. 얼떨결에 그것을 받아든 나는 상궁을 쳐다보았다. 상궁이 내게 말했다.

"소인을 따라오시지요."

그녀가 앞장섰고 난 조용히 그 뒤를 따랐다. 처소 안으로 들어서자 제일 먼저 눈에 띄는 것은 방의 한가운데를 차지하고 있는, 자개 장식으로 덮인 서양식 침대였다. 그 위에는 황실을 상징하는 자줏빛 이

불이 깔려있었다.

이선은 바로 그 침대 위에 누워있었다. 미처 옷을 갈아입기도 전에 잠이 들었는지 겉옷은 벗고 셔츠는 목 언저리의 단추 두 개만 푼 채로 자는 중이었다. 침대 옆으로 다가간 상궁이 낮은 목소리로 이선을 불렀다.

"전하? 전하."

상궁의 목소리에 잠시 뒤척이는가 싶더니 이선은 더 이상 움직이지 않았다. 상궁은 이선의 안색을 살핀 후 내게 침대 옆 탁자에 대야를 내려놓으라고 손짓했다. 그녀는 그 안에 물을 채우고 가져온 수건을 적셔 이선의 얼굴을 조심스럽게 닦아주었다. 그때, 잠든 줄 알았던 이선의 입에서 소리가 흘러나왔다.

"……미안. 미안해……."

"전하?"

이선에게서 고개를 든 상궁이 나를 돌아보며 방긋 웃었다.

"소인을 도와주시겠습니까?"

그녀는 내 손에 수건을 쥐어주었다.

"어려운 일은 아닙니다."

그녀는 내 뒤로 한 발짝 물러섰다.

난 그녀에게 건네받은 수건을 들고 그의 곁으로 다가갔다. 겉으로 보기에 이선은 분명 잠들어있었다. 그러나 금방이라도 눈을 뜨고 나를 바라볼 것만 같아서 괜스레 가슴이 뛰었다. 잠시 머뭇거리던 나는 조금 전 상궁이 하던 것처럼 수건으로 그의 얼굴을 닦아주었다. 그를 만나면 묻고 싶은 말이 있었는데, 정작 어렵게 만난 그는 잠이 들어 있었다.

'왜…….'

이쓰코를 사랑한다고 내게 거짓말을 했던 것일까? 그는 황족이니까, 이 나라를 위해서 이쓰코와의 약혼을 할 수밖에 없다고 해도 나는 이해할 것이다. 그러나 그는 그런 핑계를 대는 대신에 자신의 마음이 변했다고 말했다. 사람의 마음은 변하기 마련이라고. 그 말도 거짓말일 순 없는 걸까?

상궁이 내 뒤에 서 있었지만 눈가에 차오르는 눈물을 참기가 어려웠다. 결국 모인 눈물은 차고 넘쳐서 이슬이 되어 이선의 얼굴 위로 떨어졌다. 내가 서둘러 옷깃으로 눈물을 훔치려 팔을 들었을 때였다. 누군가의 손이 내 팔을 붙잡았다.

'이선!'

이선의 손이었다. 방금 전까지 굳게 닫혀있던 그의 눈꺼풀이 반쯤 떠져 나를 올려다보고 있었다. 깨어난 그와 마주한 내가 놀란 표정을 짓자, 그가 낮은 목소리로 입을 열었다.

"꿈인가?"

난 세차게 고개를 저었다. 그가 나지막한 한숨과 함께 중얼거렸다.

"꿈에서도 네가 울고 있었는데……."

나는 재차 고개를 저으며 말했다.

"꿈이 아니에요."

그러자 그가 잡았던 내 팔을 놓아주더니 대답했다.

"그래. 그렇겠지……."

짧은 한숨과 함께 이선이 상체를 일으켰다. 그는 취기가 남아 머리가 어지러운지 침대머리에 등을 기댔다. 하지만 나를 향한 시선은 거두지 않았다.

"여기는 어떻게 들어왔어?"

그러자 내 뒤에 있던 상궁이 몸을 숙이며 앞으로 나섰다.

"소인이 아가씨를 이곳에 들였사옵니다."

"김 상궁이?"

"예. 전하."

난 혹시라도 김 상궁이 나로 인해 입장이 난처해지는 건 아닌지 걱정되었다.

"제가 부탁드렸어요. 전하를 잠깐만 뵙고 싶다고요."

"걱정 마. 이 일로 김 상궁을 꾸짖는 일은 없어. 오히려 내가 그녀에게 혼나겠지."

이선이 희미한 미소를 지으며 나를 안심시킨 후 김 상궁을 밖으로 내보냈다. 그녀가 나가자 이선이 내게 물었다.

"나를 왜 만나려 했지?"

"전하께서 이쓰코 양과 약혼하시려는 이유를 알고 싶어서요."

이선이 내 시선을 피하며 짧게 웃는다. 어쩌면 그가 내게 감추고 싶

어 하던 것이 이것일지도 모른다는 생각이 들었다

"그건 이미 지난번에 말해주었잖아."

"한 가지 더요."

이쓰코는 결코 알 수 없는 이선의 진짜 마음.

"한 가지?"

"제게는 이쓰코 양과의 약혼에 대해 그 어떤 이유를 대셔도 상관없어요. 하지만 폐하께는 사실대로 털어놓으셔도 되잖아요."

이선의 예리한 시선이 내 얼굴을 비춘다.

"무엇이 사실이라는 거지?"

"이쓰코 양을 향한 은정(恩情). 그것 외에도 그녀와 결혼하시려는 이유가 더 있으시잖아요."

그러자 이선이 한숨과 함께 벽에 기댔던 등을 뗐다.

"너와 상해에서 헤어진 후 난 이영효를 만났고 일본으로 갔어. 당시 일본 조정은 러일전쟁에서의 승리를 확신하고 있었어. 애초부터 러일전쟁은 청나라와 만주, 그리고 대한제국에서 가져갈 수 있는 이권을 두고 오랜 기간 다퉈온 두 나라 간의 전쟁이야. 그런데 이 전쟁에서 일본이 이기면? 상상하기 싫은 일이지만 일본의 그 다음 목표는 대한제국이야. 대한제국을 지나야만 대륙으로 진출할 수 있을 테니까."

"강제적이었지만 이미 제국은 이번 전쟁에서 일본에게 많은 편의를 제공했어요. 그런데도 그들이 무엇을 더 원한다는 거죠?"

"그들의 욕심은 끝이 없어. 이제는 이 제국 자체를 원하는 거야."

짐작은 했지만 실제로 듣는 것은 괴로운 일이었다. 아직 이 제국은 일본과 싸울 준비가 되어있지 않았다. 전쟁이 일어난다면 일방적인 싸움이 될 것은 불 보듯 뻔한 상황이었다.

"그 사실을 알고도 그냥 대한제국으로 돌아올 수는 없었어. 그러던 도중 이영효가 이쓰코와의 약혼을 주선한 거야. 전쟁을 막을 순 없어도 미룰 순 있겠지. 그리고 이 제국을 위한 시간을 벌 수 있을지도 모른다고 생각했어. 귀가 솔깃해지지 않을 수 없었지."

하지만 대한제국에는 그와의 재회만을 간절히 기다리고 있던 내가 있었다. 이영효의 제안을 듣는 순간, 그의 머릿속에서, 아니 마음속에서 나의 존재는 잊힌 것일까?

"저는요?"

"미우."

"상해에서의 약속만 믿고 기다리고 있던 저는요?"

울먹임이 가득 담긴 내 목소리에 그가 손을 뻗어 내 두 손을 부드럽게 움켜잡으며 말한다.

"그 순간 내 마음. 말하지 않아도 너는 이미 알고 있을 것 같은데……."

나는 부끄러움도 잊은 채 그의 앞에서 펑펑 눈물을 쏟았다. 하지만 그는 나를 달래주지도 않고, 위로의 말도 하지 않는다. 그저 울고 있는 나보다도 더 큰 슬픔을 담은 눈으로 나를 바라보고만 있을 뿐이다.

이영효의 제안. 그리고 거절할 수 없었던 상황. 이선은 그 순간 나를 잊고 있었던 것이 아니었다. 그는 자신의 조국과 나를 나란히 두고 고민하는 것을 포기했다. 고민하는 것 자체가 그에게 더 큰 고통을 주었을 테니까. 결국 그는 그 자신에게도 내게도 잔인한 선택이라는 것을 알면서도 이 나라를 위해 이쓰코의 손을 잡았던 것이다.

한참을 소리 내어 울던 나는 그에게 말했다.

"차라리 마음이 변했다는 말을 듣는 게 가슴이 덜 아파요."

"그래, 맞아."

이쓰코와의 약혼 이외에는 달리 방법이 없다고 판단한 순간 이선은 깨달았을 것이다. 더는 사랑하지 않기 때문에 함께할 수 없다는 말이, 여전히 사랑하지만 함께할 수 없다는 말보다는 덜 고통스럽다는 것을. 그는 자신이 앞서 느낀 고통을 내게 주고 싶어 하지 않았다. 그래서 그는 마음이 변했다는 거짓말로, 또 이쓰코를 사랑한다는 거짓말로 사정을 숨기려 했던 것이다.

내 앞에서 이쓰코를 사랑한다고 고백했던 그의 말은 어쩌면 나를 향한 숨겨진 고백이었을지도 모른다.

"전하를 놓아드릴게요."

이제 모든 것을 알게 되었다.

"미우?"

"이제 전하를 포기하려고요."

난 그에게 잡혀있던 손을 빼냈다. 그리고 그에게서 한 걸음 뒤로 물러섰다.

"전하를 향한 모든 마음을 포기하려고요. 궁궐도 떠날게요. 그리고 평생 전하의 눈앞에 나타나지 않을 거예요. 그렇게 살아갈 거예요."

그는 나를 향한 마음이 변했다고 거짓말했다. 그러나 차마 나를 더 이상 사랑하지 않는다는 말을 하지는 못했다.

"그러니까 전하, 제가…… 전하를 포기할게요."

이제 나는 그를 '포기'한다는 말로 그가 내게 했던 거짓말을 대신했다.

"그러니 이제 저를 잊으세요."

내가 그를 포기하고 그래서 그가 나를 잊게 된다면……. 더 이상 서로의 감정으로 인해 고통받는 일은 없을 것이다.

"이만 물러갈게요."

내가 눈물을 훔치며 그에게서 돌아섰을 때였다.

"내가 포기하지 말라고 하면?"

나는 내 귀를 의심하며 그 자리에 우뚝 멈춰 섰다. 그의 입이 다시 열렸다.

"끝까지 나를 포기하지 말아달라고 하면, 포기하지 않을 거야?"

나는 고개를 돌려 그의 얼굴을 바라보았다. 여전히 침대에 앉아있는 이선은 호수에 잠긴 듯한 눈동자로 나를 응시하고 있었다.

"그게 무슨 말이죠?"

그가 말없이 내게 한 손을 내밀었다.

'저 손을 잡으면 안 돼.'

그가 내민 저 손을 잡는다면 조금 전까지의 모든 다짐이 무너지리라는 걸 알았다. 그리고 나는 이선에게 위험을 가져오는 존재가 되어버릴지 모른다. 저 손을 잡으면 난 그의 곁을 떠날 마지막 기회를 영영 잃어버릴지도 모른다. 하지만 나의 발걸음은 다시 그를 향해 나아가고 있었다.

'안 돼.'

"미우."

그의 입에서 내 이름이 불린 순간. 난 마치 이름을 갖지 못했던 한 송이의 꽃처럼, 이름을 불러준 그의 손을 덥석 잡아버리고 말았다. 이선은 그대로 나를 끌어안았다.

그의 품에 안긴 것도 잠시, 눈앞의 세상이 빠르게 돌았다. 순식간에 그가 나를 침대 위에 눕힌 것이다.

"사랑해……."

갈라지고 쉰 소리가 그의 입에서 흘러나와 내 마음을 흔들었다. 이어서 그의 입술이 내 입술을 거칠게 파묻자 두 눈이 힘없이 감겼다. 마지막 순간 그의 손이 자줏빛 이불을 끌어올려 우리의 몸을 덮어버렸다.

꿈속에서 어린 시절 돌아가신 어머니를 보았다. 환하게 웃고 있는 어머니 곁에는 아버지가 없었다. 아버지는 아직도 내게 화가 많이 나신 걸까?

"미우 아가씨."

작게 속삭이듯 부르는 목소리에 난 감고 있던 눈을 번쩍 떴다. 창문 밖으로 아침햇살이 비쳐 들어왔다. 나는 깜짝 놀라 침대에서 몸을 일으켰다. 그러자 스르르, 내 몸을 감고 있던 이선의 팔이 아래로 미끄러졌다. 난 아직 잠들어있는 이선을 물끄러미 내려다보았다. 잔잔한 숨소리를 들으니 아직 잠에서 깨기엔 일러 보였다.

"미우 아가씨."

또 한 번 나를 부르는 소리에 이선에게서 눈을 뗐다. 그 목소리는 바깥에서가 아닌, 침대 옆쪽에 붙어있는 작은 협방 쪽에서 들려왔다. 주로 밤새 당직을 서는 상궁이나 나인들이 머무르는 아주 작은 방이었다. 난 바닥에 떨어진 옷가지들을 주섬주섬 챙겨들고 협방으로 통하는 문을 열었다. 방 안에는 어젯밤의 김 상궁이 자리하고 있었다.

"전하께서는? 기침하셨습니까?"

침대 위의 이선은 여전히 곤히 잠들어있었다. 나는 상궁을 다시 쳐다보며 고개를 가로저었다. 상궁은 고개를 끄덕이고는 내게 조용히 협방 쪽으로 건너오라고 손짓했다. 내가 협방으로 들어가자 상궁은 문을 닫았다. 지난밤 그녀는 이곳에서 밤새 당직을 섰던 모양이다. 타다 남은 초 한 자루가 제일 먼저 눈에 들어왔다.

"서두르셔야 합니다. 이쓰코 님이 입궐하셨다고 합니다. 아마 곧 이쪽으로 오실 듯합니다."

그녀가 깨끗한 여벌옷을 내밀었다. 난 그녀의 도움을 받아 재빨리 옷을 갈아입기 시작했다. 바로 그때였다. 조금 전 상궁이 닫았던 문이 예고도 없이 활짝 열렸다.

"어머, 전하!"

갑작스런 이선의 등장에 당황한 상궁이 비명을 질렀다. 난 아직 채 갈아입지 못한 치마로 몸을 가렸다.

"김 상궁. 여기서 뭐 하는 거지?"

"전하. 이쓰코 님이 입궐하셨다고 하옵니다. 아마도 곧 이곳으로 오시겠지요. 하오니 그 전에 미우 아가씨를 서둘러 내보내드려야 할 듯하여……."

상궁의 말이 다 끝나기도 전에 이선이 협방으로 건너와 내 앞에 섰다. 그리고 내 몸을 가리고 있던 치마를 손으로 잡아끌었다.

"전하?"

난 영문도 모른 채 그에게 순순히 내가 들고 있던 치마를 내어주었다. 그는 뒤로 다가서더니 치마를 내 허리에 둘러주었다. 그리고 긴 치마끈을 잡아맸다. 그가 천천히 내 몸에 끈을 감으며 치마를 입혀주는 동안 난 부끄러워 고개를 제대로 들 수 없었다. 치마끈을 단단히 동여매고 나서 그가 내 귓가에 속삭였다.

"네가 날 포기하지 않았으니, 나도 널 포기하지 않을 생각이야."

그 말을 듣자마자 난 이선에게 돌아섰다.

"어젯밤의 일이 전하를 포기하지 않겠다는 의미는 아니었어요."

"내겐 그런 의미였어. 그런 의미로 받아들였고."

"하지만 제가 전하를 포기하는 게 최선이라는 걸 아시잖아요? 제가 떠나야 전하께서 원하시는 바를 이루실 테니까."

그가 한숨 섞인 미소를 짓는다.

"계속 그렇게 날 힘들게 할 생각이야?"

"저는 단지……."

이선이 내 손끝을 가볍게 움켜잡았다.

"이쓰코와의 약혼은 하지 않을 생각이야. 애초에 이영효의 설득에 넘어간 것이 실수였다는 걸 인정해. 난 이 약혼이 제국을 위한 것이라 믿었어. 그런데 지금에서야 깨달았어. 제국을 위한 것도, 너를 위한 것도 아니었다는 걸."

"전하……."

"미우. 난 오늘 아바마마를 뵐 생각이야. 그간 내가 말씀드리지 못한 모든 사정을 말해야겠지. 무엇보다 나의 독단으로 불효를 한 사실도 사죄해야 하고."

"폐하께서는 모두 이해하실 거예요."

"그럴까?"

이선의 미소가 조금 밝아졌다.

"송구하옵니다만 전하."

그때 상궁이 우리 사이에 끼어들었다.

"왜 그러지, 김 상궁?"

"미우 아가씨의 치마가……."

상궁의 시선은 방금 전 이선이 입혀준 내 치마를 향해 있었다. 그제야 난 치마가 뒤집혀서 입혀졌다는 사실을 깨달았다.

"다시 갈아입으면 되죠. 별일 아닌걸요."

난 가볍게 말했다. 하지만 상궁이 신경 쓰는 데는 단순히 치마가 뒤집힌 것 이상의 이유가 있는 것 같았다. 이선과 상궁 사이에 묘한 시선이 오갔다. 곧 이선이 침착한 목소리로 말했다.

"알아. 이것 또한 내 결심이야."

"책임지실 수 있으시옵니까?"

이선은 웃으며 나를 돌아보았다.

"처소에 돌아가 있어. 우선 아바마마를 뵌 다음에 찾아갈게."

"하지만 그 전에 이 치마부터 먼저 갈아입어야 할 것 같은데요."

난처한 표정을 짓는 내게 상궁이 안심시키듯 말했다.

"그러실 필요 없습니다. 오늘 하루 동안은 그렇게 입고 계셔야 하니까요."

"왜죠?"

이선이 폐하를 알현하기 위해 함녕전으로 떠났다. 그 후 내가 상궁과 함께 전각을 나오자 나인들의 시선이 모였다. 그녀들은 뒤집어 입은 내 치마를 보고는 깜짝 놀라 내 얼굴을 힐끔거리며 수군댔다.

"재야?"

"소문이 사실인가 봐."

"누구지? 자주 본 얼굴이 아닌데?

처소를 향하는 짧은 동안에도 나를 구경하러 오는 나인들은 계속 늘어났다. 소속된 전각을 떠날 수 없는 나인들은 담벼락에 옹기종기 모여 자기들끼리 말을 주고받았다. 경운궁에 들어온 이후 다른 나인들이 내게 이토록 지대한 관심을 보이는 것은 처음이라 부담스러웠다. 때문에 나는 나인들이 잘 다니지 않는 정관헌 쪽 길을 택했다. 하지만 그것은 실수였다.

"미우?"

아침 일찍부터 입궐했다던 이쓰코가 정관헌에 있었다. 그 때문에 정관헌에는 일본 헌병들이 여럿 지키고 서 있었다. 그녀는 일본 공사 하야시와 함께 차를 마시는 중이었다. 이쓰코는 나를 보고 이상하리만치 반가운 표정을 지으며 자리에서 일어섰다. 그녀는 찻잔을 든 채 정관헌 난간에 다가서서 나를 내려다보며 말했다.

"전하께서 곧 이곳에 오실 겁니다. 알고 이곳에 온 것입니까?"

"전하께서 여기로 오신다고요?"

"네. 이영효가 전하를 모시러 갔습니다. 그런데……. 미우."

그녀가 치마를 뒤집어 입은 나를 보고는 손으로 입을 가리며 웃기 시작했다.

"아직 잠에서 덜 깼습니까? 어떻게 옷을 잘못 입을 수가 있습니까?"

그녀가 계속 웃는 사이 하야시 공사가 일본어로 그녀에게 무언가를 물었다.

"무슨 재미있는 거라도 있으십니까, 이쓰코 님?"

그러자 이쓰코는 뒤집어 입은 내 치마를 손가락으로 가리켰다.

"이 어리석은 궁녀가 치마를 뒤집어 입었어요. 우습지요? 공사."

그런데 이쓰코의 말을 들은 하야시 공사가 굳은 표정으로 자리에서 벌떡 일어섰다. 그는 곧 이쓰코의 옆으로 다가오더니 내가 치마를 뒤집어 입은 것을 확인하고는 조선말로 물었다.

"지난밤 어디에서 지냈느냐?"

"밤?"

이쓰코가 하야시 공사의 말을 알아듣고 고개를 갸웃거렸을 때였다. 빠른 걸음으로 정관헌으로 걸어오는 사람이 있었다. 이영효 비서관이었다. 그는 처음에 나를 보지 못했다. 하지만 정관헌으로 오르는 계단에 발을 딛는 순간 나를 발견하고 걸음을 멈췄다. 그도 내 치마를 보고 깜짝 놀란 표정을 지었다.

"이영효. 경운궁의 나인들은 옷 하나도 제대로 입지 못합니다. 재미있습니다."

이쓰코가 소리 내어 웃으며 이영효에게 말했다. 이영효는 식은땀을 흘리며 어쩔 줄 몰라 했다. 그러자 하야시 공사가 조선말로 이영효에게 물었다.

"내 짐작이 틀리길 바라겠소, 이 비서관."

"그게……."

이영효 비서관은 말도 제대로 잇지 못했다. 이쓰코가 하야시 공사에게 장난치듯 조선말로 물었다.

"무엇 때문?"

하야시 공사가 나를 보며 재차 물었다.

"대답하거라. 어서!"

"안 됩니다."

다급한 목소리로 이영효가 내게 주의를 주었다. 대답하지 말라는 뜻이었다. 그러나 난 하야시 공사를 보면서 또박또박 답했다.

"지난밤 완친왕 전하의 처소에 머물렀습니다."

하야시 공사의 눈이 크게 뜨였다. 이영효는 한 손으로 자신의 머리를 짚었다. 그 가운데에서 눈을 깜빡이고 있던 이쓰코가 일본어로 하야시 공사에게 물었다.

"치마를 뒤집어 입은 게…… 완친왕 전하와 무슨 관련이 있는 거죠?"

하야시 공사가 아주 작은 목소리로 속삭이듯 그녀에게 대답했다.

"치마를 뒤집어 입은 궁녀는 지난밤 왕의 승은을 입었다는 것을 뜻합니다."

이쓰코의 손에 들려 있던 찻잔이 땅으로 떨어지며 요란한 소리와 함께 산산조각이 났다. 이쓰코의 손이 떨리고 있었다. 하야시 공사가 이영효를 다그쳤다.

"이 비서관. 자네 대체 일을 어찌 처리하는 겐가? 약혼식이 미뤄지는 것도 모자라 전하의 침소에 나인을 들이다니!"

그러자 이쓰코가 앞으로 나섰다.

"전하의 입으로 듣기 전에는 아무것도 믿지 않을 거예요."

이쓰코의 대답에 하야시 공사가 이영효에게 물었다.

"전하는 지금 어디에 계시는가?"

"중명전에 폐하와 함께 계시는 것으로 알고 있습니다."

"폐하께서 이 약혼을 반대하셔서 전하를 만나지 않고 계시다고 들었는데, 어찌 함께 계시다는 것이지?"

"이 역시도 확인을 해봐야……."

이영효의 대답이 마음에 들지 않는지 하야시 공사가 그에게서 눈을 돌려 이쓰코를 위로했다.

"천황께서도 후궁이 여럿이시지 않습니까. 고작 하룻밤 승은을 입은 궁녀에게 신경 쓰지 마십시오. 무엇보다 전하께서 지금 폐하와 함께 계시다고 하지 않습니까? 좋은 소식일 수 있습니다. 이제라도 두 분의 약혼을 허락받은 것일지도 모르니까요."

"그럼 중명전으로 갈래요."

"함께 가겠습니다."

하야시 공사가 이쓰코와 함께 중명전으로 떠나자 이영효 비서관이 내게 다가왔다. 그는 애써 화를 삭이며 말했다.

"혹여나 이 약혼이 미우 양으로 인해 불발된다면, 미우 양은 살아서 궁궐을 떠나지 못할 것입니다."

그것은 지금까지 그가 내게 했던 말 중에서 가장 무서운 말이었다.

정관헌을 지나 돌아온 처소 앞에는 나를 기다리는 사람이 있었다. 바로 폐하의 지밀상궁이었다.

"도대체 무얼 하다 이제 오는 게냐?"

"무슨 일이 있었나요?"

"있다마다."

그녀가 깊은 한숨을 내쉬며 내가 입고 있는 치마를 흘깃 쳐다본다.

"우체총사에서 일을 하지 않나, 혼례날에 사라지지 않나. 그런 자네가 경운궁까지 흘러들어오더니 결국 일을 냈군. 일을 냈어."

"들으셨어요?"

"나만 들은 건 아니지. 지난밤 일을 경운궁 나인들 모두가 알고, 폐하께서도 아셨으니."

"폐하께서도……."

"설마 큰일이 될 줄 모르고 일을 저지른 것은 아니겠지?"

"후회하진 않아요."

"듣던 중 마음에 드는 소리군."

그녀가 한숨과 함께 쓴웃음을 지었다.

"너의 운이 앞으로 어찌될지는 궐 생활에 잔뼈가 굵은 나도 잘 모르겠다. 다만 쉽지 않은 길이 될 것은 분명해 보여. 그나저나 긴 말은 필요 없고, 어서 가자."

"어디를요?"

"중명전. 폐하께서 너를 부르시는구나."

중명전 2층에서는 어전회의가 열리고 있었다. 보통 어전회의는 함녕전에서 열린다. 최근 들어 외국 사신들을 맞이하는 자리를 제외하곤 중명전에서 어전회의가 열린 적이 거의 없었는데 이례적이었다. 이른 아침부터 폐하의 부름을 받고 온 대신들이 2층 회장을 가득 메우고 있었다. 폐하는 가장 안쪽 계단 모양의 단 위에 놓인 의자에 앉아있었다.

폐하를 만나기 위해 함녕전으로 갔다던 이선은 그 단 아래쪽에 서 있었다. 내가 지밀상궁과 함께 중명전에 도착했을 때에는 이미 하야시 공사와 이쓰코, 이영효도 와 있었다. 회의장 안으로 들어서자 모든 사람들의 시선이 내게로 모였다. 침묵 속에 여러 시선이 얽히고 있었다. 난 고개를 숙인 채 지밀상궁을 따라 폐하 뒤쪽 나인들 틈에 가서 섰다. 하야시 공사는 나인들 사이에 서 있는 나를 경멸하듯 쳐다보더니 폐하에게 말했다.

"더는 완친왕 전하와 이쓰코 님의 약혼을 미룰 수 없습니다. 오늘 답을 주시지요."

폐하가 하야시 공사에게 물었다.

"공사. 일본에는 법도가 없는가?"

"그것이 무슨 말씀인지요?"

"이 대한제국에는 엄연한 법도가 있네. 부모가 모르는 혼인이란 있을 수가 없네. 아무리 일본의 왕녀라 하더라도 짐이 윤허하지 않는 이상 완친왕과의 약혼은 물론이고 혼인도 불가하네."

하야시 공사는 예상했다는 듯 여유롭게 웃으며 말했다.

"듣자하니 폐하께서는 완친왕께 혼인의 자유를 주셨다고 들었습니다. 그것은 완친왕께서 마음으로 정한 반려가 어떠한 여인이든 맺어주실 것이라는 의미이겠지요. 일국의 황제폐하께서 한 입을 가지고 두말 하시지는 않으시겠지요?"

"물론이네. 짐은 분명 과거 완친왕에게 반려를 스스로 택할 자유를 약조했네."

"그렇다면……."

하야시 공사가 이선을 돌아보았다.

"이제 완친왕 전하께 여쭈어보시지요. 전하의 마음속에 있는 반려를 말입니다."

의기양양한 하야시 공사의 태도에 폐하는 말없이 수염을 쓰다듬었다. 하야시 공사는 이 상황에 만족한 것이 분명했다. 그는 곁에 서 있는 이쓰코를 돌아보며 미소를 보낸 후 대답 않는 폐하를 재촉했다.

"폐하?"

폐하가 입을 열어 이선에게 말했다.

"그래. 완친왕. 짐이 네게 한 약조를 하야시 공사까지도 알 정도이니 더는 네 혼인을 미룰 수가 없겠구나. 말해보거라. 마음에 둔 여인이 있느냐?"

"있습니다."

"그 여인이 누구냐?"

폐하의 말이 끝나자마자 이쓰코가 이선의 앞으로 한 발 움직였다. 그러나 이선이 향한 곳은 나인들이 서 있는 곳이었다. 그리고 그곳에는 내가 있었다. 이선은 나인들 사이 정확히 내 앞에 와서 멈춰 섰다.

"아바마마께서 내게 큰 가르침을 주셨어. 머리가 아닌 마음을 따르라고. 내게 허락하신 혼인의 자유는 바로 그 마음을 위해 주신 거래."

"전하……."

"미우. 이 말을 다시 하기까지 오랜 시간이 걸려서 미안해."

그가 내게 손을 내밀었다. 지난밤, 자신을 포기하지 말아달라며 내밀었던 그 손은 이제 더 큰 의미를 담고 있었다.

"나와 결혼해줘."

나는 그가 내민 손을 바라보았다. 이 순간, 이 회의장 안에 오로지 우리 두 사람만 존재하는 듯한 착각이 찾아왔다.

"미우."

그가 지난밤처럼 내 이름을 불렀다. 나는 그의 손을 덥석 잡았다. 그러자 이선이 나를 나인들 틈에서 이끌어냈다. 그리고 나와 함께 폐하를 향해 돌아섰다.

"아바마마. 소자가 반려로 택한 여인입니다."

그의 말에 이 자리에 모인 사람들 대부분은 당황한 기색이 역력했다. 이쓰코도, 일본 공사 하야시도 마찬가지였다.

그러나 단 한 사람, 폐하만큼은 달랐다.

"그 선택을 후회하지 않을 것이냐?"

"예, 아바마마."

무뚝뚝해 보였던 폐하의 얼굴에 미소가 깃들었다. 하지만 하야시 공사가 가만히 있지 않았다.

"완친왕 전하의 발언은 받아들일 수 없습니다!"

"그게 무슨 말이오, 공사."

폐하가 물었다.

"이미 완친왕께서는 이쓰코 왕녀님과 혼인을 약조하셨습니다. 이번에 이쓰코 왕녀님께서 대한제국에 오신 것 또한 그 약조에 따라 혼약식을 치르기 위함이었습니다."

"하면 어찌하여 지금까지 혼약식이 치러지지 못한 것이오?"

"그야 폐하께서 허락지 않으셨기에 미뤄져 온 것이 아닙니까?"

"짐이 어찌 허락하지 않았다고 여기시오?"

"완친왕께서 폐하의 의중을 묻지 않고 독단적으로 결정하셨으니 그리하셨겠지요. 그러나 과거 폐하께서 완친왕께 혼인의 자유를 주셨으니 윤허하심이 옳은 것이지요."

"공사의 말에 따르자면 지금 완친왕이 저 여인을 택한 것 역시 독단적인 결정이 되겠군. 심경의 변화 같은…… 그런 것 말이오."

"예에?"

순간 말문이 막힌 하야시 공사는 눈을 이리저리 굴리며 답을 제대로 하지 못했다. 폐하는 그 순간을 놓치지 않았다.

"짐은 이쓰코 왕녀의 방문에 이의를 제기한 적이 없소. 갑작스런 방문에 환영한 적도 없지만. 또한 오늘에서야 완친왕의 혼인 의사를 들었으며, 대신들과 공사, 그대의 앞에서 완친왕이 어떤 여인을 마음에 두었는지 또한 처음 공식적으로 들었소. 그러니 짐은 공사가 말한 대로 과거 완친왕에게 약조한 바와 같이 그 뜻을 이뤄주고자 하오."

여기까지 말한 폐하는 이선에게 물었다.

"지금 네 옆에 서 있는 그 여인이 누구냐."

"전 궁내부 특진관 박정양의 여식 박미우입니다."

"그래. 알았다."

폐하가 웃으며 고개를 끄덕이더니 도승지에게 명을 내렸다.

"도승지는 들으라. 전 궁내부 특진관 박정양의 여식 박미우를 완친왕 이선의 비로 정하니, 조속한 시일 내에 가례를 치르도록 전교하라."

주변의 눈치를 보며 도승지가 어렵게 목소리를 냈다.

"예에! 폐하. 명을…… 받잡겠나이다."

도승지가 대답했고 사관이 빠르게 글을 써내려갔다.

이 모든 상황을 지켜보면서 이쓰코의 얼굴이 차갑게 식어간 것은 두말할 것도 없었다. 이쓰코는 이선의 손을 잡은 채 서 있는 나를 노려보더니 그대로 돌아서서 회의장을 뛰쳐나갔다. 이쓰코의 무례에 대신들이 혀를 찼다. 하야시는 이쓰코를 따라가려는지 급히 폐하에게 고개를 숙이며 인사를 올렸다. 그러나 그는 나가기 직전 이영효를 향해 무섭게 엄포를 놓는 것을 잊지 않았다.

"이 비서관. 이 일에 대한 책임은 그대도 반드시 지게 될 것이야."

"그, 그게!"

당황한 이영효 비서관을 놔둔 채 하야시 공사가 회의장을 떠났다. 이 비서관은 바로 그들을 뒤쫓아가려고 했다. 그런 이 비서관을 폐하가 불러 세웠다.

"이영효."

이 비서관의 눈은 복도로 사라진 하야시 공사의 뒤를 쫓고 있었다. 그러나 폐하의 부름에 발을 뗄 수 없게 된 그는 안절부절못한 채 고개만 이리저리 돌려댔다.

"이영효!"

폐하가 크게 꾸짖듯 부르자, 놀란 그는 섰던 자리에서 그대로 땅에 몸을 엎드렸다.

"폐, 폐하……."

"너를 충신이라 여긴 적도 없었으나 간신이라 여긴 일도 없었다. 허나 완친왕의 혼사를 제멋대로 진행한 것이 너라는 사실을 부정하진 못할 것이다."

"폐하. 완친왕 전하와 이쓰코 님의 혼약은 오로지 황실과 제국을 위한 신의 충정에서 비롯한 것입니다. 하오니 재차 살펴주시어……."

"이영효! 아직도 정신을 차리지 못하였느냐? 너를 일본으로 유학 보낸 것은 제국을 위한 미래의 인재를 기르려 함이었다. 그러나 너는 그 뜻을 잃었을 뿐만 아니라 이 나라에 해악을 들여오는 일에 앞장을 서고 있었구나."

"아닙니다! 아닙니다, 오해이십니다. 폐하!"

그러나 폐하의 결심은 단호했다.

"도승지는 들으라."

"예, 폐하!"

"궁내부 비서관 이영효를 파직하고 다시는 관직에 오르지 못하도록 하라."

함녕전.

"어전회의에 앞서 선이 과인을 찾아왔다."

폐하가 이선과 나란히 앉은 나를 보며 말했다.

"그리고 과인이 듣고 싶은 말을 모두 해주더구나."

폐하의 시선이 잠시 이선의 얼굴을 향했다가 내게로 돌아왔다.

"미우야, 모두 네 덕이다."

나는 얼굴을 붉혔다.

"송구하옵니다. 폐하."

"앞으로 폐하라 부르지 말고, 이런 사적인 자리에서는 아바마마라 부르거라."

"네?"

당황한 나는 옆에 앉은 이선을 돌아보았다. 이선은 웃으며 나를 보고 고개를 끄덕였고, 난 다시 폐하를 보며 어렵게 입을 열었다.

"아바…….마마."

"그래그래. 좋구나."

그러나 곧 폐하는 한숨을 쉬며 이선에게 말했다.

"지금은 잠잠하나 곧 대신들 사이에서 말이 나올 것이다. 전례가 없는 일이기 때문이지."

"어느 정도 각오는 하고 있습니다."

"그 각오가 더욱 더 단단해져야 할 것이다. 한 사람을 지킨다는 것은 그처럼 어려운 일이다."

"알고 있습니다."

"말은 시원스럽게도 잘하는구나. 일본에서 돌아오자마자 과인을 찾아와 그리 시원스레 말했더라면, 일이 이 지경까지는 가지 않았을 것이 아니냐."

"송구합니다. 아바마마."

이선이 고개를 숙이며 사죄하자 폐하가 웃음을 터트렸다.

"이제 네가 미우를 닮으려 하는구나?"

폐하가 던진 농담에 이선이 고개를 들더니 폐하와 눈을 맞추며 웃음을 지었다.

"그나저나 이달 안으로 두 사람의 혼사를 치르려 한다. 준비기간이 길어질수록 반대하는 사람들에게서 말이 나올 여지도 커질 테니 말이다. 무엇보다 일본 황실 측에서 이 일에 반응을 보이기 전에 두 사람의 혼례가 끝나야 추후에 문제가 덜하지 싶구나. 두 사람에게는 아쉽겠지만, 준비기간이 짧은 만큼 혼사는 간소하게 치러질 것이다."

“전혀 아쉽지 않습니다. 오히려 이 때문에 혼사가 빠르게 진행된다고 하니 기쁘기만 합니다. 앞서 의친왕이 혼사를 치를 때 보았습니다. 간택을 마친 이후 혼례까지 일 년의 시간이 걸렸지요. 소자는 그러고 싶지 않습니다. 미우와…… 그만큼 떨어져 지낼 수는 없습니다.”

“당돌하구나. 어찌 그런 말을 입에 담으면서 부끄러운 기색이 없어?”

폐하의 웃음 섞인 꾸짖음에 이선도 웃으며 내 눈치를 살폈다. 폐하는 그런 우리 두 사람을 인자한 얼굴로 바라보더니 말했다.

“문제가 하나 있었다.”

“문제라니요?”

이선이 얼굴에서 웃음기를 지우며 폐하에게 물었다.

“지금 미우는 나인 신분으로 경운궁에게 머무르고 있다. 허나 왕비에 봉해지는 만큼 나인의 신분으로 혼례를 치르고 출궁할 순 없는 일이다.”

“허나 미우의 사가는 지금 민우진의 소유입니다.”

“그래서 집을 구해줄까도 생각해 보았다만, 이 혼사를 반대하는 이들에게 말이 나올 구실이 될 수 있다고도 여겼다. 해서…….”

폐하의 눈이 나를 향했다.

“민우진을 불러 정당한 값을 치르고 그 집을 넘겨받고자 했다. 헌데 의외로 일이 술술 풀리더구나.”

“일이 풀리다니요?”

“민우진이 그 집을 아무런 대가 없이 미우 네게 돌려주겠다고 하더구나. 하여 과인은 그간 그 집을 돌보아온 대가만이라도 지불하겠다고 했다. 그러나 이 역시도 민우진이 정중히 거절하더구나. 그러니 미우야. 혼사 전까지 그 집으로 돌아가서 지내고, 혼사 이후에는 완친왕과 함께 그 집에서 살림을 차리도록 하거라. 어떻느냐?"

황자는 혼례 이후에 출궁해서 살아야 한다. 물론 출궁할 때 집은 황제가 구해주게 되어있다. 하지만 이때 집값을 두고 대신들이 많으니 적으니 하는 탓에 집 하나 장만하는 데도 오랜 시간이 걸렸다.

그러나 혼례 이후 내가 태어난 집에서 계속 살게 된다면, 이런 논쟁은 피할 수 있을 것이니 집 문제도 해결된 것이나 다름없었다. 이것은 혼사가 더 빨리 치러질 수 있다는 뜻이기도 했기 때문에 이선의 표정은 밝았다. 나 역시도 마찬가지였다.

"전하께서 동의하신다면 소녀도 폐하의 뜻에 따르겠습니다."

폐하가 웃으며 말했다.

"오늘 날이 저물기 전에 출궁하도록 하거라."

"오늘이요?"

"민우진이 말하기를 자신은 그 집에서 버물지 않고 소유만 하고 있다더구나. 하인들도 옛 하인들 그대로라고 하니 언제든지 네가 돌아와도 된다고 하였다."

"다시 집으로……."

그리운 집으로 당장 돌아갈 수 있다는 소식에 마냥 기뻤지만, 이런 내 표정을 보는 이선의 얼굴에는 씁쓸한 미소가 지어졌다. 이를 본 폐하가 그를 놀렸다.

"네가 출궁한다 하니 완친왕이 매우 아쉬운 것 같구나."

나는 소리 내어 웃었다.

함녕전에서 물러나온 후 나는 바로 몇 달간 머물렀던 처소로 돌아왔다. 짐이라고 할 만한 것은 별로 없었다. 막상 꾸리고 보니 한 보따리도 나오지 않았다. 나는 처소를 깨끗이 청소하고 밖으로 나왔다.

"미우."

때마침 이선과 김 상궁마마가 그곳에 있었다.

"전하……."

이선을 부르는 나를 보며 김 상궁이 고개를 숙였다.

"감축드리옵니다."

이선이 내 손에서 보따리를 받아 김 상궁에게 건네며 말했다.

"네 집으로 데려다줄 마차가 기다리고 있어. 가자."

"같이 가려고요?"

"아쉽게도 난 창덕궁으로 돌아가봐야 해. 나 역시 혼례 준비에 들어가야 하니까."

이선이 한쪽 눈을 찡긋했고 나는 저도 모르게 웃음을 터트렸다.

"미우가 웃는 모습 아주 오랜만에 보네. 우체총사에서 일할 때는 자주 보았던 것 같은데."

"앞으로 전하가 원하면 자주 웃을게요. 웃을 일이 없어도 웃을게요.

우체총사에서 함께 일했던 때처럼요."

이선이 몸을 돌려 나와 마주섰다.

"그리고 부부가 되면 우체총사에서처럼 다시 이름을 불러주기다."

"이선……이라고요?"

"응."

"그건 어렵지 않지만……."

난 뒤에 서 있는 김 상궁의 눈치를 살폈다. 그녀는 고개를 숙이고 있어서 내 얼굴을 보지 못했을 텐데도 즉각 입을 열었다.

"사적인 자리에서는 두 분께서 어떻게 부르시든 간섭할 사람은 없을 것이옵니다."

김 상궁의 속 시원한 대답에 이선이 내게 말했다.

"들었지?"

"네. 들었어요."

이선이 웃으며 앞으로 걸어가기 시작했다. 그런데 그의 발걸음이 갑자기 멈췄다. 나란히 걷던 나도 따라서 걸음을 멈췄다.

이선의 시선은 경운궁의 정문을 향해 있었다. 정문 안쪽에 대한제국의 병사들이, 바깥쪽에 일본군이 서 있었다. 그러나 얼핏 보아도 궁궐 밖에 서 있는 일본 군인들의 숫자가 더 많았다. 그 모습을 보며 지나다니는 백성들의 시선에도 불안함이 녹아나고 있었다.

난 이선의 곁으로 다가가 그의 한 손을 가만히 잡아주었다. 그러자 이선의 입이 열렸다.

"오늘 아침 어전회의 전에 아바마마께 너를 사랑한다고 말씀드렸어. 그리고 너와 함께 러시아로 도망치려고 한 적이 있었다고 털어놓았지."

그것은 폐하께서 이미 알고 계시는 사실이다.

"내 신분으로는 너와 함께 하는 것이나 황자의 지위, 둘 중 하나를 포기해야 한다고 생각하고 있었어. 그런데 아바마마는 내가 둘 모두 포기하지 않길 원하신다고 하셨어. 그리고 도와주신다고 하셨지. 그렇게 말씀하실 줄 몰랐어."

"어떻게 될 거라고 생각했는데요?"

내게 손이 잡힌 채로 이선이 나를 돌아본다.

"황적에서 이름이 지워지고 궁궐을 떠나라고 하실 줄 알았지. 그랬다면 마음이 조금 더 편했을까?"

그가 실없는 웃음을 지었다. 그러나 그렇게 되었더라도 그의 마음이 결코 편하진 않았으리라는 게 그의 웃음에서 느껴졌다.

"하지만 그렇게 되지 않았잖아요."

"맞아. 그리고 많은 일이 일어났지. 오늘 일이 믿기지 않을 정도야. 하지만 한편으로는 불안해. 미우 너도, 그리고 이 제국도 잃게 될 까 봐."

난 그를 잡은 손에 힘을 주었다.

"그런 일은 절대 없을 거예요. 저는 전하를 떠나지 않을 거고, 이 제국도…… 잃지 않으실 거예요."

이번에는 그가 내 손을 힘껏 움켜잡았다.

“미우. 난 죽는 것 따윈 두렵지 않아. 내가 두려워하는 건 너와 이 제국을 잃는 것뿐이야. 하지만 모든 것을 말씀드렸을 때 아바마마는 나의 판단을 꾸짖으셨어. 그렇게 지킬 수 있는 나라였다면 일찍부터 나를 일본에 내어주셨을 거라고 말씀하시면서 말이야. 그리고 아바마마는 말씀하셨어.”

“뭐라고요?”

“앞으로 이 나라를 지키는 일을 함께 고민해보자. 다만 그 전에 네 곁에 마음을 준 여인을 두고 함께하거라. 그 여인이 네게 살아갈 의지와 이길 수 없는 싸움에 도전할 수 있는 힘을 줄 것이다, 라고 말이야.”

내가 탄 마차가 집 앞에 도착하자 유모를 비롯한 하인들이 밖으로 나와 나를 맞이했다. 유모는 다짜고짜 두 팔로 나를 끌어안고는 펑펑 울음을 쏟아냈다.

“아가씨!”

울 만큼 울고 난 유모는 주변에 몰려든 하인들에게 훈계하듯 말했다.

“봤지? 내가 두고 보랬지? 아가씨가 반드시 돌아오실 거라고! 내 말대로 되었잖아!”

난 유모의 주의를 돌리며 말했다.

“잘 지냈어? 아무 일도 없었고?”

“일은요. 대감마님 장례 이후에는 별다른 일은 없었어요. 그나저나 깜짝 놀랐어요! 오늘 아침에 민우진 나으리가 오셔서는 아가씨가 돌아오실 거라고 말씀하셔서요.”

“민우진……. 그가 자주 왔었어?”

“대감마님께서 돌아가시기 전에는 매일같이 들르셨죠. 그 후에 아가씨가 돌아오셔서 쫓겨나신 후로는 자주 오시진 않으셨어요. 오셔서도 대감마님의 서재에서 머무르시다가 날이 저물면 떠나시곤 하셨죠. 대부분은 그 댁 하인이 와서 집이 잘 관리되고 있는지만 확인할 뿐이었어요.”

“그랬구나.”

“그나저나 아가씨. 현주 아가씨께 종종 소식은 들었지만 어떻게 돌아오시게 된 거죠?”

“그건…….”

내가 설명하려고 할 때였다. 마차에서 나와 함께 내린 김 상궁이 나섰다.

“곧 혼사가 있을 겁니다. 혼사 후에 완친왕 전하께서 이 댁에서 사시게 될 거고요.”

“혼사? 완친왕 전하? 그게 무슨 소리래요? 이 집이 또 주인이 바뀌나요?”

걱정스런 유모의 얼굴을 보며 김 상궁이 웃는 얼굴로 고개를 저었다.

"그게 아닙니다. 이 댁 미우 아가씨께서 완친왕 전하의 정비가 되실 겁니다."

"네에엣?"

놀란 유모가 그대로 바닥에 주저앉았다. 하인들도 영문을 몰라 웅성거리기 시작했다. 난 유모를 일으켜 세우며 말했다.

"일이 그렇게 되었어. 그래서 혼사 준비를 하려고 돌아온 거야."

"하, 하지만 우리 아가씨가 어찌, 어찌 완친왕 전하의……."

"폐하의 뜻이고 완친왕 전하의 뜻입니다. 그리고 그동안 혼사 준비를 위해 영보당 마마께서 소인을 이 댁으로 보내셨습니다. 양해해 주시지요."

"영보당 마마께서요?"

유모는 연신 김 상궁에게 고개를 꾸벅이며 어쩔 줄 몰라 했다. 그사이 김 상궁이 짐을 가지고 온 나인들과 함께 집 안으로 들어갔다. 그 뒤를 따라 들어간 나는 그간 달라진 점이 없는지 집 구석구석을 둘러보다가 대문 옆에 심어진 은행나무를 발견하고 걸음을 멈췄다.

"유모."

"예?"

"이 나무는……."

원래 그곳에는 은행나무가 한 그루 있었다. 하지만 내가 알던 은행나무는 없어지고, 그보다 어린 은행나무가 심어져 있었던 것이다.

"대감마님께서 돌아가시기 얼마 전이었던가? 벼락이 떨어져서 나무가 불에 타 죽어버렸지 뭐예요. 아가씨도 안 계시고 민우진 나으리만 매일 이 집을 드나드실 때였죠. 대감마님이 울적하셨는지 타지 않은 뿌리까지 뽑아내서 가져다 버리게 하셨는데, 민우진 나으리가 새 나무를 구해다가 심어놓으셨죠. 그때 대감마님께서는 흡족한 표정을 지으셨어요."

"그가 심어놓은 나무라고?"

전에 있던 나무보다 기둥은 얇았지만 튼실한 나무였다. 아마도 아버지는 새 은행나무가 마음에 들었던 모양이다. 내가 가출한 상황에서 기꺼운 표정까지 지으셨다면 말이다. 그리고 돌아가시기 직전 아버지는 이 나무를 포함한 집 전체를 민우진에게 남겼다.

아버지는 왜 그러셨을까. 내가 사라진 미안함을 표현하는 방법이 단지 이 집과 재산을 민우진에게 남겨주는 것뿐이었을까. 나는 한동안 나무를 바라보았다.

아주 오랜만에 내 방으로 돌아왔다. 달라진 점은 김 상궁과 나를 모실 나인들도 함께라는 것이다.

"소인은 건넌방에서 아가씨의 혼례 전까지 나인들과 함께 머물 것입니다. 또한 곧 황실의 일원이 되실 아가씨께 필요한 기본적인 소양 교육도 맡게 될 것이고요."

"네, 알겠습니다."

"그러면 오늘은 쉬시지요. 급할수록 돌아가라는 말이 있지요. 교육은 내일부터 진행하겠습니다."

김 상궁이 나인들과 함께 자리에서 일어섰다. 나도 모르게 따라 일어서려고 하는데 그녀가 정중히 제지하며 말했다.

"일어나시면 안 됩니다. 혼례 전이라 하지만 왕비가 되실 분입니다. 법도에 따르셔야 합니다."

난 어색한 웃음을 지었다.

"그 법도를 따랐다면 감히 전하께서 계신 처소에 들어갈 수 있게 해달라고 하지도 않았겠지요."

김 상궁도 나를 따라 빙그레 미소지었다.

"미우 아가씨. 내일부터 이런 일은 결코 일어나지 않을 겁니다."

그녀가 고개를 숙였고 나도 그녀에게 고개를 숙이며 인사를 했다. 그녀가 나가기 전까지 방 한구석에서 모든 상황을 지켜보던 유모가 내게 다가왔다.

"아휴! 숨 막혀요! 궁궐 사람들은 이리 답답하대요?"

"궁중에는 법도라는 게 있으니까."

그러자 유모가 내 귓가에 속삭이듯 아주 작은 목소리로 말했다.

"우리 집에도 법도가 있다고 말해요, 아가씨."

"법도? 무슨 법도?"

"아니, 방에 들어오고 나갈 때마다 인사하고 또 인사하고……. 쇤네는 불편해서 못 살아요."

"불편해도 적응해야지. 혼례 이후에는 전하께서 사실 텐데."

"아이구, 세상에나. 벌써부터 걱정을 해야 할 일이 생기네요. 마냥 기쁘다고 하기에는……. 그런데 어쩐 일이래요? 아가씨가 민우진 나으리와 혼사를 치르려다 도망쳤는데, 이 사실을 폐하와 완친왕께서는 모르신대요? 나중에라도 아시면 큰일 나는 거 아녜요?"

"그럴 일은 없을 거야."

"쇤네는 일이 어찌 돌아가는지 영 모르겠네요. 그간 현주 아가씨도 별말씀이 없으셨는데 말이죠."

그때 밖에서 하인의 목소리가 들렸다.

"아가씨. 민우진 나으리께서 오셨습니다."

방 안으로 들어온 그는 나와 마주 앉아서도 일부러 오랫동안 내 시선을 피했다. 하지만 폐하의 말에 따르면 난 그에게 분명 고마움을 표해야 할 일이 있었다.

"고마워요."

그제야 민우진의 시선이 내 얼굴을 향했다.

"고마워할 필요는 없어. 제 주인을 찾아가는 것이니까."

그 후 그는 여러 장의 문서를 꺼내 내 앞에 내밀었다. 그것은 집문서였다. 하나는 아버지의 소유였던 집이 민우진의 앞으로 바뀌었다는 내용이었고, 다른 종이는 민우진의 소유였던 집이 다시 내 소유가 된다는 내용을 담고 있었다. 그 문서에는 민우진의 도장이 찍혀있었다.

"형식적인 거다. 사실 박정양 대감께서 돌아가실 때도 분명히 유지로 남기셨지만, 서류로 남기지는 않으셨다. 당시 네가 없으면 이 집은 자동으로 국가에 귀속되기 때문에 내가 소유권자로 나섰고 아무도 반대하지 않아서 그렇게 된 것이다. 다만 이선과 혼례를 치르고 난 다음에는 그의 소유로 돌려놓는 것이 좋을 거다. 여인의 명의로 된 집은 그 집안 사람들이 나서서 소유를 주장할 경우 빼앗기는 경우도 있으니까. 물론 황족과 혼인하게 되는 네 경우는 다르겠지만."

민우진은 더는 할 말이 없다는 듯 문서만 두고 자리에서 일어서려 했다. 그런 그를 내가 붙잡아 세웠다.

"대문 앞에 있던 은행나무요."

"은행나무?"

"아버지가 돌아가시기 전에 나무가 죽어서…… 다른 나무를 가져다 심으셨다고 들었어요."

"마음에 들지 않으면 도로 뽑아도 된다. 그렇게 된다면 처리는 네게 맡기지."

"그게 아니라, 왜 그러셨어요?"

잠시 침묵을 지키던 민우진이 다시 자리에 앉았다.

"네가 떠난 후 박정양 대감의 건강이 더 나빠진 것은 사실이다. 예민해지고 불안해 하셨지. 네가 떠나서 상심하신 탓이라기보다, 유일한 자식인 네가 곁에 없이 홀로 죽음을 맞으실 것에 대한 두려움이 크셨던 것 같다."

"아버지가……."

“그래. 사실 난 네가 돌아올 거라 생각하지 않았다. 그래도 난 조용히 그분의 곁을 지켜왔다. 그리고 나무가 죽었을 때, 죽음을 목전에 두고 불안해 하시던 박정양 대감을 위해 새 나무를 가져다가 심어놓았지. 그런데 대감께서는 그것을 다른 의미로 보셨던 것 같다. 돌아가시기 직전에 내게 이 집과 재산을 남기신 것을 보면.”

“다른 의미라니요?”

“대감이 돌아가신 뒤에도 내가 이 집을 지키면서 그분 대신에 널 기다릴 것이라 여기신 것이지. 박정양 대감께서 내게 얼마나 미안해 하셨는지는 몰라도 그분은 돌아가시는 순간까지도 너를 걱정하셨다. 그리고 내게 전 재산을 남기시며 부탁하셨지. 만약 네가 돌아온다면 혼자가 되어있을 너를 부탁한다고 말이다. 집은 그런 의미로 내게 주신 것이다. 정확히는 맡기신 것이겠지.”

내 가슴이 철렁 내려앉았다.

“그런 말은 해주지 않았잖아요.”

“돌아온 네가 미웠으니까.”

“그럼 아버지는…….”

“박정양 대감께 중요한 것은 너와 나의 혼인이 아니었다. 죽는 날이 얼마 남지 않은 그분에게 가장 중요한 것은 너를 끝까지 책임지고 돌보아줄 사람이었지. 어떠한 의미에서 그 사람은 이제 이선이겠구나. 이제 박정양 대감께서도 저승에서 편히 눈을 감으시겠지. 그러니 그분이 내게 이 집을 맡기며 부탁하신 내 역할은 모두 끝난 것 같다.”

내 눈에서 눈물이 흘렀다.

"날 원망했나요."

"감정이 없다면 미워하고 원망할 일 따위도 없었겠지."

그때 조용히 문이 열리며 유모가 방 안으로 고개를 빠끔히 내밀었다.

"아가씨."

내가 울고 있는 모습을 보이면 유모가 걱정할 거라는 생각이 들었다. 난 고개를 옆으로 돌리고 서둘러 눈물을 훔치며 태연스럽게 말했다.

"응, 무슨 일이야."

"손님이 오셨어요."

"손님?"

"잠깐 나와보시겠어요?"

"알았어. 금방 나갈게."

유모가 나가자마자 난 자리에서 일어섰다. 그리고 아직 앉아있는 민우진에게 말했다.

"잠시만 기다려줘요. 금방 돌아올게요. 묻고 싶은 것이 더 있어요. 아버지에 대해서요. 아버지의 마지막에 대해서……."

"편한 대로."

민우진은 내 시선을 피한 채 짤막한 답변만을 주었다.

사랑채 앞마당에 나가보니 한 사람이 뒷짐을 지고 서 있었다. 나는 그 손님의 뒷모습을 보며 유모에게 말했다.

"손님이면 사랑채로 모시지 않고?"

"누구인지 알고 모셔요?"

"혹시 민우진 나으리를 찾아온 손님이야?"

"아니요. 아가씨요. 아가씨가 오늘 이곳에 돌아온 사실을 알고 있더라고요."

"내가 이곳에 돌아온 걸 안다고?"

난 유모를 뒤로 물린 후 남자에게 다가갔다. 양장 차림의 뒷모습이 왠지 모르게 익숙하다는 느낌이 들었다.

"저를 찾으셨다고요?"

그의 등을 향해 입을 여는데, 그 손님이 나를 향해 돌아섰다. 그의 얼굴을 확인한 내 눈이 크게 떠졌다.

그는 다름 아닌 이영효 비서관이었던 것이다.

"미우 양."

그는 늘 그렇듯 웃고 있었지만 형식적인 예의를 갖추기 위한 웃음이 아니었다. 섬뜩한 느낌을 주는 그런 웃음이었다.

"이 비서관님……."

이제 그는 비서관이 아니다. 내가 목도했듯이, 오늘 아침 어전회의에서 그는 파직되었다. 그의 파직에는 여러 사람이 얽혀있었고 난 그 중 한 사람이었다.

"다시 집으로 돌아오신 것을 감축드립니다."

그가 집을 둘러보며 인사를 건넸다. 나는 그에게서 한 걸음 뒤로 물러섰다.

"네에. 그런데 무슨 일로?"

"곧 완친왕 전하와 혼례를 치르신다고요?"

천천히 뒷걸음치는 내게 그가 한 발 한 발 가깝게 다가왔다.

"무슨 일로 오신 거죠?"

그는 서늘한 웃음을 흘렸다.

"미우 양을 처음 뵈었을 때만 하더라도 이런 일이 벌어지게 될 것이라고는 상상조차 하지 못했습니다. 참으로 대단하십니다."

"무슨 일로 오셨는지 물었잖아요."

날카로워진 내 목소리에 집안 하인들이 달려 나왔다. 하인들이 우리 주변을 에워쌌을 때였다. 그가 옷 속에서 반짝이는 무언가를 꺼내 들었다. 휴대하기 좋은 소형 권총이었다. 그는 주저 없이 내 가슴을 겨누며 말했다.

"세상이 많이 변했습니다. 파혼도 아니고 혼인하기 싫다며 스스로 집을 뛰쳐나간 규수를 왕비로 들이시려는 폐하를 보면 말입니다. 하지만 미우 양만 없어지면……. 모든 것은 다시 제자리를 찾을 것입니다."

"그거 치워요. 이 비서관님!"

그러나 그의 귀에 내 목소리는 전혀 들리지 않는 것 같았다.

"미우 양. 당신만 없어지면!"

그가 방아쇠에 손가락을 걸더니 그대로 나를 향해 총을 발사했다.

탕!

'이선……!'

지난밤 느꼈던 그의 온기와 오늘 아침 잡았던 그의 따스한 손의 감촉이 내 기억을 스쳤다. 난 눈을 질끈 감았다. 동시에 하늘을 두 쪽 낼 듯이 커다란 총소리가 귓속을 후벼파며 들려왔다. 나는 가슴을 세게 치는 통증과 함께 그대로 뒤로 쓰러지고 말았다.

우체총사에서 일을 시작하기 전까지 죽음에 대해 생각한 적은 단 한 번뿐이었다. 어머니가 돌아가셨을 때. 나는 그때 죽음이라는 것에 대해 처음으로 알게 되었다. 그리고 우체총사에서 일하는 동안 여러 번 죽음의 고비를 만났다. 하지만 오늘처럼 직접적으로 내가 죽을 수 있다는 사실을 실감한 것은 처음이었다.

가장 행복한 순간에, 믿을 수 없는 일이 현실이 된 순간에.

이선이 나를 부르는 소리가 메아리치듯 귓가에서 사라진 순간 난 거친 숨을 내뱉으며 눈을 떴다.

"하아, 하아……. 하아……!"

난 바닥에 넘어져 있었고 내 두 손은 피로 얼룩져 있었다. 그 피를 보자 내 두 손은 심하게 떨려오기 시작했다.

"나……. 나……. 나……."

"아가씨!"

유모가 소리치며 내게 달려왔고 하인들이 당황하는 사이에 이영효는 내게 쏜 총을 집어던지고 달아났다. 몇몇 하인이 뒤를 쫓았지만, 그는 미리 준비해둔 말을 타고 도망치듯 자리를 떠났다.

그리고 내 바로 앞에는 한 사람이 무릎을 꿇고 앉아 있었다.

"민 사장님?"

그제야 나는 내 손을 흠뻑 적신 피가 내 몸에서 흘러나온 피가 아니라는 것을 깨달았다. 총 소리와 함께 가슴을 치던 통증, 나를 바닥에 넘어뜨린 그 통증은 총상으로 인한 것이 아니었다. 민우진의 몸이 나를 밀치며 그대로 넘어뜨렸고, 그는…… 나를 대신해 총을 맞았다.

"민 사장님!"

난 그에게로 기듯이 해서 다가갔다. 내가 그의 팔을 잡으려고 한 순간, 그는 내 위로 힘없이 쓰러졌다. 나는 아직 땅에서 일어나지 못한 채 치마폭으로 그를 받쳐 안았다.

"하아……. 하아……."

그의 숨소리가 이상했다. 단 한 발이었을 뿐인데 그 총알이 정확히 폐에 박힌 것 같았다. 그는 숨을 쉴 때마다 괴로워했고 눈의 초점을 맞추는 것도 힘들어했다.

"민 사장님! 정신 차리세요!"

난 그의 몸을 흔들고 얼굴을 쓸어보았다. 그러나 그가 나를 제대로 알아보는지도 알기 어려웠다.

"의원을 불러와! 아니, 의사를!"

난 민우진을 끌어안은 채 하인에게 소리쳤다. 하인이 밖으로 뛰쳐나가자 유모가 내게 말했다.

"총상은 양의(洋醫, 서양인 의사)가 잘 치료한다 하니, 양의가 있는 병원으로 모셔요!"

"병원……. 병원……. 그래, 마차! 마차를 불러와!"

나는 하인들의 도움을 받아 민우진을 일으키려고 했다. 하지만 그는 조금이라도 움직이려 하면 몸이 찢어지는 듯한 고통스런 표정을 지었다. 뿐만 아니라 상처에서 더욱 더 많은 피가 흘러나왔다.

"움직이면 안 될 것 같아! 유모, 마차를 타고 가서 양의를 모셔와 줘. 어서!"

"아, 알겠어요!"

유모가 마차를 타고 떠난 후에도 난 그를 어떻게 해야 할지 몰라 그저 끌어안고 있을 뿐이었다.

"정신 차려요. 정신 차리세요, 민 사장님!"

그의 상태는 빠르게 나빠져갔다. 누가 보더라도 그가 죽어간다는 것을 알 수 있을 정도였다. 멈출 기미 없이 흘러나오는 피 때문에 그의 얼굴은 점점 파래지고 있었다. 난 지혈을 하려고 총상을 입은 부위를 찾아 천으로 눌렀지만, 그는 고통스런 신음과 함께 내 손을 밀어냈다.

"미우……."

"정신이 들어요? 네?"

"이영효는……."

그의 입에서 쉰 소리와 함께 피가 흘러나왔다.

"말하지 마세요! 가만히 있어요! 곧 의사가 올 테니까……."

"이영효는……."

"갔어요. 이영효 비서관은 갔어요."

"그래……."

그가 힘없이 눈을 감았다 떴다. 동시에 내게 기댄 그의 몸에서 점점 힘이 빠져나가는 것이 느껴졌다. 나는 겁이 났다.

"죽지 마요. 죽으면 안 돼요……."

"내가……."

"제발……. 난 아직 당신에게 듣고 싶은 말이 있단 말이에요."

난 그의 정신을 붙잡기 위해 애를 썼다.

"아버지의 마지막을 지켜준 게 당신이잖아요. 난 아버지의 마지막을 지키지 못한 불효녀라고요. 그러니 당신에게 들어야 할 말이 아직 많아요. 당신도 내게 해줄 말이 많잖아요."

"으읍……!"

하지만 그의 입에서는 이제 말이 아닌 피만이 계속 흘러나왔다. 그 때문에 더 숨을 쉬기가 어려워 보였다.

"민 사장님!"

나의 외침도 더 이상 들리지 않는 것일까? 깜빡이며 힘겹게 눈을 뜬 그가 잠시 은행나무가 있는 곳에 눈길을 주었다. 겨울이 찾아와 잎사귀는 이미 오래전에 다 떨어지고 앙상한 가지만 남아 있었다.

나무를 응시하던 그가 중얼거리듯 힘겹게 입을 열었다.

"너와 나의 거리는 여기까지겠지……."

나는 그가 하는 말을 이해하지 못해 그에게로 고개를 숙였다.

"민 사장님?"

다시 내게로 눈을 돌린 그는 힘없이 누운 상태로 나를 가만히 올려다보며 잠시 숨을 골랐다. 나는 그가 내게 무언가 말을 하려 한다는 걸 알아차렸다.

"우리 사이. 이제야 낯설지 않게 느껴지는군……."

"민 사장님……."

그제야 나는 오래전 은행잎이 가득 쌓인 대문을 넘어 찾아온 그를 떠올렸다. 그는 창문을 사이에 두고 내게 이런 말을 했었다.

'우리 사이. 박정양 대감의 여식인 미우 너와 민상호 대감의 아들인 나. 그런데 이제는 이 거리가 내게 너무나도 낯설게 느껴지는군.'

그가 지금 하는 말은 그 일을 염두에 둔 것일까? 바로 그때 나를 바라보던 그의 입가에 작은 미소가 걸렸다. 그리고 내쉬는 숨이 조금 편해지는가 싶은 순간, 그의 움직임이 멎었다. 더는 미동조차 느껴지지 않았다.

"민 사장님?"

난 여전히 눈을 뜬 채 나를 보고 있는 그의 몸을 조금 흔들어보았다. 그러자 그의 몸이 옆으로 축 늘어지며 그의 시선도 내 얼굴을 떠났다. 숨을 거둔 것이다.

"민 사장님!"

마당을 울리는 나의 외침도 더 이상 그의 의식을 불러오지 못했다.

민우진의 죽음도 충격적이었지만, 많은 사람들은 민우진을 죽인 사람이 이영효라는 사실에 더욱 놀랐다. 바로 그날 흔적을 감췄던 이영효는 다음 날 아침에 자수했다. 그런데 자수하러 나타난 그는 하야시 공사를 대동하고 있었다.

이영효는 옥에 갇혔다. 하지만 그의 재판은 이선과 나의 혼례를 핑계로 무기한 미뤄졌다. 이쓰코도 일본으로 돌아간 상황에서 그 누구도 판결이 미뤄지는 것에 의문을 제기하지 않았다. 게다가 민상호 대감은 아들인 민우진의 죽음에 대해서 공식적으로 별다른 말을 하지 않았다. 민우진의 장례가 끝난 후에야, 조정에서 민상호 대감은 이영효가 민우진을 죽일 의도가 없었으며 사고는 우발적으로 일어난 것이라고 밝혔다. 그런 그의 곁에는 하야시 공사가 서 있었다. 난 이 일의 배후에 일본이 있다는 생각을 지울 수가 없었다.

그런데 정작 민우진이 어디서 총을 맞고 사망했는지에 대해 언급하는 사람은 아무도 없었다. 그가 이영효와 사냥에 나섰다가 총에 맞은 것으로 아는 이들도 있었다. 폐하가 이 사실에 대해 더 이상 캐묻지 않은 이유 또한 곧 있을 이선과 나의 혼례가 바로 사고 현장인 우리 집에서 치러진다는 사실을 염두에 두었기 때문인 것 같았다.

그리고 늦봄. 나와 이선의 혼례를 위한 절차가 시작되었다.

보통 왕과 왕비의 혼례는 '친영례'로 치러졌다. 이는 중종대왕 이후로 굳어진 것이다. 다만 왕은 직접 신부를 맞이하기 위해 신부의 집에 가서 몸을 굽힐 수 없었다. 그렇기에, 왕비가 될 규수를 별궁 또는 왕족의 집에 데려다놓고 별도의 교육을 시킨 후 그곳에 가서 맞아들이는 것이 원칙이었다.

폐하 역시 과거 명성황후와의 혼인을 위해 황후가 될 민씨 규수를 운현궁으로 모셔와 친영례를 치렀다. 나의 경우, 혼례를 마치고 이선과 함께 우리 집에서 살기로 되어 있다. 하지만 혼례 방식만큼은 친영례를 따르기 위해, 책비례를 치른 후 친영례 전까지 사동궁(寺洞宮)에서 머무는 것으로 결정되었다.

"박 규수는 폐하가 내리시는 교지를 받으시옵소서."

왕비가 될 규수는 혼인 전 책비례를 치른다. 신분을 왕비로 격상시킨 뒤에야 왕과 마주하고 혼례를 치를 수 있다는 전통 때문이다.

"소녀 교지를 받드옵니다."

바닥에 납작 엎드린 내게, 상궁이 내관에게서 왕비교지와 옥책을 받아서 전해주었다. 나는 그것을 받아 옆에 서 있던 다른 상궁에게 건넸고, 그녀가 그것을 잘 챙겨들었다.

"오늘 내로 사동궁으로 옮기실 준비는 마치셨는지요?"

책비례가 끝난 후 폐하가 보낸 내관이 내게 물었다. 나는 고개를 끄덕였다.

"모든 준비를 마쳤습니다."

"순조롭게 진행되어 다행입니다. 폐하께서 비마마를 사동궁까지 모실 자동차를 보내오실 것입니다. 조금 뒤 자동차가 도착하면 바로 이동하시면 되옵니다."

"황은이 망극하옵니다."

내관이 웃으며 시종들과 떠났다. 그런데도 집 안은 소란스러웠다. 상궁과 많은 수의 나인들이 아직 남아있었기 때문이다. 김 상궁이 고개 숙여 내게 말했다.

"차가 도착할 때까지 안에서 쉬시지요. 마마."

"네."

그대로 안으로 들어가려던 나는 잠시 멈칫하고는 김 상궁을 돌아보며 말했다.

"법도에 어긋나지 않는다면 잠시 사당에 들려도 될까요?"

"사당에……."

잠시 어리둥절한 표정을 지었던 김 상궁이 뒤늦게 이해하고는 고개를 끄덕였다.

"물론이옵니다."

시끄러운 바깥과는 달리 사당 안은 조용했다. 그리고 그 가운데에 놓인 아버지와 어머니의 위패. 책비례를 위해 입은 무거운 대례복 차림으로 그 앞에 절을 올린 후 앉았다. 그 뒤 줄곧 내 시선은 아버지의 위패를 향해 있었다.

아버지가 가장 바라지 않던 일이 벌어졌다. 만약 아버지가 살아계셨다 하더라도 진심으로 나의 혼인을 기뻐하셨을지는 의문이었다. 그것만 생각하면 가슴이 아프다. 민우진의 말대로 아버지는 죽는 날까지 오로지 내 걱정뿐이셨다. 혹시라도 자신이 세상을 떠난 다음 돌아올지 모를 딸을 걱정하셨다. 이 세상에 홀로 남게 될 하나뿐인 딸을. 그래서 민우진에게 전 재산을 맡긴 것이다.

“여기 있었네.”

이선의 목소리였다. 난 앉은 자리에서 고개를 돌렸다. 내 옆으로 온 이선은 위패를 보고는 절을 올린 후 내 옆에 앉았다.

“안 불편해?”

“네?”

“그 옷 말이야.”

그제야 난 씩 웃으며 슬쩍 고개를 끄덕였다.

“불편해요. 거추장스러워요.”

“그런데 잘만 입고 돌아다니네.”

“부모님께…… 보여드리고 싶었어요.”

이선이 잠시 내 부모님의 위패를 쳐다보며 말했다.

"왕비가 된 딸을?"

"뭐……."

고개를 숙이며 그의 말에 대충 수긍하려던 나는 다시 고개를 들었다.

"그것보다도……. '이제부터 잘 지낼 거다. 행복할 거다. 사랑하는 사람과 함께니까.' 그걸 말하는 대신 보여드리고 싶었는지도 모르죠."

"대례복이 그런 의미인 줄은 몰랐는데?"

이선은 알면서도 장난스럽게 내 말을 받았다. 난 피식 웃으며 그에게 일어날 수 있도록 도와달라는 의미로 한 손을 내밀었다.

"가요."

"어딜?"

"전하가 왔다는 건 저를 사동궁으로 데려다줄 자동차가 왔다는 거겠죠?"

"어떻게 알았어?"

"척이면 척이죠. 왜 안 오시나 했어요."

"맞아. 혼례까지 사나흘이나 남았는데 그 전에 미우 얼굴이 보고 싶어서 말이지."

"부모님 앞에서 못 하는 소리가 없네. 말조심해요. 다 듣고 계신다고요."

"듣고 계신다고? 그러면 나도 대감께 한말씀 올려야겠네."

"무슨 말을요?"

이선이 내가 내민 손을 잡고는 위패가 있는 방향으로 고개를 돌렸다. 그리고 부모님의 위패를 똑바로 바라보며 입을 열었다.

“대감. 이 자리에서 약속하겠습니다. 나의 아내는 내가 죽는 날까지 미우, 단 한 사람일 겁니다.”

그와 맞잡은 손이 찌릿하며 저려왔다. 마찬가지로 눈물이 차오르며 코끝이 시큰거렸다. 곧 이선이 자신만만한 얼굴로 나를 돌아보았다.

“어때? 내 진심이.”

나는 새침데기 같은 표정으로 턱을 들었다.

“틀렸어요.”

“틀렸다고?”

“네. 틀렸어요.”

“뭐가?”

“폐하께서 제게 그러셨잖아요. 앞으로 아바마마라고 부르라고요. 그러니 이제 이선 차례예요.”

“내 차례라고?”

“말은 바로 해야죠.”

이선이 방긋 웃으며 헛기침을 하더니 다시 위패를 향해 말했다.

“약속드립니다. 장인어른. 장모님.”

을사늑약

사동궁에서 혼례를 치른 뒤 경운궁으로 입궐해, 열흘 남짓한 시간을 그곳에서 보냈다. 오로지 셀 수 없이 많은 황실 가족들을 만나는 시간이었다. 인사를 올리기도 하고 받기도 하면서 열흘을 보내고 난 후에야 비로소 창덕궁에서 신접살림을 차릴 수 있었다.

이것은 내 예상과는 동떨어진 일이었다. 혼례와 동시에 바로 우리 집에서 지낼 수 있을 것으로 생각했기 때문이다. 그러나 황실의 혼례는 내 생각과 많이 달랐다.

어렸을 적에 이선은 창덕궁과 경복궁을 오가면서 살았지만, 성년이 된 이후부터는 창덕궁에서 지낸 시간이 많았다. 다시 말해, 그의 집은 창덕궁이라고 할 수 있었다. 혼례 이후 정식 출합 직전까지는 그의 집이나 마찬가지였던 창덕궁에서 지내는 것이 법도였다. 그 때문에 우리는 계절 하나를 고스란히 창덕궁에서 보내게 되었다. 창덕궁은 경복궁이나 경운궁과는 달리 아직 전깃불이 설치되지 않아 밤을 밝히는 것은 대부분 등불이었다.

"그만 가서 쉬도록 해."

전각 앞에서 이선이 나이든 상궁에게 등불을 받아들며 나인들을 모두 물러가게 했다. 나와 함께 전각으로 바로 들어갈 것처럼 보였지만, 그는 대신 천천히 걷기 시작했다.

"조용하지?"

창덕궁과 창경궁 사이로 나 있는 큰 길은 곧장 후원으로 향했다. 길에는 군데군데 등불만 놓여있을 뿐, 사람은 전혀 보이지 않았다.

"경운궁과 많이 달라요."

"어떤 부분이?"

"경운궁보다 큰데 나인 수도 적고, 전깃불이 없어서 그런지 조용하기도 하고."

전깃불이 들어오는 시간대에는 보통 발전기가 돌아간다. 발전기는 가동할 때 아주 시끄러운 소리를 낸다. 낮에는 그 소리가 잘 들리지 않지만 고요한 밤에는 달랐다. 그 때문에 해가 진 후 일정 시간이 지나면 발전기는 가동을 멈추고 모든 빛은 취침을 위해 등불로 바뀌곤 했다.

"나인들 대부분이 아바마마가 계시는 경운궁에 있으니까. 모실 사람도 없는데 나인 수가 많은 건 낭비고. 경복궁도 마찬가지야."

쓸쓸한 웃음을 지으며 말하는 이선은 옛 생각에 잠겨 있는 듯했다. 난 그의 눈치를 살피다가 조심스럽게 입을 열었다.

"그래서 좋았지요?"

"좋았다고?"

"창덕궁엔 일본 헌병들이 돌아다니지 않잖아요. 있을 이유가 없으니까. 기껏해야 창덕궁 바깥에 머물 뿐이고……."

가만히 내 말을 듣고 있던 이선이 갑자기 걸음을 멈췄다.

"미우."

"네?"

"다음 주면 출합이야."

"알아요. 안 그래도 오늘 유모가 찾아와서 도대체 언제 오느냐고 묻더라고요. 집은 이미 준비가 다 끝났다고요. 정확한 날짜는 아직 정해지지 않았다고 했더니 왕비님이 그것도 모르냐면서 어찌나 달달 볶던지……."

유모의 표정까지 흉내 내며 내가 말하자 이선이 피식 웃었다. 그러나 그 웃음은 그리 오래가지 않았다. 그가 손에 든 등불로 우리가 걸어온 길을 비추었다. 등불이 놓여있는 곳은 그나마 환했지만 그 외의 길은 어둠 속에 잠겨 아무것도 보이지 않았다.

"어렸을 때 김 상궁이 망태 할아버지 이야기를 한 적이 있었어. 밤에 자지 않는 내게 겁을 주려고 꺼낸 말이었지."

"망태 할아버지……."

망태 할아버지에 대해서는 나도 알고 있다. 조선의 어린아이라면 한 번쯤은 들어봤을 존재. 도깨비보다도 귀신보다도 어린아이들에게 무서운 존재가 바로 망태 할아버지다. 어둠 속에서 불쑥불쑥 나타나 어린아이들에게 무시무시한 벌을 준다는 전설 속의 악마. 어린 아이들의 입을 꿰매버리고 닭장 속에 아이를 가두어버리며, 망태 안에 아이를 넣어 도깨비들이 가득한 곳에 던져버리기도 한다. 하지만 어린아이는 성년이 되면 더 이상 망태 할아버지의 존재를 믿지 않는다. 망태 할아버지는 순전히 어린아이들에게만 공포의 대상일 뿐이다.

"제국의 미래를 생각하면 어둠밖에 떠오르지 않아. 물론 등불을 비춘다면 어둠은 물러가겠지. 하지만 그 어둠 속에 망태 할아버지가 숨어있다면? 과연 등불의 빛만으로 어둠과 함께 망태 할아버지까지 쫓아버릴 수가 있을까?"

나는 그와 함께 빛이라곤 전혀 없는 어둠을 뚫어져라 쳐다보았다. 이선은 비유를 들어 자신의 속내를 간접적으로만 내비쳤다. 아마도 새 신부에게 많은 걱정거리를 안겨주고 싶지 않아서였는지도 모른다. 그러나 이제 그의 아내이자 제국의 황실과 운명을 함께 하게 된 내 입장에서 그의 걱정은 곧 나의 걱정이기도 했다. 그랬기에 그의 말을 가벼이 넘길 수가 없었다.

1905년 가을. 미국의 화의 주선으로 러시아와 일본의 긴 전쟁이 막을 내렸다. 이후 양국은 미국 포츠머스에서 강화조약을 맺었는데, 그 조약을 통해 일본은 대한제국의 정치, 군사, 경제 문제를 지도, 보호, 감독할 수 있다는 승인을 러시아로부터 얻어냈다. 이렇게 되자 일본은 발 빠르게 움직이기 시작한다.

11월 초. 일본으로 돌아갔던 이토 히로부미가 다시 한성으로 돌아왔다. 그는 하루를 꼬박 쉬고 바로 입궐해 황제폐하를 알현했다. 나중에 알게 된 사실이지만 그는 그 자리에서 일왕의 친서를 전달했다. 친서에는 아주 짤막한 내용만이 담겨 있었다.

'동양의 평화를 위해 이토 히로부미를 특별 대사로 귀국에 특파하노니, 대한제국의 황제께서는 대사의 지휘를 따르시오.'

며칠 후 이토 히로부미는 '한일협약안'이라는 조약을 문서화하여 폐하에게 올렸다. 조선에 '통감부'를 세우고 외교에 관한 모든 권리를 일본 정부가 파견한 관리에게 일임하라는 내용이 담겨 있었다. 그리고 이토 히로부미는 폐하에게 이 조약을 체결할 것을 강압적으로 요구해오기 시작했다. 사실상 협박이었다. 그러나 당시의 나는, 그리고 궁궐 밖에서 살아가던 백성들은 처음 얼마 동안은 이러한 사실을 전혀 모른 채 지내고 있었다.

"너무 예쁘다!"

앞마당을 가득 채운 노란 은행잎을 본 현주가 활짝 미소 지었다. 한 폭의 그림 같은 장면을 한동안 바라보던 현주는 아쉬운 듯이 말했다.

"그 사진 말이야. 이렇게 자연스러운 장면은 못 찍나. 한 장 찍으려고 하면 숨도 못 쉬게 하고 움직이지도 못하게 하잖아. 저렇게 은행잎이 떨어지는 모습은 찍을 수 없는 걸까."

"어떻게 그런 생각을……. 말도 안 돼."

내가 웃으며 고개를 젓는데 유모가 입술을 삐쭉대며 말했다.

"보기에만 예쁘면 뭘 한대요. 냄새 때문에 코가 따끔거리는걸."

유모의 볼멘소리에 현주와 나는 서로의 얼굴을 보면서 키득거렸다.

"그나저나 은행은?"

현주가 유모에게 물었을 때였다. 문이 열리며 김 상궁이 안으로 들어왔다. 뒤따라 들어온 나인이 든 쟁반에 갓 볶은 은행열매가 가득 담겨 있었다.

"백과(白果, 은행열매)를 대령했사옵니다."

연옥빛 열매에 노르스름한 색이 덧입혀진 은행이 맛깔스럽게 보였다. 그 열매에 제일 먼저 손을 뻗은 것은 유모였다. 유모는 은행을 한 움큼 집어 입에 넣고 씹더니 눈을 크게 떴다.

"소금을 쳤대요?"

"예. 약간."

김 상궁의 말에 유모가 의외라는 표정을 지었다.

"궁중 사람들은 은행에도 그 귀한 소금을 처발라 먹나보죠."

막 던지는 유모의 말에 김 상궁의 표정이 굳어졌다. 이를 보며 나는 큭큭 웃었다.

"유모오."

"아니 왜요? 여긴 궁중이 아니잖아요. 안 그래요?"

유모는 보란 듯이 김 상궁을 향해 말했다. 그러나 김 상궁은 여전히 굳은 얼굴로 유모에게 답했다.

"곧 궐로 승격이 될 겁니다. 그리되면 유모님도 상궁이 되실 터이니 언사에 신중해지셔야지요."

"에이, 쇤네는 그런 거 몰라요. 그리고, 은행을 은행이라 하지 않고 백과? 뭘 이렇게 이름이 복잡하대요. 대감마님 살아 계실 적에도 이리 복잡하진 않았다고요."

"궁중에서는 말과 그 쓰임이 민가와는 다릅니다. 그것을 '격'이라 하지요. 유모께서도 왕비마마를 모시는 분이시니 그 격에 맞추셔야 합니다."

"새가 짖나. 개가 짖나."

유모가 손가락으로 귀를 후비며 김 상궁의 말을 못 들은 척하자 나는 다시 현주와 함께 소리 내어 웃었다. 결국 김 상궁이 굳은 얼굴로 나인과 함께 밖으로 나가버렸다. 현주가 내게 속삭이듯 물었다.

"누가 이길까?"

"누가 이기기는?"

"유모와 김 상궁마마님 중에서 말이야."

"지금 봐서는 유모가 우세해 보이기는 한데, 아마도 김 상궁이 이기지 않을까?"

그때 유모가 우리 둘 사이에 끼어들었다.

"다 들리거든요!"

유모의 말에 현주와 나는 다시 웃음이 터졌다. 나는 유모가 건네는 은행을 받아먹으려다가 속이 메슥거려 도로 내려놓았다. 이를 본 현주가 내게 물었다.

"왜?"

"그냥……. 원래도 잘 안 먹었는걸."

현주가 갑자기 나를 물끄러미 바라보더니 물었다.

"미우 넌?"

"응?"

"국혼을 치른 지 벌써 몇 달이야? 슬슬 소식이 올 때가 된 것 같은데. 아니야?"

"난……."

난처한 웃음을 지으며 대답하려는데 유모가 먼저 나섰다.

"요즘 궐에 무슨 일이 있는지 전하의 퇴궐이 자주 늦으시더라고요."

"그래? 그래서 그런 거야?"

"잠깐요! 쇤네 말 아직 안 끝났어요."

유모가 한 손을 번쩍 들며 현주의 말을 막았다.

"으응……. 유모. 말해봐. 그래서?"

"한밤중에 눈을 떠서 우리 전하가 돌아오셨나, 안 오셨나……. 오셨으면 안채에서 머무시나, 바깥채에서 사랑채에 머무시나……. 아는 방법이 있어요."

"그게 뭔데?"

"밤에 자리에 누워 가만히 귀를 기울이면요."

"응응."

"사랑채 기왓장이 떨어지는 소리가 들리나, 안채 기왓장이 떨어지는 소리가 들리나……. 그걸 들으면 전하께서 어디서 머무시는지 알 수 있죠."

"어? 그게 무슨 말이야?"

현주가 고개를 갸웃거리자 유모가 답답한 듯 헛기침을 하며 재차 설명했다.

"아니면 문을 열고 밖으로 나가서 보면, 안채 대들보가 흔들리나, 사랑채 대들보가 흔들리나, 그걸 보면 안다니까요."

뒤늦게 유모의 말을 알아들은 현주의 얼굴이 빨개졌다.

"설마 매일 밤?"

유모가 의미심장한 얼굴로 고개를 끄덕였다.

"예. 매일 밤요."

난 얼굴이 화끈거려 유모에게 빽 소리를 내질렀다.

"유모!"

그러자 현주가 빨개진 얼굴로 웃으며 내 어깨를 두드렸다.

"왕비님 체통에 소리를 지르시면 쓰나."

"너까지 그럴래?"

"왜? 난 부러운걸. 그나저나 대체 어떻게 해야 기왓장이 떨어지고 대들보가 흔들리게 하는 거지?"

난 현주를 흘겨보며 자리에서 일어섰다.

"치! 둘이 놀아. 난 방으로 갈 테니까."

어느새 한 몸이 된 듯 현주와 바짝 붙어 앉은 유모가 내게 물었다.

"왜요? 전하께서 돌아오셨대요?"

"여기서도 기왓장 떨어지는 소리가 잘 들리려나."

"들릴 거예요."

"두 사람 진짜……!"

그때였다. 문이 열리며 김 상궁이 다시 들어왔다.

"비전하. 서둘러 입궐하셔야겠습니다."

내가 탄 마차는 곧 경운궁 앞에 도착했다. 미리 경운궁에 와 있던 이선이 마중을 나왔다. 그가 내민 손을 잡고 마차에서 내리며 난 이선에게 영보당 마마의 안부를 물었다.

"정신이 드셨대요? 쓰러지셨다면서요?"

"지금은 깨어나셨어. 아바마마가 양의를 부르도록 허락해주셔서, 조금 전에 도착한 여의사가 어머니를 진찰하고 있어."

"어서 영보당으로 가요."

"그래."

그때 자동차 한 대가 오더니 내가 타고 온 마차 뒤에 멈춰 섰다. 그 안에서 중절모를 쓴 키가 작은 노인과 이영효가 함께 내리는 것이 보였다. 그들을 보자 이선이 걸음을 멈췄다.

난 이영효와 함께 있는 노인을 전에 한 번 본 적이 있었다. 당시 민상호 대감은 그를 '이토 히로부미 일본국 의원'이라고 불렀다. 이토 히로부미는 최근 일왕의 대사 자격으로 다시 한성에 와 있다고 들었다. 이토 히로부미의 옆에 서 있던 이영효가 우리를 보고는 그에게 귓속말로 무언가를 속삭였다. 그러자 그가 쓰고 있던 모자를 벗으며 우리에게로 다가왔다.

"전하. 그리고 비전하."

이토 히로부미가 말하는 것을 이영효가 바로바로 통역했다.

"입궐하기에는 많이 늦은 시각인데. 무슨 일이시오?"

이선이 싸늘한 표정으로 이토 히로부미에게 인사를 건넸다. 이영효를 통해 이선의 말을 전해 들은 이토 히로부미가 묘한 웃음을 지었고, 동시에 그의 얼굴에 난 검버섯들이 징그럽게 일그러졌다. 잠깐이지만 난 예전 이선에게 들었던 '망태 할아버지' 이야기를 떠올렸다.

"폐하를 뵈러 오셨다고 합니다."

이영효가 이토 히로부미의 말을 계속해서 옮겼다.

"폐하의 고집에 대사께서 많이 힘드시다고 하시더군요. 전하께서 많이 도와주시기를 정중히 요청하십니다."

난 이영효가 전하는 이토 히로부미의 말을 이해하지 못했다. 하지만 이선은 무슨 뜻인지 아는 것 같았다. 최근 궁궐 안에서 벌어지는 일에 대해서 들은 바는 전혀 없다. 단지 내가 아는 것은, 이토 히로부미가 일본에서 돌아온 이후 이선의 표정이 어두워졌다는 것뿐. 난 알면서도 굳이 이선에게 묻지 않았다. 좋은 일이라면 벌써 그가 말해줬을 테니 말이다.

"우습군. 자네의 입에서 그런 말이 나올 줄이야."

이선의 비웃음 섞인 말에 이영효는 잠시 난처한 표정을 지었다. 이후 이선은 인사도 없이 경운궁 안으로 들어가 버렸다. 이러한 이선의 태도에 이토 히로부미가 궁금한 얼굴로 이영효를 바라보았다. 그러나 이영효는 통역을 하지 않았다.

이토 히로부미는 살짝 인상을 찌푸리며 경운궁의 입구를 지키고 있는 일본 병사들의 인사를 받았다. 그사이 이선의 뒤를 따르려던 내 앞길을 이영효가 막아섰다.

"비전하."

난 이영효를 쳐다보았다.

"폐하께서 분명 다시는 관직에 오르지 못하게 하셨을 텐데요."

이영효가 실실거리며 웃었다.

"예. 그렇습니다. 허나 그것은 대한제국에 국한된 것이었지요. 지금 저는 일본 정부에 고용되어 일하고 있습니다. 이토 대사님을 모시면서 중요한 일들을 하고 있지요."

폐하는 그를 파면시켰고 그는 그 일로 나를 죽이려고 했었다. 그 때문에 민우진이 죽었다. 그러나 그는 여전히 건재한 채 일본 정부의 도움으로 궁궐을 자유롭게 드나들고 있다. 나는 치가 떨릴 정도로 화가 났지만 최대한 감정을 억누르며 말했다.

"그래서 사람 일은 정말 모른다고 하는군요."

"맞는 말씀입니다. 미우 아가씨께서 비전하가 되실 줄 누가 알았겠습니까? 마찬가지로 제가 기사회생할 것도 누가 알았겠습니까? 그리고 두고 보시지요. 통감부가 세워지면 저는 초대 통감을 보좌하는 아주 중요한 자리를 맡게 될 테니까요."

'통감부?'

처음 듣는 말에 내가 고개를 갸웃거렸을 때였다.

"미우."

이선이었다. 내가 뒤따라오지 않는 것을 알고는 걱정이 되어 돌아온 것 같았다.

"전하."

이영효가 능구렁이처럼 정중한 태도를 취했다. 그러나 이선은 그를 경계하는 눈빛으로 쳐다보았다.

"이영효. 또 한 번 미우를 해하려 한다면 난 자네를 결코 살려두지 않을 거야."

이영효는 말없이 이선의 두 눈을 마주보더니 고개를 숙이고는 뒷걸음치며 사라졌다.

앓는 소리를 내며 누워 있는 영보당 마마의 병세는 나아질 기미가 없어보였다. 영보당 마마를 진찰한 여의사는 재차 안정을 강조했다.

"무언가 심하게 충격을 받으신 것 같습니다. 그러니 지금은 무엇보다 안정을 취하시는 것이 가장 중요합니다."

의사가 돌아간 후에도 이선은 오래도록 영보당 마마의 손을 잡은 채 곁을 지켰다. 그는 영보당 마마가 깊게 잠든 것을 확인한 후에야 나와 함께 밖으로 나왔다. 난 그제야 영보당 마마가 왜 쓰러지셨는지 이선에게 물었다.

"무슨 일이 있으셨던 거예요?"

"병세 때문에 상궁들이 바깥출입을 전혀 못 하시게 했잖아. 그런데 오늘 갑갑하시다며 산책을 하시겠다고 고집을 부리셨나 봐. 그렇게 오랜만에 밖을 나오셨는데 그만 일본군을 보신 거지."

궁궐 안에서 일본군을 마주한 영보당 마마의 충격은 상당했다. 과거 황후마마를 시해한 것도 일본인이었다. 그들이 궁궐 안을 자유로이 돌아다니는 모습이 얼마나 큰 충격으로 다가왔을지는 말로 설명하지 않아도 알 수 있었다.

"드러내놓고 말씀하진 않으셨지만, 을미년에 황후마마가 시해당하신 이후 어머니께선 아바마마마저 위험해지실까 봐 늘 두려워하셨으니까."

이선의 어두운 표정을 보던 나는 어렵게 운을 뗐다.

"전하."

"왜 그러지, 미우?"

"이영효가 '통감부' 이야기를 했어요."

이선의 눈빛이 흔들렸다. 나는 그가 통감부에 대해서 알고 있다는 걸 알았다.

"이토 히로부미 의원이 다시 한성으로 돌아온 것도 그 일과 관련이 있지요?"

"미우……."

"묻고 싶었지만 물을 수 없었어요. 괜히 걱정하실까 봐요. 하지만 전하, 이제라도 제게 말씀해 주실 수 있으세요?"

이선이 깊은 한숨을 내쉬었다.

"알면서 아무것도 못 한다는 건 무척이나 괴로운 일이야."

"하지만 나눌수록 괴로움의 크기는 작아지지 않을까요?"

"미우."

"게다가 평소보다 일본군의 수가 더 많아졌어요. 분명 궁궐에서 무슨 일이 벌어지고 있는 거지요? 그렇죠?"

폐하는 일본군이 궁궐 안팎을 장악한 사실을 와병중인 영보당 마마가 알지 못하도록 오랜 기간 숨겨왔다. 만약 이선도 그런 폐하를 닮았다면, 새 신부만이 누릴 수 있는 행복에 잠겨 있는 내게 걱정을 끼치지 않으려고 했을 것이다. 그러나 별다른 이유 없이 이선은 요즘 궁궐에서 돌아오는 시간이 많이 늦어지고 있었다. 내 앞에서는 마냥 웃지만 그렇다고 해서 근심 어린 표정을 전부 감추지는 못했다.

"오늘은 퇴궐하지 않고 어머니 곁을 지켜줄래?"

"궁궐에서 무슨 일이 있나요?"

이선이 내 손을 잡았다.

"조금 뒤에 어전회의가 열릴 거야. 그 회의 결과에 따라 궁궐 안에서 무슨 일이 벌어질지는 아무도 몰라."

"무슨 회의인데요?"

"이 제국의 운명이 걸린 회의."

내 손이 조금씩 떨려왔다. 나는 그 떨림을 전해주고 싶지 않아서, 잡은 그의 손을 세게 움켜잡았다.

하늘에서 해가 사라지고 경운궁에는 땅거미가 짙게 드리웠다. 일본군이 사열하는 소리 외에는 마땅히 들려오는 소리가 없었다. 오늘만큼은 나인들도 각기 자신의 처소에서 숨죽인 채 밖으로 나오기를 꺼려하고 있었다.

"비전하. 이부자리를 마련했으니 가서 쉬시지요."

꾸벅꾸벅 졸다가 눈을 비비는 나를 보며 상궁이 넌지시 말을 건넸다.

"괜찮아요. 바람 좀 쐬면 잠이 깰 거예요."

이상하게 최근 들어 잠이 많아졌다. 오늘 궐 안에서 무슨 일이 벌어질지 몰라서 신경이 곤두섰으면서도 쏟아지는 잠을 이겨내는 것이 힘들었다. 이런 상황에서 잠이 오는 자신에게 화가 날 정도였다.

다행인 것은 영보당 마마가 뒤척임도 없이 깊게 잠드셨다는 것이었다. 폐하와 이선의 바람대로, 오늘 궐 안에서 무슨 일이 벌어지든 간에 더는 영보당 마마가 모르시길 바랐다.

"전하는요?"

"낮에 황태자전하와 함께 어전회의가 열리는 중명전으로 가셨다는 말만 들었사옵니다만."

"그럼 지금도 그곳에 계시는지 가서 알아보세요."

"네?"

상궁이 갑자기 몸을 떨며 주저했다. 나는 그 이유를 금방 알아차릴 수 있었다. 멀지 않은 곳에서 들려오는 일본군의 사열 소리와 무관치 않은 것이다. 결국 난 상궁 대신 내관을 불렀다.

"가서 전하가 어디에 계신지 알아오게."

"예."

내관이 물러간 후 나는 밖으로 나왔다. 전각 마당에 나인들이 여럿 모여 수군거리는 모습이 눈에 들어왔다. 그들은 불안한 표정으로 담 너머에서 무슨 일이 일어나는지 궁금해 했다. 하지만 그 누구도 상황이 어떻게 돌아가는지 알아볼 생각조차 하지 못했다. 차가운 저녁 바람이 내 뺨을 스치고 지나갔다. 그와 함께 원인 모를 불안감이 엄습해왔다.

"비전하!"

이선의 위치를 알아보라고 보냈던 내관이 돌아왔다. 생각보다 일찍 돌아온 내관을 보며 난 걱정이 앞섰다.

"전하께서는?"

"지금 알 수가 없사옵니다!"

"알 수 없다니?"

"중명전으로 가는 길을 일본군이 막고 있사옵니다. 혹시 몰라 황태자비 전하를 뵙기 위해 황태자 전하의 처소로 가려고 하였으나, 이 역시도 개미 한 마리 지나갈 수 없도록 막고 있어 지나갈 수 없었사옵니다. 이뿐 아니라 다른 마마님들의 처소 역시 대부분 일본군들이 에워싼 채 출입을 막고 있사옵니다!"

"폐하께서는?"

"어전회의가 열렸음에도 폐하께서는 정작 그 회의장이 아닌 바깥에 억류되어 계시다 하옵니다."

"어떻게 그런 일이……."

내관이 전해온 말대로라면 지금 아무도 궁궐 안을 자유롭게 돌아다니지 못하도록 일본군이 통행을 제한하고 있는 것이다. 하지만 영보당 마마의 전각을 지키는 일본군은 없었다. 영보당 마마는 오래전부터 몸이 아파 병석에 누워 있었다. 이 사실을 모르는 사람은 거의 없을 뿐더러, 오늘 산책에 나선 영보당 마마가 일본군을 보고 놀라 그대로 혼절했다는 소식도 궁궐에 파다하게 퍼졌을 것이다. 일본군은 이처럼 거동도 제대로 못 하는 영보당 마마에게까지는 관심을 두지 않는 것 같았다.

"비전하. 이를 어찌하옵니까? 혹여 전하의 신변에 무슨 일이라도 벌어졌다면……."

상궁의 걱정에 영보당 나인들이 훌쩍이며 울기 시작했다. 이제 그들은 모두 내게서 나올 말만 기다리고 있었다.

나는 나인들에게 말했다.

"전하를 찾으러 가겠다."

오늘 저녁. 궁궐 내 모든 사람들의 움직임은 일본군에 의해 통제되고 있었다. 그런 가운데 내가 나인들과 함께 나타나자 일본군은 당황하며 경계의 시선으로 나를 쳐다보았다. 처음에 그들은 내가 누구인지 알아보지 못한 채, 돌아다닐 수 있도록 허락받은 사람이라고 여겼는지 붙잡지 않았다. 그러나 중명전 앞에서의 상황은 달랐다.

"그 누구도 회의장 안으로는 들어갈 수 없습니다!"

일본의 사주를 받은 하급 관원이 내 앞길을 막아섰다. 나를 대신해서 내관이 앞으로 나섰다.

"비전하께서는 완친왕 전하를 뵈러 오셨소. 완친왕 전하께서 이곳에 계시지 않소? 그러니 어서 길을 여시오."

"신은 아무것도 모릅니다. 그러니 비전하께서도 돌아가시지요!"

관원이 단호하게 내관의 말을 거절했을 때였다.

"불가하오!"

안에서 귀청이 찢어질 듯한 소리와 함께 한 남자가 일본 군인들에게 억지로 질질 끌려나왔다. 그는 끌려나오면서도 중명전 안을 향해 목이 터져라 소리를 질러댔다.

"불가하오! 절대 동의할 수 없소!"

마치 도살장에 끌려가듯이 일본군에게 끌려나오는 남자를 보며 상궁이 떨리는 목소리로 내 귓가에 빠르게 속삭였다.

"참정대신 한규설 대감이옵니다……."

의정부에서 서열이 가장 높은 대신 중의 한 명이 일본군에 의해 강제로 끌려나오고 있었다. 그리고 안에서는 흥분한 이토 히로부미의 거친 목소리가 이어졌고 이영효가 곧바로 이를 통역해 전달했다.

"언제까지 질질 끌 생각이오!"

이토 히로부미는 상당히 격앙되어있었다. 일본군을 동원해 아침부터 경운궁을 에워싸고 위협했던 인물이 바로 그였다. 심지어 어전회의가 열리는 중명전에까지 군인들을 끌어들여 엄포를 주었음에도 예상 외의 반발이 있자 화가 난 듯했다.

"불가하단 말이오!"

끌려나온 한규설 대감의 외침을 중명전 안에서도 들었는지 이토 히로부미가 이영효를 통해 밖으로 명을 전달했다.

"계속 저렇게 시끄럽게 굴면 죽이라 하신다!"

이영효의 통역을 전해들은 어전회의장이 숙연해졌다. 이토 히로부미는 이런 결과를 바랐다는 듯 그제야 호탕한 웃음소리를 냈다.

"자, 다시 한 번 차례로 묻겠소. 학부대신. 가요? 불가요?"

"난…… 폐하의 뜻을 한 번 더 확인하고 싶소."

학부대신 이완용이 떨리는 목소리로 망설임을 표하자 이토 히로부미가 다시 화를 냈다.

"내가 물은 것은 폐하의 의견이 아니라 학부대신의 가부요!"

"가……. '가'요!"

잔뜩 위축된 목소리로 학부대신이 동의하자 이토 히로부미가 큰 소리로 웃더니 다음 차례에게 물었다.

"군부대신 '가'요, '불가'요?"

"'가'요……."

"내부대신."

"나도 '가' 하겠소……."

"법무대신?"

"난 대답하지 않겠소."

"무엇이라?"

다시 이토 히로부미의 숨소리가 거칠어졌다. 그러면서도 그는 계속해서 남은 대신들에게 조약의 가부를 물었다.

"외부대신. 대답하시오."

"난 학부대신의 의견을 따라서……."

"의견을 따라서?"

"가요……."

끌려 나간 참정대신을 제외한 나머지 일곱 명의 중신들 중에서 다섯 명이 찬성을 했다. 이토 히로부미는 제멋대로 가결을 선언했다. 뒤늦게 궁내부 대신이 달려와 황제폐하께서 며칠만 더 미뤄달라 하신다는 말을 전했지만 이토 히로부미는 막무가내였다.

"다섯 명의 중신들이 찬성해 가결되었으니, 이제 되돌릴 수 없소."

1905년 11월 18일 새벽 2시.

폐하가 불참한 채로 늦은 저녁부터 이어진 어전회의에서 외부대신 박제순, 내부대신 이지용, 학부대신 이완용, 군부대신 이근택, 농상공부대신 권중현. 이들 다섯 대신들의 찬성으로 한일 간의 조약이 가결되었다.

"문을 열어라."

난 굳게 닫힌 중명전 별실 앞에 섰다. 그러나 별실 앞을 지키고 서 있던 일본군들은 꼼짝도 하려 하지 않았다.

"어서 열어라!"

호통치는 내 뒤로 이영효가 나타났다.

"비전하."

그는 비웃음과 함께 손짓으로 문을 지키고 서 있던 군인들을 물렸다. 그들은 이영효의 명에 순순히 별실 앞을 떠났다. 내가 안으로 들어가기 위해 손잡이를 잡았을 때였다. 이영효가 손으로 문을 눌러 열지 못하게 하더니 내게 속삭였다.

“아침에 말씀드리지 못한 사실이 한 가지 있습니다.”

난 고개를 들어 이영효를 노려보았다. 이영효는 여전히 웃으며 나와 눈을 맞추고 말했다.

“며칠 전 일본에서 전해들은 소식에 의하면…… 이쓰코 님께서 아직도 전하와 비전하에게 화가 단단히 나셨다고 합니다. 아실지 모르겠지만, 이쓰코 님을 화나게 만들고도 해를 넘겼다는 사람을 저는 단 한 번도 본 적도 들은 적도 없습니다.”

“비켜요.”

무례하게 구는 그에게 난 위협적으로 답했다. 그제야 이영효는 문을 막았던 손을 거두고는 사라졌다. 나는 별실의 문을 두 손으로 열었다. 별실 안에 갇혀있던 사람들이 일제히 고개를 들어 나를 쳐다보았다. 그곳엔 폐하도 있었고 이선도 있었다. 황태자 전하와 다른 황자들도 있었다.

“미우?”

나를 발견한 이선이 다가왔다. 어전회의가 완전히 끝나는 새벽까지 중명전 밖에 있었기에 내 손은 아직까지 차가웠다. 이선은 차가워진 내 손을 잡고는 걱정스레 말했다.

“어머니는?”

“괜찮으세요. 아직 아무것도 모르시고 주무시고 계실 거예요.”

"다행이야."

안도의 한숨을 내쉬는 이선을 뒤로한 채 나는 폐하에게로 다가갔다. 의자에 앉아있는 폐하 옆에 선 황태자 전하가 나를 보며 조심스레 물었다.

"회의에 대해서 들었소?"

난 황태자 전하를 보며 고개를 끄덕이고는 다시 폐하를 향해 말했다.

"조약은 가결되었어요……. 폐하."

내 말에 폐하는 말을 제대로 잇지 못한 채 두 눈을 힘없이 감았다. 그러자 옆에 서 있던 황태자 전하가 그 자리에 두 무릎을 꿇고 주저앉더니, 폐하의 무릎에 머리를 파묻고 흐느끼기 시작했다. 별실 안에 있던 다른 황자들은 침묵 속에 자신들의 감정을 감추는 것을 택했다.

이토 히로부미에 의해 강제로 열린 어전회의가 끝났는데도, 폐하를 비롯하여 중명전 별실에 갇혀있던 모든 이들은 그곳을 떠날 수 없었다. 비록 조약은 가결되었으나 최종적으로 조약을 더욱 확고히 하기 위해서는 황제폐하의 서명과 날인이 필요했기 때문이었다.

당연히 폐하는 이를 거부했고, 이토 히로부미는 별실에 앉아 폐하를 끊임없이 위협하고 다섯 대신들이 가결한 조약서를 내밀며 아침까지 버티기에 들어갔다. 폐하의 기나긴 침묵 속에서 새벽이 찾아왔을 때였다.

"영보당을 보고 싶다."

갑자기 폐하가 영보당 마마를 만나야겠다며 자리에서 일어섰다. 당연히 이토 히로부미는 폐하의 앞길을 막았다. 그러나 폐하의 결심은 확고했다

"어제 영보당이 쓰러졌다는 소식을 듣고도 한 번도 보지 못했다. 짐은 영보당의 안위를 살핀 이후에 답을 주겠노라."

막상 영보당 마마를 만난 후 답을 주겠다며 폐하의 태도가 변하자, 이토 히로부미는 그것을 긍정의 뜻으로 보고 기뻐하며 반겼다.

"다녀오시지요."

이토 히로부미의 허락이 떨어지자 폐하가 제일 먼저 이선에게 자신을 부축하라며 손을 내밀었다. 이토 히로부미는 그것을 예민하게 주시했다. 하지만 대신에 폐하는 황태자 전하를 비롯한 다른 황자들에게는 별실에 남아있으라고 명했다. 이 때문에 이토 히로부미는 더는 의심하지 않은 채 폐하와 이선. 그리고 내가 중명전 별실을 떠나는 것을 허락했다.

어슴푸레 날이 밝아오고 있었다. 폐하는 이선과 나의 부축만 받은 채, 가마에 타는 것도 거부하고는 걷기를 선택했다. 그런 우리의 뒤로 나인들이 뒤따랐으며 또한 많은 수의 일본군이 그 뒤를 이었다. 여전히 일본군의 감시를 피할 수 없는 상황이었다. 폐하는 담담하게 걸으면서 단 한 번도 뒤를 돌아보지 않았다.

"선아."

그러던 폐하가 영보당 마마의 처소 앞에서 걸음을 멈추고 이선을

불렀다.

"예, 아바마마."

"영보당의 처소에 드는 즉시 지난밤 명한 대로 움직이거라."

그 후 폐하는 나를 돌아보았다.

"선이를 따라가거라. 가서 돕거라."

난 무슨 말인지 몰랐지만 폐하를 보며 고개를 끄덕였다. 폐하가 영보당 마마의 처소가 있는 전각 안에 들어서자, 이선이 부축하던 폐하의 손을 뒤따르던 내관에게 넘기고는 조용히 옆으로 빠졌다. 그 후 폐하는 자연스럽게 영보당 마마가 머무는 처소 안으로 들어가셨고, 나는 이선과 함께 옆방으로 빠져나왔다. 폐하가 막 영보당 마마의 처소에 도착했기 때문에 전각 뒷문에는 일본군이 없었다. 이선과 나는 그곳을 통해 밖으로 빠져나왔다.

"폐하께서 무슨 명을 내리신 거죠?"

내 물음에 이선이 작은 목소리로 대답했다.

"통신원으로 가야 해. 당장."

제국의 마지막 전보

경운궁에는 궁궐 밖으로 나갈 수 있는 문이 많았고, 대부분 일본군이 지키고 서 있었다. 하지만 오래전 폐쇄되어 더 이상 사용되지 않는 일부 문들은 일본군의 통제로부터 자유로웠다. 이선과 나는 그곳을 통해 경운궁을 빠져나왔다.

올해 초, 우체총사가 문을 닫으면서 통신원 또한 강제로 일본 정부 관할로 넘어갔다. 현재 통신원은 완전히 폐쇄된 상태였다. 그렇다고 해서 건물까지 버려진 것은 아니었다. 여전히 입구에는 일본 군인들이 지키고 서 있었다. 다만 그 수는 궁궐을 에워싼 병사들에 비해 적었고 감시도 소홀한 편이었다. 이선은 일본군이 지키고 있는 통신원 정문이 아닌, 전무학당 학생들이 주로 출입하던 쪽문을 통해 안으로 들어갔다. 이른 아침이어서인지 건물 안에는 아무도 없었다. 이선은 전보국 건물 쪽으로 나를 이끌었다.

"어디로 가는 거예요?"

"전보실로."

전보국 건물은 자물쇠로 굳게 잠겨 있었다. 그 때문에 이선은 창문을 통해 안으로 들어갔고 뒤이어 내가 창문을 넘어 안으로 들어가는 것을 도와주었다.

전보실은 전보국 안에서도 가장 중요한 위치에 있었다. 한때는 이곳에서 보내는 전보가 전신주를 통해 청나라와 러시아까지 연결되었다. 하지만 지금은 일본이 모든 것을 차단해놓아 국외로 전신을 보내는 것이 불가능했다. 이선은 전보실 안으로 들어가자마자 전신기를 덮고 있던 천부터 치웠다. 그러자 본체가 해체되어 복잡한 내부 전선들이 그대로 드러나 있는 전신기가 눈에 들어왔다. 나 역시 우체총사에서 일하던 시절에 가끔 보았던 익숙한 기계였다. 하지만 이것을 작동시키는 방법은 알지 못했다.

"전신기를 쓰려고요?"

"맞아."

"어떻게 하는지 알아요?"

궁궐을 나온 이후 처음으로 이선이 나를 보며 입가에 미소를 지었다.

"처음 헨리를 찾아가 배운 게 바로 전신기를 다루는 방법이었어."

이선이 전신기를 살펴보며 빠진 전선을 연결했다. 하지만 난 여전히 그가 전신기를 사용하려는 이유를 알 수 없었다.

"전신기로 전보를 보내려고요?"

"맞아."

"어디로요?"

"제물포."

이선이 짤막하게 말했을 때였다. 전신기가 신호를 잡았는지 얇게 끊어졌다 이어지는 기계음을 냈다. 이선은 그 소리에 귀를 기울이더니 내게 말했다.

"여기에 와서 앉아. 이 소리가 끊어지지 않도록 누군가 잡아 줘야 해. 그 사이에 전보를 칠 수 있어."

"알았어요."

난 이선이 하라는 대로 전신기 앞에 놓인 의자에 앉았다. 기계음은 불안정해 보였지만 소리는 일정하게 유지되고 있었다. 난 그 소리에 귀를 기울이며 이선에게 물었다.

"이 전신기는 제물포 어디로 연결되는데요?"

"제물포에 유일하게 남아있는 화전국이 있이. 청나라에서 관할하는 전보사야. 그곳으로 전보를 칠 거야. 정확히는 청국에 있는 대한제국 공사관으로 보내는 전보지."

"무슨 전보요?"

"오늘 새벽에 체결된 조약은 국제법을 위반한 거야. 이 사실을 국제사회에 알려야 해. 하지만 일본 정부는 이를 절대로 못 하도록 막을 거야. 그렇기 때문에 청국에 있는 공사관을 통해 유럽으로 이 조약의 불법성을 알리는 내용의 전문을 보내야만 해."

"그렇군요."

난 고개를 끄덕이며 전신기의 소리를 잡기 위해 집중했다. 잠시 후 이선이 빠르게 전신기를 두드렸다.

대한제국 황제폐하 발신. 주한 청국 공사관을 통해 독일 주한 독일 공사에게 수신.

탁. 타탁. 탁. 탁.

정확한 속도로 기계음을 타고 전보가 이어졌다.

일본 정부는 이토 히로부미 후작을 조선통감으로 임명하도록 황제를 압박하고 있으며, 군인을 동원해 대한제국의 외교권을 강제로 인계받으려 시도하고 있다. 이것은 명백히 국제법 위반이다. 공사는 이 촌각을 다투는 대한제국의 위기를 국제사회와 각국 정부에 알리고 도움을 요청하라.

탁. 타탁. 탁.

이선이 긴급전보의 내용을 모두 보냈을 때였다. 이제 긴 기계음만이 전보실을 채웠다. 그렇게 얼마의 시간이 흘렀을까. 전신기가 갑자기 소리를 내며 움직이기 시작했다. 이선이 빠르게 그 소리를 종이에 옮겨 적으며 말했다.

"제물포 화전국에서 우리가 보낸 전보를 청국으로 보냈다는 확인 답변이 돌아왔어!"

기뻐하는 이선의 목소리에 나도 안도의 한숨을 내쉬며 활짝 웃었다. 그때였다.

쾅!

거칠게 문을 두드리는 소리에 난 앉아있던 자리에서 벌떡 일어섰다. 소리는 계속 이어졌다.

쾅! 쾅!

"이게 무슨 소리지?"

와장창! 큰 소리와 함께 유리가 부서지고 문이 열리는 소리가 났다. 잠시 후 총을 든 일본군들이 전보국 안으로 뛰어들어와 전보실 안에 있던 우리를 에워쌌다.

"미우!"

이선이 나를 불렀고 난 그에게 뛰어갔다. 이선은 나를 보호하기 위해 내 앞을 막아섰다. 그사이 일본군의 총구가 우리를 겨눴다. 이선이 일본군을 향해 외쳤다.

"난 완친왕 이선이다! 너희들은 무슨 일로 이곳에 왔느냐?"

그때 군인들 사이로 이영효가 나타났다. 그는 겁에 질린 내 얼굴을 보자 히죽거렸다.

"폐하와 함께 영보당 마마를 뵈러 가신 전하께서 어찌 비전하와 이곳에 계십니까?"

"이영효……."

이선이 이영효를 노려보았다. 여전히 전신기에서 기계음이 흘러나와 전보실을 채우고 있었다. 뒤늦게 이 소리를 들은 이영효의 표정이 어두워졌다.

"제물포 화전국이겠군요. 역시 전하이십니다. 유일하게 전신기를 다룰 수 있는 황족이시니까요. 그렇게 뛰어난 머리로 진정 이 나라를 위해 일본과 손을 잡으셨어야 하는 분이 일본에 등을 돌리시다니요. 어리석으셨습니다."

이영효는 이선의 뒤에 서 있는 나를 쳐다보며 혀를 찼다. 그때 이영효의 뒤로 낯익은 여성의 목소리가 들려왔다.

"이영효, 당신의 책임도 있다는 것을 알아야 합니다."

그 목소리에 일본군이 총구를 땅으로 내리며 길을 비켜주었다. 이영효도 마찬가지로 고개를 숙이며 옆으로 물러섰다. 그 앞으로 한 여성이 나타났다. 그녀는 서양식 구두를 신고 있었으나, 걸을 때마다 마치 일본 나막신을 신은 것처럼 따각따각 소리가 났다. 이상하게도 그것은 상대로 하여금 기에 눌리도록 만드는 효과가 있었다.

"전하. 오랜만입니다."

활짝 웃으며 이선과 나를 향해 미소를 짓는 여성. 나가노미야 이쓰코. 그녀가 대한제국을 떠난 지 반년 만에 다시 돌아온 것이다.

"무슨 내용입니까?"

중명전. 일본 공사 하야시가 폐하의 앞에서 계속해서 이선을 추궁했다. 그동안 일본군 사령관 하세가와와 이토 히로부미 대사는 이선을 예리한 눈빛으로 응시하고 있었다.

"청국 대한제국 공사에게 보내는 안부요."

하야시가 코웃음을 쳤다.

"안부라고요? 전하. 제물포에서 곧 연락이 올 겁니다. 그곳 화전국으로 전보하신 내용이 밝혀질 것이란 말입니다. 그때도 안부라고 말씀하실 겁니까?"

"안부요."

이선의 태도에 변화가 보이지 않자, 이번에는 하야시가 폐하를 향해 물었다.

"폐하. 지금이라도 말씀해 주시지요. 완친왕이 보내신 전보의 내용이 무엇입니까?"

"안부라 하지 않소."

폐하에게서도 같은 답이 돌아오자 하야시가 흥분한 기색을 애써 누르며 입을 열었다.

"그것이 안부가 아니라면 그 대가는 폐하가 치르셔야 할 것입니다."

을러대는 듯한 어조에 참다못한 이선이 끼어들었다.

"공사. 지금 폐하를 협박하는 것이오?"

"협박은 무슨!"

그때였다.

“맞아요, 공사. 말이 너무 험했어요.”

이쓰코였다. 그녀가 중명전 회의실 안으로 걸어 들어오며 웃음을 흘렸다. 그녀의 등장에 일본 측 사람들이 모두 옆으로 물러서며 고개를 숙였다. 그녀는 폐하의 앞에서 고개를 숙여 짤막한 인사를 올렸다.

“이쓰코입니다. 폐하.”

“오랜만이오.”

“예. 지난번 인사를 올리지 못하고 일본으로 돌아갔습니다. 무례했습니다. 송구합니다.”

“흐음…….”

폐하는 입을 굳게 다문 채 한숨으로 답을 대신했다. 이쓰코는 눈을 살짝 깜빡이며 폐하에게서 고개를 돌려 이선과 나를 한번 쳐다보더니 다시 폐하를 향해 말했다.

“오늘 제가 온 것은 천황폐하의 사신으로 온 것입니다.”

“사신?”

“예. 이번 평화조약이 성립되었다는 소식을 전하면 천황폐하께서는 매우 기뻐하실 것입니다.”

폐하가 굳은 얼굴로 입을 열었다.

“조약에 관하여 의정부 대신들과 논의된 사항은 있으나, 짐은 동의한 적이 없는 조약이요.”

“그렇습니까?”

이쓰코는 예상했다는 듯 폐하의 단호한 대답에도 크게 당황하지 않는 얼굴이었다. 오히려 더 밝아진 얼굴로 말했다.

"그렇다면 이렇게 하지요. 폐하께서 이 조약에 동의한 적이 없다고 하시니, 이 문제에 대해서 천황폐하께 전권 대사를 보내시는 것이 어떻겠습니까?"

"전권 대사?"

이쓰코의 속뜻을 알 리 없는 폐하는 고개를 갸웃거렸다. 당황한 것은 오히려 일본 측 사람들이었다. 하야시의 통역으로 이쓰코의 말을 전해들은 하세가와와 이토 히로부미의 얼굴이 어두워졌다. 그들이 거의 강제적으로 체결한 조약에 대해 알리려고 누군가 일본으로 간다. 그들로서는 껄끄러운 일이 아닐 수 없다.

"이쓰코 님. 그것은 저희와 먼저 상의를 하시고……."

하야시가 나섰지만 이쓰코가 이를 막았다. 그녀는 아직 끝나지 않았다는 듯 말을 이었다.

"마침 천황폐하를 뵌 일이 있고, 저와 친분도 있으신 분이 이 자리에 계십니다."

이쓰코의 시선은 이선을 향해 있었다.

일본 측 사람들이 물러간 후, 중명전은 침묵 속에 빠졌다. 사람들의 표정이 무서워져 있었다. 서로의 얼굴을 보지 않은 채, 각자의 생각 속에 빠져 있는 얼굴들. 특히 폐하의 얼굴에 드러난 착잡함에 나는 두려움이 현실이 될까 봐 겁이 났다.

“폐하. 안 됩니다. 전하는 안 돼요!”

난 이미 결심을 굳힌 듯 보이는 이선을 보다 못해 폐하의 앞에서 간청했다. 폐하는 그런 나를 안쓰럽게 바라보더니 깊은 한숨과 함께 내 옆에 앉은 이선을 쳐다보았다. 이선도 그런 폐하의 시선을 느꼈는지 입을 열었다.

“일왕을 직접 만나 담판을 짓는 것도 나쁜 방법은 아닙니다.”

“전하!”

나의 외침에 이선이 미안한 얼굴로 나를 돌아보며 말한다.

“일왕 앞에서 당당히 자신의 주장을 펼칠 수 있는 대신은 많지 않아. 분명 위협적인 분위기일 거고. 그러나 난 가능해. 무엇보다…… 황족인 나를 함부로 해할 순 없을 테니까.”

“전하! 제발……. 이 말을 꺼낸 건 이쓰코예요. 그녀가 전하께 억하심정을 가지고 일을 꾸민 것인지도 몰라요. 그 일에 일왕이 동조했을지도 모를 일이고요.”

가만히 우리의 대화를 지켜보던 폐하가 나섰다.

“과인도 그 점을 염려한다. 선아, 일왕을 만난 적이 있지. 네가 본 일왕은 어떠한 자냐.”

“일왕은…… 자신이 마음먹은 것을 이루려고 할 때는 아주 잔인하고 무서워지는 인물입니다. 이토 히로부미 대사도 그의 앞에서는 함부로 입을 열지 못하더군요. 일찍이 이쓰코의 후견인이 되어 어린 이쓰코를 손수 키웠다고 들었습니다. 그 때문인지 몰라도 이쓰코를 친딸처럼 아끼고 예뻐한다더군요."

이선의 말을 들으며 나는 더욱 더 겁이 났다.

"그런 일왕이 이쓰코와 무슨 일을 꾸미고 있는지 어떻게 알고 일본으로 가시려는 거예요?"

"미우……."

걱정 가득한 내 말에 이선은 더는 말을 잇지 못한다. 그것은 폐하도 마찬가지였다. 그러나 뾰족한 수가 없었다. 제국 안에서조차 일본이 강제로 조약을 체결하는 것을 막지 못했던 대신들이다. 이들이 일본에 가서 일왕 앞에서 과연 이 조약의 부당함을 말할 수 있을까? 적어도 이선이라면 가능할 것이다. 그리고 대한제국의 황족이 일본에서 조약의 부당함을 주장했다는 사실은 국제 외교 무대에서 대한제국에게 유리한 근거가 될 것이다.

하지만 그의 안전은? 그건 아무도 책임질 수 없다.

"절대 안 돼요, 전하. 절대로 일본에 가시면 안 돼요, 네?"

쏴아아.

겨울비가 마치 한여름의 소나기처럼 요란하게 지붕을 두드리는 탓에 나는 쉽사리 잠을 이룰 수가 없었다. 그러나 반대로 옆에 누워 있는 이선은 조용하다. 깊이 잠든 것일까? 아니면 깊은 생각에 빠져 빗소리마저 잊어버린 것일까.

"미우?"

혹시라도 그가 잠들었을까 봐 조용히 밖으로 나가려는데 이선이 나를 부른다. 역시나……. 잠든 것이 아니었던 모양이다.

"쉬세요. 금방 돌아올게요."

이선에게서 대답이 돌아오지 않았다. 그는 다시 생각에 잠긴 것 같았다. 문을 열고 밖으로 나오자 당직을 서던 나인들이 놀라 고개를 들어 나를 쳐다보았다. 나는 어색한 웃음을 지으며 자리를 지키라고 손짓하고는 안채를 나섰다.

"에구머니나?"

빗소리 때문인지 유모는 내가 방문을 열고 들어온 줄도 모르고 깜짝 놀란 얼굴이었다. 유모도 빗소리에 깼는지 바느질 중이었다.

"이 추운데 아가씨……. 아니, 비전하."

"이럴 땐 편하게 불러."

"그럴까요? 한번 아가씨는 영원한 아가씨니까요."

유모가 킥킥거리며 따뜻한 아랫목을 내어주었다. 그곳에 앉은 나를 보며 유모가 물었다.

"헌데 아가씨는 무슨 일이래요? 전하는요?"

"빗소리 때문인지 주무시지 못하네."

"하지만 아가씨는 빗소리에도 잘 주무시잖아요."

무심한 척 바느질을 하며 던지는 유모의 말에 나는 배시시 웃었다. 그때 유모가 바느질을 갑자기 멈추더니 다시 나를 보며 말했다.

"전하께 말씀은 드렸어요?"

"어? 무슨 말?"

"애기씨요."

내 눈에 잠시 힘이 실렸다.

"뭘 그리 놀란대요?"

"어떻게 알았는데?"

"아가씨 개짐이 안 나오면 뻔한 거지. 안 그래도 김 상궁이 그 일로 묻던데, 가끔 그렇다고 둘러대긴 했어요. 아마 곧 의원을 데려올 듯한데. 어찌하시려고요?"

"아닐 수도 있으니까……."

"풋. 확실히 맞아요."

유모가 웃자 난 괜히 얼굴이 화끈거렸다.

"그걸 유모가 어떻게 알아?"

"아가씨도 그랬어요."

"나도 그랬다고?"

"뱃속에 있는지 없는지, 어찌나 얌전하던지. 배도 많이 안 부르고 마님이 헛구역질도 안 하셨으니까……. 아주 얌전한 애기씨가 나올 줄 알았죠. 뭐, 나올 때만 얌전하드만. 커서 하고 다니는 걸 보니……."

또다시 내 비판에 돌입한 유모는 마지막에는 눈웃음을 지으며 이렇게 마무리했다.

"어쨌든 왕비님이 되셨으니까. 흐흐."

"그렇게 웃지 마."

"그럼 어찌 웃는대요? 상궁들은 어떻게 웃는대요? 그 웃는 법이나 좀 알려줘요. 김 상궁 앞에서 잘못 웃다가 법도가 어쩌구 하면서 잔소리 좀 안 듣게."

결국 내 입에서 작은 웃음이 터졌다.

"회임했다고 하면…… 안 갈까."

"어딜요?"

"일본."

"일본? 전하가 왜놈네 가신대요?"

"왜놈네는 뭐야?"

"그럼 왜놈 땅이라고 해요? 사람들이 아무 말 안 하는 듯 보여도 다 안다고요. 지금 한성 길거리를 내다봐요. 왜놈 천지인걸. 뭔 일이 분명 일어나고 있어요. 쇤네는 무식해서 잘 모르지만, 왜놈들이 바글바글해서 좋았던 일이 없었던 건 알아요."

"그럼…… 일본은 더 위험하겠지?"

"아가씨, 일본도 다녀오셨다면서요. 많이 위험해 보이던가요?"

"그건 조선으로 오려고 잠시 들렀던 거고. 전하는…… 일왕을 만나러 가시는 거야."

"왜놈 우두머리를요? 아이구야 소름끼쳐. 어찌 그런 데를 가신데요? 폐하의 명이래요?"

"폐하의 명이라기보다는……. 전하가 아니면 이 일을 해낼 사람이 없어서."

"그럴 줄 알았어요."

유모가 한숨지으며 손놀림을 빠르게 하기 시작한다. 답답한 속을 바느질로 풀려는 것 같다.

"뭐를?"

"전하요. 쇤네 같은 하인들에게야 마냥 웃어주시니 속을 알 수 없지만 말이죠. 차라리 돌아가신 대감마님 같은 분이 나아요. 적어도 겉만 보고 속을 알 수 있으니까."

"전하가 겉과 속이 다르다는 거야? 아니야. 전하도 속이 보인다고."

유모가 퉁명스럽게 내 말을 받아친다.

"아가씨 눈에는 보이겠죠."

"유모오."

유모가 피식 웃으며 중얼거린다.

"그래도 지아비라고 좋은 말만 듣고 싶나 보죠."

"그런 거 아니야. 하지만…… 어떻게 해야 할지 모르겠어. 일본에 안 갔으면 좋겠어. 위험할 것 같아. 하지만 내가 가지 말라고 해서 안 갈 것 같지도 않아."

"그럼 다녀오게 하세요."

"다녀오게 하라고?"

"네. 애기씨 이야기도 잘 다녀오신 다음에 말씀하시고요. 괜히 떠나는 길에 전하의 마음만 무거워질걸요. 아가씨가 홀몸이 아니라는 사실을 아시면요."

"그게 맞는 걸까."

"그게 맞아요. 그리고 잘 다녀오실 수 있도록 물 떠놓고 기도나 드리세요."

"자꾸 놀리기야?"

"놀리긴요. 달리 어쩌겠어요?"

나는 한숨과 함께 자리를 털고 일어났다.

"나 갈게."

"그나저나 아들이려나, 딸이려나. 속 안 썩히려면 아들이 낫긴 한데. 황실은 손이 귀하니까 아들이 좋겠죠?"

유모의 장난기 서린 말투에 난 입가에 미소를 지었다.

"딸이라면 날 안 닮은 딸인가 봐. 이렇게 얌전하잖아."

일주일 후, 이선이 일본으로 떠나는 날이 다가왔다. 나는 경성역으로 배웅을 나갔다. 도열해 있는 일본군 사이로 이선과 나란히 걸어가는 동안, 군인들이 들고 있는 총칼에서 눈을 뗄 수가 없었다. 물론 그들은 이선이 떠나면 각자의 부대로 복귀할 것이다. 이선이 탈 기차를 따라서 탈 일도 없다. 그러나 과거 러시아에서 이선은 일본인에게 목숨을 잃을 뻔했다. 그 일만 생각하면 혹시라도 기차에서 사고가 나지 않을까 불안한 마음뿐이었다.

"내가 탄 기차는 이쓰코도 타."

불안해하는 나를 옆에서 이선이 다독인다.

"그러니까 아무 일도 없을 거야."

"알아요. 아무 일도 없을 거예요."

딱딱하게 굳은 얼굴로 고개를 끄덕이는 나를 보며 이선이 끼고 있던 장갑을 벗는다. 그리고 맨손으로 나의 두 손을 잡았다. 그러자 뒤에 서 있던 김 상궁이 고개를 든다. 많은 사람들의 시선이 있는 곳에서 이선이 내 손을 잡은 것이 신경이 쓰이는 듯했다. 그러나 이선은 김 상궁에게 눈짓으로 양해를 구하고는 나만 들을 수 있는 작은 목소리로 속삭였다.

"부산까지 하루만에 가면 다행이지만. 눈이라도 오면 며칠이 더 지연될지도 몰라. 하지만 부산에 도착하면 바로 전화할 테니까 걱정 마."

"그런 거 신경 쓰지 말고 전하의 건강을 신경 쓰세요."

말을 돌리는 나를 보며 이선이 잡은 손에 힘을 주었다.

"아아~ 이대로는 안 되겠네. 중간에 대전역에서에 내려서 전화를 해야겠어."

"안 돼요! 전화 한다고 기차에서 혼자 나오지 마요. 마음에 안 들지만……. 이쓰코 옆에 있는 게 가장 안전할 것 같아요."

"뭐라고?"

이선이 소리 내어 웃는다. 그의 웃음에 사열한 일본 군인들의 날카로운 시선이 쏠렸다. 그러나 이선은 그것을 알면서도 황족다운 여유 있는 표정을 지어보였다.

“질투도 없어?”

“질투할 여유가 없죠. 전하가 무사하신 게 제겐 가장 중요하니까.”

“이럴 줄 알았으면 이쓰코와 같은 객실을 쓰는 건데.”

난 이선을 노려보며 대꾸했다.

“지금 농담하세요?”

“하하.”

이선이 날 잡았던 손을 들어 손가락으로 내 볼을 콕 찌른다. 난 여선히 노려보는 표정을 지었지만, 기적소리가 들리자 이내 인상을 풀었다.

“김 상궁.”

내 부름에 김 상궁이 상자를 들고 앞으로 나왔다. 난 그 상자 안에서 새 장갑을 꺼내 이선의 양손에 하나씩 끼워주며 말했다.

“일본은 조선보다 더 추울지도 모르니까.”

이선은 내가 장갑을 끼워주는 동안 묵묵히 있었다. 장갑을 모두 끼워주고 나서도 난 손을 놓고 싶지 않았다. 고개를 숙인 채 그의 장갑 낀 손 끄트머리를 잡고 있자, 이선이 나를 조용히 불렀다.

“미우.”

그 순간 내 눈에서 눈물이 흘러 그의 장갑 위로 떨어졌다.

“무사히 돌아오시기만을 기원할게요.”

“난 이미 여러 번 죽다 살아났어. 그리고 알지. 네가 날 포기하지 않으면, 네가 날 잊지 않으면 난 죽지 않아.”

"죽는다는 말 하지 마요!"

난 고개를 번쩍 들어서 이선의 얼굴을 쳐다보았다. 이선이 내 눈물 맺힌 뺨에 입을 맞추며 속삭였다.

"최대한 빨리 돌아올게."

그것이 마지막이었다. 이선은 조용히 기차 안으로 사라졌다.

"비전하. 그만 돌아가시지요."

주변에 선 일본 군인들이 신경 쓰였는지 김 상궁이 재촉했다. 나는 흘러내리는 눈물을 닦으며 마음을 추스르려 했다. 그때 속에서 구역감이 올라왔다.

"우욱. 욱……."

"비전하?"

내 헛구역질에 김 상궁이 나를 걱정스럽게 불렀을 때였다. 기적 소리와 함께 뿜어진 하얀 연기 사이로 얼음보다도 더 차가운 얼굴의 여인이 나타났다. 이쓰코였다.

"아이입니까?"

그녀는 나를 보며 활짝 웃었다. 마치 조금 전 얼음과도 같았던 얼굴을 한 적이 없었다는 듯. 그리고 그녀는 웃는 얼굴로 내게 말했다.

"아이가…… 아버지 얼굴을 많이 궁금해 하게 될 겁니다."

경성역에서 돌아온 나는 집을 둘러싸고 있는 황실 근위보병대와 마주했다. 보병대 대장은 내가 마차에서 내리는 것을 보더니, 일렬로 도열하고는 나를 향해 인사를 올렸다.

"무슨 일이죠?"

내 물음에 근위대장이 대답했다.

"폐하께서 보내셨습니다. 앞으로 완친왕 전하께서 일본에서 돌아오실 때까지 저희 근위대가 친왕부(親王府, 왕의 저택)를 호위할 것입니다."

"호위는 필요 없어요. 폐하의 근위대잖아요. 궁궐로 돌아가세요."

그러자 김 상궁도 옆에서 거들었다.

"전하의 뜻입니다."

"전하께서요? 하지만 난 사전에 들은 말이 없어요."

"소인이 궐에서 듣기로는 완친왕 전하께서 폐하께 주청을 드렸다 하옵니다. 일본에 가 계신 동안 비전하의 안위를 걱정하신 모양이옵니다. 폐하께서 윤허하실지 미처 몰라 비전하께 미리 말씀을 하시지 않은 듯하옵니다."

황실 근위대는 오로지 폐하를 위한 군대다. 지금 같은 상황에서 이 정도의 병력이 나를 호위하기 위해 폐하의 곁을 떠났다는 사실은 내 마음을 불편하게 만들었다.

"이럴 순 없어요. 전례가 없는 일이잖아요."

내가 극구 사양하자 김 상궁이 만류했다.

"전하의 주청도 있었지만, 결국은 폐하의 뜻도 있기에 허락하신 것입니다. 전하뿐만 아니라 폐하의 체면과도 관계된 일이지요. 며칠 더 두고 보시고 폐하께 아뢰어 물리도록 하시지요, 비전하."

"하지만……."

폐하의 체면이 관계되었다니 바로 물릴 수는 없는 일이었다. 이렇게 생각하고 주변을 둘러보니 나인들은 물론이고, 집안의 하인들과 근위대를 보려 몰려든 백성들까지도 상당히 반기는 얼굴이다. 일본 군인들이 한성 곳곳에 널린 상황에서 대한제국 황실 근위대의 등장은 많은 이들에게 심적 위로가 되는 것이다. 나는 결국 승낙할 수밖에 없었다.

그날밤 근위대는 친왕부 안팎의 철통같은 경비에 들어갔다. 안도감이 들었지만 한편으로는 이상한 생각도 들었다. 이선이 가자마자 발 빠르게 폐하가 근위대를 보냈다는 사실 때문이었다. 만약 그 다음 날이나 혹은 적절한 시기를 두고 폐하께서 내게 직접 말씀을 하셨다면 나는 순순히 근위대의 호위를 받아들였을 것이다. 그러나 지금 상황은 의례적인 호위보다는 엄중한 경호에 가까웠다. 그렇다면 대체 무엇으로부터? 이쓰코는 떠났다. 그녀의 마지막 말이 마음에 걸리긴 했지만, 이쓰코가 이선과 함께 있는 이상 기차에서 큰 사고는 없을 것이다. 그런데 대체 무엇이…….

'이선에게 묻고 싶어.'

하지만 지금쯤 부산으로 가는 기차 안에 있을 그에게 연락할 방법은 전혀 없다. 그가 낮에 기차역에서 했던 말처럼 중간쯤인 대전역에서 내게 전화를 걸어오지 않는 이상 말이다.

"자리를 준비하겠사옵니다."

혼자 안채에 앉아있는 나를 찾아 들어온 김 상궁의 말이었다. 곧 그녀의 뒤로 나인들이 들어와 이부자리를 깔았다. 그 사이 다른 나인들이 내가 옷을 갈아입는 것을 도와주기 위해 다가왔다. 그러나 나는 그들을 물린 후 김 상궁만 곁에 남겨두었다.

"김 상궁."

"네, 비전하. 말씀하시옵소서."

"전하께서 호위를 주청하셨다는 건 이해할 수 있어요. 하지만 폐하께서 너무 발 빠르게 근위대를 보내주셨다는 생각이 들어요. 무엇보다 폐하의 근위대예요. 이 정도 병력을 친왕부로 보내려면 조정에서도 말이 나올 거고 시일이 걸리겠죠. 그래서 이상해요. 김 상궁. 궐에서 들은 말이 더 없나요?"

난처한 얼굴이 된 김 상궁을 보자니 무언가 일이 있는 것 같았다.

"어차피 내가 알아야 할 일이라면, 말해줘요."

"비전하. 실은 그게……."

김 상궁이 어렵게 입을 뗐을 때였다. 갑자기 바깥이 소란스러워지더니 사방팔방에서 총소리가 들렸다. 곧이어 병사들의 고함소리가 이어졌다. 문이 열리고 나인들이 뛰어 들어오며 소리쳤다.

"일본군이! 일본군이 왔습니다!"

소년의 이름

어둠이었다. 총포에서 뿜어져 나오는 불빛들만 깜빡이며 잠깐씩 어둠을 밝힐 뿐, 빛이라고는 전혀 없었다. 누가 아군이고 누가 적군인지도 가늠하기 어려운 상황이었다.

"*찾아라!*"

유일한 신호는 언어. 일본군은 계속해서 누군가를 찾으라고 외쳐대면서 답을 주지 않는 이들에게 무차별적으로 총을 난사하고 칼을 휘둘렀다.

"꺄아아아!"

사람들의 죽음을 목격한 나인들의 비명소리가 가까워졌다.

"이곳에서 나가셔야 합니다!"

김 상궁이 꼼짝도 못 하고 있는 나를 재촉했다. 하지만 어디로? 머릿속이 새하얗게 변해버렸다. 이곳은 친왕부이기 이전에 내가 태어나고 자란 곳이다. 이곳이 아니라면 어디로 가야 할까? 궁궐로? 폐하가 계시는 경운궁으로? 그곳에는 여기에 나타난 일본군보다 더 많은 수의 일본군이 있을 것이다. 그렇다면 창덕궁? 경복궁?

"어서요! 비전하!"

김 상궁이 또 한 번 재촉하자, 나를 둘러싼 나인들이 바쁘게 움직인다. 그녀들이 나를 일으켜 세우고 머리에 장옷을 씌운다. 그러고 나서 안채 밖으로 이끌었다.

"뒷문으로 나가셔야 하옵니다!"

김 상궁이 내게 말하는 것은 곧 나인들에게 지시를 하는 것과 마찬가지였다. 나인들은 재빨리 바깥으로 이어지는 뒷문으로 나를 데려갔다. 평상시에는 굳게 닫아두는 문이었지만, 지금은 달랐다. 앞장선 나인들이 뒷문을 여는 사이 나는 조금이나마 정신을 차렸다.

"유모는?"

"비전하!"

"유모를 찾아야……. 유모를 데려와야 해요!"

"유모는 무사할 것이옵니다."

총포 소리는 그칠 기미가 없었다.

"그걸 어떻게 알아요!"

내가 큰 목소리로 다그치자 김 상궁이 풀죽은 얼굴로 입을 열었다.

"지금 일본군이 노리는 이들은…… 비전하이옵니다. 하오니 유모는 무사할 것이옵니다."

"왜 나를……."

이쓰코가 떠올랐다. 그러나 그녀는 이미 이선과 함께 한성을 떠났다. 그렇다면 나를 죽이려고 일본군을 보낸 이는 누구일까? 이쓰코가 떠나기 전에 이미 손을 써 놓은 것일까? 그게 아니라면 나를 죽이려는 사람은…….

탕!

"악!"

한 발의 총포 소리와 함께 내 앞에 있던 나인이 픽 쓰러졌다. 동시에 나를 둘러싸고 있던 나인들이 비명을 질러댔다. 그 혼돈의 한가운데에서 누군가 총포를 바닥으로 내던지는 소리가 들려왔다. 고개를 돌렸을 때, 횃불을 바닥으로 떨어뜨리며 일본도를 뽑아드는 남자가 보였다.

"박미우."

이영효. 그가 나를 똑바로 응시하며 내 이름을 부른다.

"여기 계셨군요."

그의 입가에 살기를 담은 미소가 어렸다. 김 상궁이 두 팔을 벌리며 나를 보호하듯 가로막았다.

"이영효 비서관! 대체 이게 무슨 짓이오!"

"무슨 짓이냐니……. 비켜!"

"아악!"

이영효가 들고 있던 일본도를 휘두르자 김 상궁은 그대로 피를 흘리며 바닥으로 쓰러졌다. 김 상궁이 쓰러지는 것을 본 나인들은 모두 공황상태에 빠졌다. 몇몇은 울음을 터트렸으며, 어떤 나인은 그대로 혼절하며 쓰러졌다. 그나마 정신이 온전한 나인들은 나를 붙잡은 채로 바들바들 떨었다.

"죽기 싫으면 비전하에게서 떨어져라!"

이영효의 호통에 나인들의 울음소리가 더욱 커졌다.

"이쓰코의 짓인가요?"

"이쓰코 님? 하하……. 비전하. 이쓰코 님은 비전하에게 큰 관심이 없으십니다. 그분의 머릿속에는 오로지 이선 전하뿐이시니까요. 물론 이선 전하의 일이 해결된다면 그 다음에는 비전하에게 관심을 두실는지 모를 일입니다만."

"이쓰코가…… 전하를 포기하지 않은 건가요?"

"그럴지도, 아닐지도요. 허나 그것은 제 관심 밖의 일입니다."

왜 이영효의 말에 안도를 느낀 것일까.

이쓰코가 이선에게 마음이 남아있다면, 이선을 바로 죽이지는 않을 것이다. 적어도 이선의 마음을 돌려보려 할 것이다. 하지만 이선이 과연 마음을 돌릴까?

"비켜라!"

핏기 서린 눈으로 이영효가 칼을 높게 들어올렸다. 나를 앞에서 감싸 안고 있는 나인을 노린 것이었다. 그것을 알아차린 순간, 난 그 나인을 뒤로 밀어젖히며 앞으로 나섰다.

"내게 원한이 있다고 해서 무고한 사람들을 죽이면 안 돼요! 무엇보다 일본군을 끌어들이다니요!"

그가 비웃음을 지었다.

"비전하. 너무 늦었습니다."

그가 칼을 낮게 들어 정확히 내 가슴을 향해 찔러 들어왔다. 난 칼끝이 매섭게 반짝이는 것을 보며 두 눈을 질끈 감았다.

탕!

그 순간, 또 한 번의 총소리가 들려왔다.

"읍……!"

그리고 이어진 신음소리는 이영효의 것이었다. 난 눈을 떴다. 이영효가 들고 있던 일본도를 바닥에 떨어뜨렸다. 동시에 그의 가슴에서 한 줄기의 피가 터지듯 솟아나며 바닥으로 흘러내렸다.

"너……. 너……."

그는 자신에게 총을 쏜 사람을 돌아볼 기력이 없어보였다. 하지만 바닥에 떨어뜨린 칼을 보자마자 그대로 엎어지더니 그 칼을 다시 집기 위해 기어가며 손을 뻗었다. 그러나 그가 칼의 손잡이를 잡으려는 순간, 뒤에서 누군가 튀어나와 그 칼을 발로 멀리 차버렸다.

탁!

칼이 멀어진 것을 확인한 이영효의 눈이 번뜩였다. 그는 마지막 힘을 다해 칼을 차버린 사람을 올려다보았다.

"미륜사……!"

헨리였다! 이영효에게 총을 쏜 것은 다름 아닌 헨리였다. 그는 이영효의 고개가 힘없이 떨어지는 것을 본 다음에야 내게 돌아섰다.

"미우!"

"헨리!"

"어서 이리 와요."

"네?"

"어서!"

다짜고짜 내 손목을 잡은 헨리가 뒷문으로 나를 이끌었다. 이미 자동차가 준비되어있었다. 헨리는 뒷좌석 문을 열고는 나를 먼저 태운 후에 뒤따라 탔다.

"출발해! 어서!"

헨리가 소리쳤고 운전석에 앉은 사람이 급하게 페달을 밟았다. 차는 재빨리 친왕부를 등지고 전속력으로 큰길가로 달려 나갔다. 큰길에는 아직 전차가 다니고 있었다. 곳곳에 일본군도 보초를 서고 있었다. 그것을 본 운전사는 속도를 줄이더니 천천히 사람들 사이로 차를 몰며 내게 인사를 건넸다.

"무서운 밤이죠, 마드모아젤?"

그제야 나는 운전석에 앉은 사람이 누군지 알 수 있었다. 다름 아닌 어니스트 베델이었다. 그는 당황한 기색이 가득한 얼굴이었음에도 신사적인 미소를 잊지 않았다.

"아니, 이제 '마담'이신가요?"

"장난칠 상황이 아니라고, 어니스트."

헨리의 핀잔에 어니스트가 입을 굳게 다물고는 운전에 집중했다. 난 헨리를 돌아보며 물었다.

"어디로 가는 거죠?"

헨리는 순순히 내게 대답해주었다.

"현주의 집으로 갑니다."

어니스트는 우리를 현주의 집 앞에 내려주고는 곧바로 사라졌다. 아마도 차량이 눈에 띄어 추격을 받을 것을 염려해서인 듯했다. 헨리와 함께 현주의 집 대문 안으로 들어가자 늦은 밤인데도 현주가 마당에 나와 있었다. 그러나 현주는 나를 기다리고 있는 것 같지는 않았다. 불 켜진 사랑채 앞에서 현주는 불안한 듯 서성이고 있었다.

"미우야!"

헨리와 함께 들어서는 나를 본 현주가 다가왔다. 그녀는 초조한 얼굴로 나를 살피며 물었다.

"괜찮은 거야? 괜찮은 거냐고?"

"난 괜찮아. 하지만 김 상궁이……."

김 상궁이 이영효의 칼에 맞아 쓰러진 사실을 말하려고 하는데 사랑채 안에서 누군가 걸어 나왔다. 그녀는 대전 상궁이었다.

"비전하."

그녀도 당황한 얼굴이었지만 최대한 침착한 목소리를 유지하며 내게 인사를 올렸다.

"왜 대전 상궁이 이곳에 있는 건가요?"

"그건……."

그녀가 나와 헨리를 번갈아 보며 말했다.

"미륜사 님과 안으로 드시지요."

그녀가 불 켜진 사랑채를 응시하며 말했다. 고개를 들어 사랑채를 바라보자 안쪽에 한 사람의 그림자가 아른거렸다. 헨리와 함께 사랑채로 들어서자 양장을 입고 중절모를 쓴 신사가 앉아있는 것이 보였다.

"폐하!"

전혀 예상하지 못했던 상황이었다. 폐하가 현주의 집에 거둥하다니. 그러나 헨리에게는 이 상황이 전혀 어색하지 않은 모양이다. 헨리는 곧바로 폐하에게 다가가 인사를 올린 후 나를 불렀다.

"미우."

나는 인사를 하는 것도 잊은 채 폐하의 앞에 앉았다. 폐하는 나를 보더니 가엽다는 듯 입을 열었다.

"미우야, 네가 황실에 시집을 온 뒤로 계속해서 불운한 일을 겪게 하는구나. 이미 박정양은 세상을 떠났지만, 내세에서라도 과인은 박정양을 볼 낯이 없다."

"송구합니다. 저는 괜찮습니다. 그런데 폐하께서 어찌 이곳에 납시셨습니까?"

폐하가 깊은 한숨을 내쉬더니 말했다.

"이선과 이쓰코 왕녀가 떠나자마자 하세가와 장군이 병사들을 따로 모아 일본 공사관으로 보내더구나. 겉으로 보기에는 단지 공사관의 병사들을 교대하는 것처럼 보였다. 하지만 이영효가 그곳에 있었지. 선이는 떠나기 전 내게 말했다. 이영효를 조심하라고 말이다. 그가 민우진을 해한 것은 너를 노리다가 그리된 것이니, 이영효가 한성에 있는 이상 무슨 일을 벌일지 장담치 못한다고 했다. 허나 과인은 이영효가 일본 병력을 동원해서까지 왕비인 너를 해하려 할 것이라고는 감히 예상치 못하였다. 아니지, 알고 있었는지도 모른다. 이미 을미년에 황후를 지키지 못한 일이 있으니."

"폐하. 그것보다 어서 환궁하셔야지요. 계속 궁궐 밖에 나와 계시는 것은 위험하지 않습니까?"

폐하가 씁쓸한 웃음을 지었다.

"오히려 궁궐 밖이 더 안전하다. 궁궐 안은 일본군으로 가득하지 않느냐."

"하지만……."

"그것보다 미우야."

폐하가 무거운 목소리로 나를 부른다.

"대한제국을 떠나거라."

"네?"

"과인은 말이다. 을미년에 황후를 잃은 슬픔을 선이가 똑같이 느끼게 하고 싶지 않구나."

"그게 무슨 말씀이세요? 전하는 곧 여기로 돌아오실 거잖아요. 그때까지 저는……."

폐하가 내 말을 끊었다.

"대한제국에 있으면 안 된다."

"예?"

"어쩌면 지금은 네게 이 제국보다 외국이 더 안전할지 모른다. 혹시나 하는 마음에 궐을 나오기 전에 미륜사에게 지시를 해 두었다. 그러니 오늘 밤 제물포로 가거라."

"폐하!"

난 결코 그럴 수 없다는 듯 소리쳤다. 하지만 폐하는 결심을 굳힌 것 같았다.

"늑약으로 인해 이 제국은 외교권을 잃었다. 일본 공사는 한성에 있는 모든 외국 공관에 철수하라는 명령을 내렸다. 이미 철수는 시작되었고……. 외국 공사들이 타고 갈 배에 승선할 수만 있다면, 일본의 감시망에서 쉽게 벗어날 수 있을 거다."

"어떻게 그러실 수 있어요."

난 눈물을 애써 삼키며 토로했다.

"전하는 일본으로 보내시고 저는 더 먼 곳으로 보내시려고 하세요?"

"미우야."

참았던 눈물이 흘러내렸다. 그것을 본 폐하가 두 눈을 지그시 감으며 속으로 한숨을 삼켰다.

나도 안다. 지금 상황이 어떻게 돌아가는지, 왜 이선이 일본으로 가야 했는지. 그리고 내가 왜 대한제국을 떠나야 하는지. 폐하가 나를 설득하기 위해 위험을 무릅쓰고 이곳에 납시었다는 사실까지도.

모두 안다. 그래서 속상하고 억울하다. 알면서도 아무것도 바꿀 수 없는 현실이.

"저는 못 가요."

폐하가 감았던 눈을 다시 천천히 떠서 나를 바라보았다.

"이선은 반드시 돌아올 것이다. 그때까지 살아남아야 한다, 미우야. 네가 살아있다면…… 이선도 살아날 터이니."

나는 더 이상 아무 말도 하지 못한 채 눈물만 흘렸다.

'내가 살아있으면 이선도 살아있고. 폐하도, 그리고 이 제국도 무사할 수 있게 될까?'

헨리와 함께 사랑채 밖으로 나오자 유모가 나를 기다리고 있었다. 난 현주의 옆에 서 있는 유모에게 달려가 두 팔로 끌어안으며 또 한 번의 울음을 쏟았다.

"유모. 살아있었구나. 다행이야."

"쇤네가 살아있는 게 문젠가요. 아가씨, 아니 우리 비전하가 살아계셔야죠."

나는 유모의 품에서 연신 고개를 끄덕였다. 그때 헨리가 유모에게 말했다.

"유모도 함께 갈 수 있겠습니까?"

"저요? 저야 아가씨를 따라서는 어디든 갈 거구먼요."

현주도 울먹이며 말했다.

"미우를 부탁해요, 유모. 지금 유모 아니면 미우를 부탁할 사람이 없어."

유모가 현주의 손을 맞잡으며 고개를 끄덕였다.

잠시 후 나는 기다리고 있던 마차에 유모와 함께 탔다. 헨리는 짐을 챙겨 마부석에 앉았다. 그리고 마차가 출발하기 전, 현주가 폐하에게서 받아온 통행증과 주머니 하나를 내게 건넸다.

"무사해야 해. 미우야."

현주에게서 받은 주머니 안에는 상당한 금액의 파운드화가 들어있었다. 이 역시 폐하께서 준비해주신 것 같았다. 나는 마지막으로 마차 안에서 사랑채를 쳐다보았다. 폐하의 그림자가 여전히 밖에서도 보였다. 그러나 그림자에서는 미세한 흔들림조차 찾아볼 수가 없었다.

밤새 달린 마차는 동이 터올 무렵 제물포에 도착했다. 이미 그곳에는 대한제국을 떠나는 외국인들을 태울 배가 여러 척 떠 있었다. 그리고 일본 군인들이 그 배에 드나드는 사람들을 검문하고 있었다.

"여기 신분증과 배표를 받아요, 미우. 유모도 함께."

헨리가 마차 안에서 신분증을 건넸다. 신분증을 받아든 내가 헨리에게 물었다.

"헨리는요? 함께 안 가나요?"

헨리가 미소를 지었다.

"비전하가 되시기 전에 그 말씀을 하셨더라면 더 좋았을 텐데요."

"이 상황에서 농담하지 마요. 진심으로 묻는 거예요. 헨리는요?"

"난 못 떠나요, 비전하. 내가 떠나는 걸 그 누구보다도 바라는 건 일본인들이에요. 이번에 출국하면 다시는 대한제국에 입국할 수 없어요."

"하지만 나처럼 헨리도 지금 위험하지 않나요?"

"이 세상에 위험하지 않은 곳은 없어요."

그가 말을 돌리려는 것처럼 들렸다.

"나는 다시 돌아올 거예요. 그러니 나와 함께 갔다가 정세가 안정이 되면……."

"미우."

그가 비전하가 아닌 내 이름을 불렀다. 그것은 친구로서 하는 진심 어린 말이었다.

"미우는 이제 혼자 설 수 있어요. 유모도 있고. 물론 외국에서는 유모가 미우를 더 많이 의지하겠지만."

헨리가 유모를 쳐다보며 슬쩍 웃는다. 하지만 난 여전히 함께 가지 않고 위험 속에 남겠다는 그가 걱정되었다.

"헨리를 의지하려고 함께 가자는 게 아니에요. 내가 왜 떠나는지 알잖아요? 나만큼…… 헨리에게도 지금 이곳은 위험하잖아요."

"미우. 다 말할 수 없지만, 난 지금 폐하의 일을 돕고 있어요."

"폐하의 일을요?"

"그래요. 나 외에도 이 제국을 위해 폐하를 돕는 여러 명의 서양인이 더 있어요."

"어니스트요?"

어니스트의 이야기에 헨리가 크게 웃음소리를 냈다.

"맞아요. 그 친구도 그렇죠. 건들건들해 보이지만 불의를 보면 참지 못하는 성격이거든요. 그리고 내게 조선은 이제 제2의 조국이니까요."

항구에서 배가 떠나려는지 요란한 소리가 났다.

"어서 서둘러요, 미우. 일단 여순에 도착하면 마중 나온 사람이 있을 거예요. 그의 도움을 받으면 대서양을 건너 미국으로 갈 수 있을 거예요. 돌아서 가는 길이긴 하지만, 태평양을 건너느라 일본을 거치는 것보다는 덜 위험하죠."

"미국으로 가는 건가요?"

"예. 나의 큰누나 엠마가 결혼 후에 미국 뉴욕에 이민을 가서 살고 있어요. 그녀가 미우를 도와줄 겁니다. 도착하면 내 안부도 꼭 잘 전해줘요. 여기가 안정되면 사람을 보내거나 아니면 편지를 써서 그쪽으로 보낼게요. 안부 편지로 위장해서 보내면 일본 우체국의 검열도 피할 수 있어요."

헨리가 꺼낸 우체국 이야기에 난 우체총사가 떠올랐다. 헨리도 마찬가지인 듯했다. 잠시나마 같은 추억에 빠져 들었던 헨리가 빙그레 미소 지었다.

"미우가 있어서 통신원 일이 즐거웠습니다."

이선과는 기차역에서 눈물과 함께 이별했다. 그러나 헨리와의 이별은…… 마치 처음 그를 만났던 순간처럼 따스한 햇살로 가득 찬 기분 속에서 이루어졌다. 그리고 그것은 내 가슴에 희망을 심어주었다. 그리 머지않아 헨리가 있는, 그리고 이선이 돌아올 이 대한제국 땅을 다시 밟게 되리라고.

그렇게 될 거라고.

1905년 12월 1일 금요일.

제물포를 떠난 배는 며칠 후 여순에 도착했다. 이미 일본의 지배에 들어간 여순에서도 한성만큼이나 많은 일본군들을 볼 수 있었다. 그곳에서 헨리가 소개한 덴마크인의 도움을 받아 한 달여를 머물렀다. 사실 미국으로 바로 갈 수 있는 기회는 많았다. 그러나 난 혹시라도 다시 돌아가는 길이 생길까 싶어 쉽사리 여순을 떠나지 못했다.

겨울을 여순에서 보내고 봄이 찾아왔음에도 대한제국의 상황은 전혀 나아지지 않았다. 외국 공관들이 모두 철수하면서 통감부가 세워졌고 초대 통감으로 이토 히로부미가 취임했다. 외교권을 박탈당한 것에 분개한 관리들이 자결하고, 조약에 사인한 다섯 명의 대신들을 암살하려는 단체가 결성되었다. 백성들은 의병을 조직해 일본군에 대항했다. 제국은 혼란에 빠졌고 난 결국 미국으로 떠났다.

미국에 도착한 1906년 여름. 헨리에게서 받은 첫 번째 편지는 나를 큰 충격에 빠트렸다. 그는 검열 때문인지 아주 짤막한 신문기사를 오려 보내는 것으로 편지를 대신했는데, 그 기사는 이미 몇 달 전 기사였다. 부산을 출발해 시모노세키로 가던 배가 침몰했다는 소식이었다. 이선에 대한 내용은 없었지만, 이쓰코가 무사하다는 내용이 실려 있었기에 나는 그 배에 이선도 함께 탑승했다는 걸 알았다. 그러나 이선이 살았는지 죽었는지에 대한 내용은 그 어디에서도 찾아볼 수가 없었다. 난 당장이라도 대한제국으로 돌아가고 싶었다. 그러나 내게는 그럴 수 없는 이유가 있었다.

1910년 뉴욕.

똑똑.

"아가씨. 미우 아가씨."

유모가 방문을 두드리는 소리에 난 하던 공부를 그만두고 책상에서 고개를 들었다.

"들어와요."

문이 열리며 들어온 유모가 내 앞으로 무언가를 가져왔다.

"이걸 보세요. 이거, 이거 조선이죠? 조선 소식이죠?"

영어를 잘 모르는 유모가 내민 신문 속에는 대한제국과 관련한 기사가 실려 있었다. 대한제국의 국기와 일본의 국기가 나란히 보이는 사진을 본 유모는 대한제국과 관련된 기사로 여기고는 내게 가져온 것이다. 난 기사를 읽어 내려갔다.

지난 8월 22일. 대한제국과 일본제국 사이에 이루어진 병합 조약에 따라 대한제국은 역사 속으로 사라졌다.

"아가씨. 무슨 내용이래요? 조선으로 돌아갈 수 있어요? 있는 건가요? 왜놈들이 모두 자기 나라로 물러갔대요? 예? 말씀 좀 해보셔요!"

그날 이후로 간간이 오던 헨리의 편지도 완전히 끊겼다.

'대체 조선에서는 무슨 일이 벌어지고 있는 걸까.'

3년 전 헤이그 특사 사건으로 강제 폐위된 폐하가 여전히 건재하셨다. 황태자 폐하가 즉위하셨으니 오히려 더 희망을 가지고, 언젠가 돌아갈 수 있을 것이라고 믿고 기다렸다. 그런데 이제는 대한제국이라는 나라가 사라졌다.

'내가 돌아갈 나라가 이 세상에서 없어져버렸다.'

그 후 미국에서 접할 수 있는 소식은 대한제국을 접수한 일본이 미국과 함께 여러 사업을 벌인다는 소식들뿐이었다. 그 안에서는 사라져버린 제국에 대한 내용도, 이제는 사라져버린 제국 황실의 사람들에 대한 내용도 찾아볼 수 없었다.

깊은 밤. 나는 조용히 촛불을 켜고 편지지를 꺼내 펜을 들었다.

'헨리. 잘 지내고 있나요? 왜 몇 년째 소식이 없어요? 나는 지금…….'

나는 써 내려가던 편지를 구겨버렸다. 그리고 다시 새 편지지를 꺼냈다.

'현주야, 나야. 미우. 헨리를 통해서 네 소식을 간간이 들었는데, 그동안 네가 위험할까 봐 편지를 직접 쓰지는 못했어. 그런데…….'

이번에도 나는 글을 다 쓰지 못하고 다시 편지지를 구겨버리고 말았다. 조선으로 들어가는 모든 편지는 일본의 검열을 받게 된다. 그들의 안부가 궁금하다고 해서 자세하게 내용을 적었다가는 도리어 그들이 위험에 빠질지 모른다. 그러니 마음 편히 편지를 쓸 수도 없었다. 답답하고…… 답답해서.

난 다시 편지지를 꺼냈다. 하지만 이번에는 첫 글자조차 쓰지 못하고 계속해서 망설였다. 누구에게 써야 할지도 알 수 없었다. 헨리? 현주? 아니다. 정말로 내가 편지를 써서 안부를 묻고 내 안부를 전하고 싶은 사람은…….

'이선.'

이 세상에서 사라져버린 나라처럼, 지금 어디에 있는지 알 수 없는 단 한 사람.

풍전등화의 조선. 아니, 어쩌면 이미 하나 남은 마지막 불씨까지도 모두 꺼져버렸는지 모른다. 이제 조선은 다시 살아날 수 없는…….

말로 표현하기 어려운 좌절감이 나를 엄습해 온 순간, 아주 조금 열어둔 창문 틈으로 스며들어오는 바람에 촛불이 한순간에 꺼져버렸다. 동시에 캄캄한 어둠이 찾아왔다. 나의 기억 저편으로부터 창덕궁에서 이선과 함께 보았던 어둠이 떠올랐다.

'제국의 미래를 생각하면 어둠밖에 떠오르지 않아. 등불을 비춘다면 어둠은 물러가겠지. 하지만 그 어둠 속에 망태 할아버지가 숨어있다면? 과연 등불의 빛만으로 어둠과 함께 망태 할아버지까지 쫓아버릴 수가 있을까?'

'이미 조선은 이 세상에 없어.'

오랫동안 참아왔던 눈물이 솟아나려는 그때였다.

"Mama……."

어둠 속에서 나를 부르는 작은 목소리.

"응? 무슨 일이니."

"촛불이 꺼졌어요."

곧바로 난 꺼진 촛불에 불을 붙였다. 다시 방 안이 환해졌다. 난 책상 옆 침대에 누워 있는 어린 남자아이에게로 다가갔다. 그리고 그 아이의 이마에 짧게 입을 맞췄다.

"촛불이 꺼지면 언제든지 이렇게 다시 켜면 돼."

"응. 알았어요."

뉴욕 컬럼비아 대학교 바나드칼리지(Barnard College).

"Mrs. Lee."

비서가 나를 호명하는 소리에 난 앉아있던 의자에서 일어섰다. 그러자 옆에 있던 아이가 손에 들고 있던 장난감을 쥔 채로 나를 올려다보았다.

"여기서 기다려. 금방 올게."

"응."

아이를 두고 사무실 안으로 들어가자 중년의 여자 교수가 나를 반갑게 맞이했다.

"좋은 소식일 것 같죠?"

내게 자리를 권한 그녀가 서류를 내밀었다. 교수 채용과 관련한 서류였다.

"드디어 학장님의 승인이 났어요. 미우가 우수한 학생이라는 사실을 학장님도 아시니까. 곧 있을 졸업식 직후에 다음 학기부터 학생들을 가르치게 될 겁니다."

난 믿기지 않는다는 듯 그녀를 쳐다보았다.

"정말인가요?"

"네. 정말이고말고요. 물론 그 전에 사인해야 할 서류가 하나 더 있긴 해요."

그녀가 조심스럽게 또 하나의 서류를 내밀었다. 그 서류를 살펴보던 내 얼굴 표정이 조금씩 굳어갔다.

"알잖아요. 아직까지 이혼한 여성이나 미혼모는 교수가 될 수 없어요. 동양인인 미우가 여기까지 온 것도 대단한 거예요. 하지만 미우가 미국에서 혼인을 신고한 기록도 없고, 그러니……."

"제 남편이 죽은 사람이라고 인정하는 서류에 사인하라는 거군요."

그녀는 재차 내게 강조했다.

"단지 서류일 뿐이에요. 그리고 이 서류에 사인한다면 교수 채용은 물론이고 다시 새 출발도 가능할 거예요. 아무래도 학생들을 가르치는 교수라는 건…… 명예가 중요한 자리니까요."

"전……."

"여기까지 어렵게 왔잖아요. 미우가 아이를 키우며 어떻게 공부를 해 왔는지는 내가 누구도보다 잘 알아요. 그러니 이시 사인해요. 사인 한 번이면 그간 미우가 힘들게 공부한 보상을 받게 될 거예요."

한동안 가만히 서류를 내려다보던 나는 미소를 지으며 자리에서 일어섰다.

"감사한 제의였습니다."

"미우?"

"하지만 전 받아들일 수 없어요, 교수님. 제 남편은 살아있어요. 비록 소식이 끊긴 지 오래되었고…… 어디에 있는지조차 모르지만 그는 살아있어요. 저의 모국인 대한제국이 이 세상에서 사라졌지만, 대한제국 사람인 제가 이 미국에 존재하는 것처럼요. 그러니 전 이 서류에 사인할 수 없어요."

교수의 표정이 싸늘해졌다.

"그것도 미우의 선택이라면."

"죄송합니다."

"내가 그동안 미우를 위해 애써온 모든 것이 물거품이 되어 상당히 실망스럽군요."

난 고개를 푹 숙인 채 돌아서서 나가려고 했다. 그때 교수가 다시 나를 불렀다.

"그리고 이거."

그녀가 건네는 것은 낡고 지저분해진 작은 편지봉투였다. 삐뚤빼뚤하게 적힌 영문 주소에는 분명히 'MIWOO PARK'라는 내 영문 이름이 보였다.

"이건 뭐죠?"

"대학으로 왔어요. 수신자가 결혼 전 성으로 적혀있어서 반송되려던 건데, 우연찮게 내가 학교 우체국에 들렀다가 발견했죠. 미우의 편지라고 생각했어요."

"아, 네. 맞아요."

하지만 발신자가 적혀있지 않은 편지였다. 난 일단 그 편지를 받아 들고는 밖으로 나왔다. 내가 사무실에서 나오는 모습을 보고도 아이는 손에 든 장난감에 열중하고 있었다. 난 아이의 옆에 앉아 조심스럽게 편지봉투를 뜯어 그 안에 든 편지를 펼쳤다. 편지에는 아주 오랜만에 보는 한글이 적혀있었다.

미우야. 나 현주야.

편지의 발신자가 밝혀지는 순간 내 가슴이 철렁 내려앉았다.

오래전에 헨리에게서 네가 미국에서 공부하고 있다는 소식을 들었어. 하지만 편지를 쓸 순 없었지. 헨리를 통해서 네 소식을 듣긴 했어. 잘 지낸다고……. 별다른 말은 없다고. 사실 잘 지낸다는 말보다 더 중요한 말이 어디에 있을까. 물론 나도 잘 지내고 있어. 하지만 헨리를 통해서 소식을 전하는 것이 아니라 내가 직접 편지를 쓰게 된 이유는 말이야. 다름이 아니라……. 미우야. 헨리가 죽었어.

"……!"

사실 남편을 따라 낙향한 후에는 헨리를 거의 만나지 못했어. 그가 바쁘다는 건 알았지만……. 다행히 그의 장례에는 참석할 수 있었어. 그는…… 헨리는 자살했어.

일본군은 그에게 말도 안 되는 죄명들을 붙였는데, 그것은 단순히 그를 잡아들이기 위한 수단일 뿐이었대. 그가 비밀리에 폐하의 비자금을 관리했다는 소문도 돌아. 소문이 맞는다면 일본은 그를 고문해서 황실의 재산을 찾아내려 한 것 같아. 그래서 헨리는 일본군이 자신을 잡으러 온다는 소식을 듣자 자살하고 말았어. 그가 잘 가꾼 정원에서. 봄꽃이 피기 이른 2월이었지만, 그의 장례가 끝나고 내가 그의 정원에 들렀을 때는 노란 개나리가 만개했더라고.

의자에 앉아 편지를 읽으며 눈물을 쏟는 나를 보는 비서의 시선이 부담스러워졌다. 난 편지를 들고 자리에서 일어섰다. 그리고 밖으로 걸어가며 그 편지를 읽어 내려갔다.

손탁 여사의 조선인 양자가 잠시 조선에 들렀어. 그에게 편지를 부탁했어. 독일에서 부친다면 적어도 일본인의 검열을 피해 네게 편지가 갈 거라고 생각해. 이 편지가 무사히 도착하길 바라면서……. 마지막으로 소식 하나를 조심스럽게 전할게. 미우야. 전하가 살아계셔.

"!"

내 걸음이 멈췄다. 정확히 2층에서 1층으로 내려가는 목조 계단의 입구에서였다. 난 흐느낌이 새어나오려는 입가에 떨리는 한 손을 가져다댔다. 편지는 여기서 끝나 있다. 그리고 난 그 '전하'가 누구를 말하는지 잘 알고 있었다. 하지만 그 이상, 내가 더 바라는 소식은 없었다. 아마도 현주는 이 편지가 제대로 내게 전해지지 못할까 봐 자세하게 적지 않았는지도 모른다는 생각이 들었다.

편지가 작성된 날짜는 반년도 더 지나 있었다. 그동안 현주에게, 그리고 그의 신변에 어떠한 일이 일어났을지 아무것도 모르는 상황이었다. 난 오랫동안 품어온 생각을 실천해야 할 때가 왔다고 생각했다.

나는 계단을 향하며 아직도 의자에 앉아 장난감을 만지작거리고 있는 아이를 향해 손짓했다. 아이는 고개를 들어 나를 한 번 쳐다보았지만, 쉽사리 일어서려 하지 않았다.

그러나 내 마음은 급했다. 계단 아래로 재빨리 걸어 내려가 건물 현관문을 열고 밖으로 나갔다.

눈.

사무실에 들어설 때는 보지 못했던 함박눈이었다. 지금 뉴욕의 계절은 겨울. 하늘에서 내리는 함박눈을 잠시 멍하니 바라보고 있는데, 누군가 현관 앞으로 다가와 내 옆에 섰다. 베레모를 쓴 키가 큰 남자였다.

난 처음에는 그를 제대로 보지 못했다. 그런데 그가 끼고 있던 장갑을 벗어 옷에 묻은 눈을 털어내는 순간, 그 장갑이 눈에 들어왔다. 그리고 내 시선은 장갑을 떠나 베레모 아래에 감춰져 있던 그의 얼굴과 마주했다. 나와 눈이 마주친 남자의 얼굴에 환한 미소가 번져나갔다.

"여기 있다고 들었는데 정말 있었네."

"어, 어떻게……."

꿈인 걸까? 반년도 더 전 날짜가 발신일인 편지에는 그에 대해 아주 짤막하게 적혀있을 뿐이었다.

'살아있다.'

"건강해 보이는구나. 다행이야."

"전하……."

이선은 그렇게 내 앞에 나타났다. 마치 내가 한 번이라도 꾸기를 간절히 바랐던 꿈처럼.

"지금 나를 전하라고 부르는 건 현주 정도일걸. 현주의 남편도 그렇게 부르긴 하지. 내가 못 부르게 하지만. 강 주사도 그렇고……."

그는 그동안 아무 일도 없었던 것처럼 두서없이 이야기를 늘어놓는다. 정말 꿈인 걸까? 아니면 그도 긴 시간을 두고 다시 만난 내게 어색함을 느끼는 것일까?

"배가…… 침몰했다는 기사를 봤어요."

"맞아."

"이쓰코는 살아났다고……. 하지만 전하의 소식은 그 어디에도 없었어요."

"생사불명이었으니까. 애초부터 일왕을 만나기도 전에 이쓰코가 날 죽이려 계획했다는 걸 알았어. 일왕과의 면담도 다 이쓰코의 거짓말이었지."

"그럼 어떻게 되었던 거예요?"

현주의 편지에 그가 살아있다는 소식이 없었다면 난 그의 존재를 의심했을 것이다. 그가 눈과 함께 찾아온 환영이라고 여겼을지도 모를 일이다.

"배는 대한해협에서 침몰했어. 난 바다에 빠졌고. 이쓰코를 건져낸 구명정도 보았지만 구명정으로 헤엄쳐 가는 건 포기했어. 지칠 때까지 헤엄치다가 간신히 조선인 어부의 배에 구조되었지. 하지만 대한제국으로도 일본으로도 갈 수 없었어. 그렇게 아주 오랫동안 청국에 있었지."

"전 여순에 있었어요."

"나중에 들었어. 그 시기에 여순에도 들렀었는데……."

"그럼 지금은……."

최근 소식을 묻자 이선의 표정이 밝아졌다.

"만주에 무관학교가 세워졌어. 난 그곳에 있어. 강 주사도……. 현주의 가족도 아이들도 모두 그곳에 있지. 반년 전에 모두 그곳으로 왔어. 그때 난 현주에게서 네 소식을 들었고 이제야 너를 만나러 올 수 있었어."

그간의 모든 사정을 듣고 나자 어색한 침묵이 흘렀다. 차라리 내가 원망의 말을 쏟아냈더라면 대화는 조금 더 쉽게 흘러갔을지도 모른다. 그런데 그가 내게 이야기를 쉽게 꺼내지 못하는 이유는 무엇일까?

"네 소식을 물어서 여기로 찾아오는 길에 들었어. 곧 교수가 될 거라고."

"여기서 간호학을 배웠어요."

"간호학? 의외인걸."

점점 이야기가 다른 곳으로 가고 우리 두 사람은 낯설어진다. 그만큼 쌓인 거리가 드러나려 한다.

"저도 간호학을 공부할 줄은 몰랐어요."

그리고 단지 오랜만에 만난 친구처럼.

"그럼 계속 여기에 있고 싶은 거야? 교수가 되거나 한다면……."

"그건……."

"만주의 무관학교에서도 교사가 필요한데."

내 대답이 나오기도 전에 그의 요청이 나왔다. 그만큼 그는 내가 이곳에 남겠다는 답을 듣는 것을 두려워하고 있다는 것을 알아차렸다. 그러자 가슴이 뛰기 시작했다.

"월급은 이곳보다 더 많이 줄 순 없을 거야. 환경도 최근에서야 나아졌지만, 얼마 전까지는 썩 좋진 못했어. 하지만 그곳에는 이름만 남아버린 나라를 되찾으려는 열정으로 가득 찬 학생들이 많아."

"전……."

"Mama?"

그때 장난감을 든 아이가 문을 열고 나타났다. 아이는 이선과 눈이 마주치자 곧장 내게 안겨왔다. 내가 그 아이를 자연스럽게 안아주는 것을 본 이선의 표정이 딱딱하게 굳었다.

"Who is he?"

아이가 고개를 갸웃거리며 이선과 눈을 맞댔다. 그러자 굳었던 이선의 표정이 천천히 풀리며 부드러운 미소가 지어졌다.

"네가 오랫동안 미국을 떠나지 않았던 이유가 있었구나."

"전하?"

"그 생각은 미처 하지 못했어. 다른 사람이 네 옆에 있을 수도 있다는 생각을."

"이 아이는……."

이선이 벗었던 장갑을 다시 꼈다. 그는 내 시선을 피하며 바로 현관 앞을 떠나려고 했다. 그때 아이가 손에 들고 있던 장난감을 바닥에 떨어뜨렸다.

툭.

떨어진 장난감을 본 이선의 걸음이 멈췄다. 이선은 장난감을 주워서는 몸을 굽혀 아이와 눈높이를 맞췄다. 그는 조용히 아이에게 장난감을 내밀었고, 아이는 냉큼 그것을 받아들었다.

"What is your name, boy?"

이선의 눈동자를 뚫어져라 바라보던 아이가 어눌한 조선말로 입을 열었다.

"아저씨, 조선 사람이에요?"

아이의 입에서 흘러나오는 조선말에 이선의 표정이 밝아졌다.

"맞아. 난 조선 사람이란다. 너도 조선 사람이니?"

"네. 맞아요. 저는 조선 사람이에요."

아이가 배시시 웃으며 대답하자 이선은 만감이 교차하는 얼굴이 되었다.

"네 이름이 뭐니?"

"제 이름은……. 태양이에요."

"태양?"

"어머니가 그랬는데요. 제 이름이 아버지 이름과 똑같대요. 제가 나중에 아버지를 만나도 아버지가 저를 알아볼 수 있도록 태양이라 지었대요."

이선이 아이 쪽으로 굽혔던 몸을 펴서 나를 바라보았다. 나는 그를 향해 잔잔히 웃으며 한 손을 내밀었다.

"그 일자리. 받아들일게요."

《제국 스캔들》 마침.

작가의 말

안녕하세요. 유오디아입니다.

《광해의 연인》, 《반월의 나라》 그리고 세 번째 소설인 《제국 스캔들》로 다시 만나게 되어 정말 반갑습니다.

창덕궁 인근 조계사 옆에는 한옥으로 된 우체국이 있습니다. 이 작고 단출한 한옥이 바로 조선의 첫 근대식 우체국인 우정총국(郵征總局)이었던 곳으로, 지금 유일하게 남아있는 본관 건물입니다. 지금 우체국은 역할의 대부분을 메일과 SNS가 차지하게 되면서 그 중요성이 많이 약해졌습니다. 하지만 조선 후기, 그리고 대한제국 시대에 우체국은 나라 기관들 중에서도 손에 꼽을 정도로 중요한 곳이었습니다. 국내에서의 소통은 물론 대한제국과 세계를 연결해주는 창구와도 같은 기능을 했기 때문입니다.

《제국스캔들》의 전신이 되는 스토리는 15년 전쯤 창덕궁에 갔다가 이 우정총국 건물을 보고서 구상한 것이었습니다. 그때는 단순히 우체국에서 일하는, 서로 다른 신분의 세 남녀가 주인공이었습니다. 그 후 오랫동안 잊고 지내던 이 스토리를 다시 떠올리게 된 것은《반월의 나라》연재 막바지에 창덕궁 답사를 갔다가 우연히 버스를 타고 우정총국 앞을 다시 지나면서였습니다.

15년 만에 꺼낸 스토리다보니 많은 수정을 거치게 되었습니다. 세 남녀 중 한 명이 외국인인 헨리 뮐렌스테트로 바뀌기도 했습니다. 원래 헨리는 이선과 함께 이야기의 한 축을 맡았지만, 연재 직전 헨리의 역할이 민우진으로 대체되었습니다. 이로 인해 헨리의 분량이 현저히 줄어든 점은 매우 아쉽습니다.

헨리 뮐렌스테트는 덴마크에서 태어난 전기통신기술자로, 당시 대한제국 정부에 고용되어 활동했던 여러 외국인 중 하나입니다. 그는 이후 평생을 대한제국의 우편·통신 발전을 위해 헌신했습니다. 하지만 대한제국이 일본의 손에 넘어간 후 그의 인생은 바뀌었습니다. 그와 마찬가지로 대한제국에 고용되었던 프랑스인 클레망세는 친일 행위를 하며 큰돈을 챙겨 고국으로 돌아간 반면, 철저히 대한제국 편에서서 일본제국의 야욕에 맞섰던 그는 반일 인사로 낙인찍혀 해임되었고 월급은커녕 고향에 돌아갈 여비조차 받지 못했습니다.

그 뒤 그의 행적은 백 년이 가까운 시간 동안 역사에서 잊혔습니다.

다들 그가 어떻게든 자신의 고향 덴마크로 돌아가 이름 없이 죽었을 것이라고 여겼습니다. 덴마크에서도 한국에서도 모두 그를 잊어버렸기 때문입니다.

그런데 1980년대 전기통신학을 가르치던 한 교수님이 한국 전기통신의 역사를 연구하는 과정에서 헨리 뮐렌스테트의 존재를 발견하게 됩니다. 그 교수님의 집요한 노력의 결과로 헨리 뮐렌스테트의 감춰진 마지막이 세상에 일부 드러나게 되었습니다. 해임을 당하고 일본의 눈 밖에 난 후에도 헨리는 조선을 떠나지 않았습니다. 그는 조선에서 사망했고 그대로 오늘날까지 이 땅에 묻혀있습니다.

헨리의 석연치 않은 죽음과 해임 이후의 활동상에 대해서는 아직도 많은 진실이 숨겨져 있습니다. 하지만 그에 대한 연구는 사료 부족으로 아직 시작조차 하지 못한 단계입니다. 아쉬운 일이 아닐 수 없습니다.

교수직에서 은퇴하신 이후에도 현재까지 헨리 뮐렌스테트에 관한 연구 및 기념사업을 하시며, 덴마크와 한국을 오가며 수집하신 소중한 자료 일부를 제공해주신 진용옥 경희대학교 명예교수님께 진심으로 감사의 인사를 드립니다.

제가 이야기를 풀어내고 진행하는 특유의 방식에 익숙해지신 오랜 독자 분들이 이번 글의 진행 방식에 대해 적지 않은 아쉬움을 갖고 계신다는 사실을 잘 알고 있습니다. 하지만 이것은 웹소설이란 장르의 특성이자 한계이며, 작가의 고집을 지켜내기보다는 어느 정도 타

협이 필요했다는 점. 그로 인해 작가 본인이 느끼는 아쉬움도 적지 않음을 말씀드리고 싶습니다.

하지만 이선과 미우가 그들만의 방식으로 어지러운 시대에서 사랑을 지켜냈다는 사실은 상당히 만족스럽습니다.

다시 한 번《제국스캔들》과 관련해 수고해주신 모든 분들께 감사드립니다.

2016년 가을, 유오디아.

제국 스캔들

부록

제국 스캔들과 역사 속 인물들

제국 스캔들과 당대 역사

제국 스캔들과 역사 속 인물들

헨리 예센 묄렌스테트 Henry Jessen Mühlensteth. 1855~1915.

조선 말기, 대한제국 시기의 전신전화 건설자. 덴마크인이며 한자 이름은 미륜사(彌綸斯). 덴마크 전신회사 대북전신주식회사의 기술자로, 청국에서 근무하다가 조선에 들어와 서로전선과 남로전선 등의 건설을 지휘했다. 이후에는 통신원 전무학당에서 교사로 일하며 조선의 전신기술자를 육성하는 등 조선의 전신기술 발전에 크게 공헌하였으며, 한국의 통신권을 침탈하려는 일본에 강경한 태도로 맞섰다. 이로 인해 일본의 미움을 사 1905년 한일통신협정과 함께 통신원에서 해고되었다. 이후에도 조선에 머무르다 자살로 생을 마감하였다. 현재 양화진 외국인묘역에 안장되어 있다.

박정양 朴定陽, 1841~1905

조선 후기, 대한제국의 관료. 한국의 초대 주미공사이기도 하다. 온건하면서도 진보적인 정치인으로, 근대화 정책과 개혁 추진에 힘을 보탰다. 만민공동회, 독립협회 등에 정부 측 자격으로 참여했다. 1905년 을사늑약이 체결되자 조약을 체결한 자들을 처벌할 것을 강력하게 주장하였다.

민상호 閔商鎬, 1870~1933.

대한제국 통신원 초대 총판. 미국에 유학한 후 과거에 급제해 여러 중임을 거쳤으며, 프랑스, 러시아, 오스트리아 등 유럽 각국에서 공사관 참서관으로 주재하기도 했다. 1900년 통신원 설립과 함께 초대 총판으로 임명되어 대한제국의 우편 · 통신 발전에 크게 공헌하였다. 한일통신기관협정이 체결되고 통신원 권한의 일본 이관에 반대하다 사임하였으며 이후에도 궁내부 특진관 등 요직에 머물렀다. 일제 강점 후 일본으로부터 작위를 받고 조선총독부 관료가 되는 등 친일 행위를 하여 비판을 받고 있다.

클레망세 E. Clémencet, ?~?

한국명 길맹세(吉孟世). 프랑스 우정성 직원으로 일하다가 1898년 대한제국 정부에 초빙되어 농상공부 우체교사로 임용되었다. 프랑스의 우편 실무를 전수하고 국제우편업무 담당자를 양성하였으며, 이후 우체고문으로 승격되었다. 대한제국의 국제우편 체제를 확립하고 우표와 엽서 발행을 장려하였으며, 대한제국의 체신 발전에 크게 기여하였으나 일본이 대한제국의 통신권을 강탈하는 데 협조하였다. 한일통신협약이 체결된 후 이에 대한 공로로 일본으로부터 상당한 퇴직금을 받아 프랑스로 귀국했다.

고종 이희 高宗 李熙, 1852~1919

조선의 26대 왕. 대한제국 황제. 1863년부터 1907년까지 44년간 재위했다. 재위 중 동학농민군이 봉기하고 갑신정변, 임오군란이 벌어졌으며, 을미사변으로 왕비 민왕후가 시해되고 일본에 감금되었다가 러시아 공사관으로 피신하는 등 점점 약화되는 왕권과 열강의 압력으로 시련을 겪었다. 구습 혁파를 위해 대한제국을 수립하고 각종 개혁을 시행하였으나 독립협회를 해산시킨 일 같은 보수적 면모도 보였다. 일본에 대항하여 친러 외교를 펼치며 주권 수호의 노력을 하였으나 1905년 을사늑약이 체결되면서 일본에게 국권을 빼앗기고 말았다. 1897년 7월 일본의 압력에 의해 강제로 순종에게 양위하고 1919년 68세로 승하했다.

어니스트 베델 Ernest Thomas Bethel. 1872~1909.

대한제국에서 활동한 영국의 언론인. 한국 이름은 배설(裵說). 1904년 러일전쟁 취재를 위해《데일리 크로니클》의 특파원으로 대한제국에 왔으나, 곧 사직하고 양기탁과 함께《대한매일신보》를 창간하였다. 영국인인 베델이 발행한《대한매일신보》와 영문신문《코리아 데일리 뉴스》는 일본의 검열을 받지 않고서 일본의 침략행위를 비판하고 대한제국의 실상을 널리 알릴 수 있었다. 베델은 그의 활동을 방해하려는 일본에게 기소를 당하고 금고형을 받는 등 탄압을 받으면서도 항일언론인으로 활약하다가 1909년 심장마비로 사망했다. 1968년에 대한민국건국훈장 대통령장이 추서되었으며 현재 양화진 외국인 묘지에 안장되어 있다.

이토 히로부미 伊藤博文, 1841~1909

일본의 초대 총리. 조선통감부 초대 통감. 일본의 정치가로, 일찍부터 부국강병론을 주장하며 일본의 개방과 개혁을 이끌었다. 러일전쟁 발발 후, 특파대사로서 고종을 압박하여 대한제국이 일본 측에 서게 하였으며, 1905년 강제로 을사조약을 체결하고 초대 조선 통감에 올라 조선의 식민화에 앞장섰다. 1909년 대한제국 의병군 참모중장 안중근에게 저격당해 사망하였다.

안토니트 존탁 Antoniette Sontag, 1854~1925

대한제국에서 활동했던 독일인 통역가. 한자 이름은 손탁(孫澤). 조선 최초의 서양식 호텔인 손탁 호텔의 경영자이기도 했다. 1885년 러시아 공사 칼 웨베르의 통역사 자격으로 조선에 입국하였으며, 웨베르의 소개로 고종과 민왕후를 만나 대한제국 외교가에 진출하게 된다. 유럽 각국의 언어는 물론 조선말에도 능통하여 고종이 일본을 견제하고 친러외교를 펼치는 데 큰 도움이 되었다. 고종이 하사한 정동의 양관에서 외국인 손님을 위한 손탁 호텔을 운영하으며, 이곳에서 서양요리점과 커피숍도 선보였다.

완친왕 이선 完親王 李墡. 1868~1880.

고종황제의 서장자. 고종황제와 영보당 귀인 이씨 사이에서 태어났으며 흥선대원군의 총애를 받았으나 어린 나이에 병으로 요절하였다. 봉호는 완화군, 시호는 효헌이다.

제국 스캔들과 당대 역사

1884년	4. 22.	(음력 3월 27일)우정총국 설치
	12. 4.	우정총국 개설 축하연에서 갑신정변 발발
	12. 8.	우정총국 폐지
1885년	8.	청나라 전보총국 소속의 덴마크인 전기통신기술자 H. J. 뮐렌스테트, 서로전선 개설을 위해 조선에 첫 입국
	9. 28.	(음력 8월 20일)한성전보총국 개국 한성-인천 간 전신선 개통.
	10. 6.	한성-의주 간 전신선 개통. (서로전선) 이로써 조선은 중국을 경유해 세계 각국과 전신으로 통신할 수 있게 됨.
1887년	3.	경복궁에 한성 최초 가로등 설치.
	3. 13.	조선전보총국 창설.
	6. 29.	박정양, 미국 주재 공사로 특파.
1888년	7. 9.	한성-부산 간 전신선 개통. (남로전선)
1891년	6. 25.	한성-원산 간 전신선 개통. (북로전선)
1893년	8. 17.	전보와 우편 업무를 합친 전우총국 개설.
1894년	7. 25.	청일전쟁 발발.
1895년	4. 17.	청일전쟁 일본의 승리로 종결.
	6.	한성과 인천을 시작으로 전국 각 24개 지역에 우체사 설치.
	9. 9.	조선, 태양력 채택.
1896년	6.	덴마크인 HJ 뮐렌스테트를 농상공부 산하 전무학당 교사로 채용. 한성 정동에 프랑스 공사관 건립.
	10. 2.	경운궁(덕수궁)에 황실 업무용 전화 가설.
1897년	3. 16.	한성우체사가 우체총사로 승격, 전국 우체사를 관리하게 됨. (현재의 서울중앙우체국)
	10. 12.	고종, 황제의 자리에 오르다. 대한제국 선포.
1899년	5. 17.	한성에 최초로 전차 개통.

1900년	1. 1.	만국우편연합 가입으로 대한제국, 국제우편 업무가 가능.
	3. 23.	농상공부 산하 통신국을 통신원으로 확대 개편. 9월 농상공부에서 통신원을 분리해 독립기구로 승격시킴.
	3. 26.	민상호 통신원 초대 총판에 임명됨.
	4. 17.	문관복장규칙 반포. 조정에서 관료들이 모두 양복을 입도록 함.
	11. 12.	경인철도 개통식.
1901년	8. 17.	한성 시내 곳곳에 가로등 설치.
	11. 1.	우편물의 폭발적인 증가로 인해 첫 우체국 지사 설립 (경교지사, 현재의 서대문 우체국)
1902년	3. 20.	한성-인천 간 시외전화 개통.
	5. 21.	한성-개성 간 시외전화 개통.
1903년	11. 23.	대한제국 중립국 선언.
1904년	2. 9.	러일전쟁 발발.
	2. 23.	한일의정서 체결.
	7. 18.	영국 언론인 어니스트 베델, 한성에서《대한매일신보》창간.
	8. 22.	제1차 한일협약 체결. 일본의 고문정치 실시.
1905년	4. 1.	한일통신기관협정서 강제 체결. 이로 인하여 대한제국은 우편, 전신, 전화의 모든 관리 권한을 일본제국에게 빼앗김.
	9. 5.	러시아와 일본 간에 포츠머스조약 체결. 러일전쟁 일본의 승리로 종결.
	11. 10.	일왕 특파대사 이토 히로부미, 고종황제 알현.
	11. 17.	을사늑약 체결.
1906년	2. 1.	한성에 일본 통감부 설치.
1906년	7. 27.	일본제국, 대한제국 통신원 강제 폐지.
1907년	4.	고종황제, 네덜란드 헤이그 만국평화회의에 3인의 특사 파견.
	7. 20.	고종황제 순종에게 양위.
	7. 24.	대한제국의 모든 법치 행정권 및 일본 관리 임명권 등을 모두 일본제국에게 일임하는 한일신협약(韓日新協約, 정미 7조약) 체결.
1909년	10. 26.	안중근, 중국 하얼빈에서 이토 히로부미 저격.
1910년	8. 22.	한일병합조약 체결.
	8. 29.	조선총독부 설치. 망국(亡國).
1919년	1. 21.	고종 승하.